엑프라시스

미술품 앞의 시인들

이 연구는 2021년 대한민국 교육부와
한국연구재단의 지원(NRF-2021S1A5B5A17048269)을 받아
수행되었다.

엑프라시스

미술품 앞의 시인들

진경혜 지음

도서출판 동인

책머리에

대개 사람들이 우리에게 믿게 하려 하듯, 사물들은 그렇게 온전히 이해 가능하고 말로 표현될 수 있는 것이 아닙니다: 대부분의 사건들은 말로 표현될 수 없고, 언어의 발길이 닿지 않는 세계에 가서야 완성됩니다. 이들 모두보다 훨씬 더 말로 표현될 수 없는 것이 예술 작품들입니다. 그들의 생명은 스러지는 우리의 삶 곁에서 영원히 지속됩니다.

— 라이너 마리아 릴케, 어린 시인에게 보낸 편지들[1]

시인들은 아름다운 형상을 좇는다. 아름다움에 대한 동경이 없다면 그들의 언어는 세상의 추함과 고통을 담지할 수 없을 것이다. 이 책은 그림, 조각, 공예품 등 미술품들에 대해 쓴 41편의 시들을 소개한 것이다. 이들은 주로 19세기 이후 영미시인들의 작품들이지만, 비교를 위해 호머(Homer ca. 9-8 c. BCE) 같은 옛 그리스 시인이나, 조식(曹植 Cao Zhi, 192-232), 고개지(顧愷之 Gu Kaizhi, 344-406), 소동파(蘇東坡/蘇軾 Su Shi, 1036-1101) 같은 중국의 옛 시인들, 또 독일이나 러시아, 아일랜드, 칠레의 유명 시인들의 시들도 포함하고 있다. 각 장마다 시

---

1   Rainer Maria Rilke, *Letters to a Young Poet*, translated by Reginald Snell, Dover Publications, 2002, p. 11. (to Franz Xaver Kappus, dated February 17, 1903).

"Things are not all so comprehensible and utterable as people would mostly have us believe; most events are unutterable, consummating themselves in a sphere where word has never trod, and more unutterable than them all are works of art, whose life endures by the side of our own that passes away."

인과 그가 다룬 미술품을 간략히 소개하고, 그에 대한 시를 영문과 한글 번역으로 소개한 후, 시인이 미술품들의 형상들로부터 어떠한 의미를 읽어 내며, 언어로써 이를 어떻게 표현하고 있는지 설명하였다.

사물에 대한 시각적 묘사, 혹은 시각적 재현을 언어로 재현하는 엑프라시스 (ekphrasis)[2]는 그리스 시대 수사법이나 중국 시서화의 전통에 있어 온 것이나, 19세기 말 서양 미술관과 박물관의 건립과 더불어 시인들의 주목을 끌었고, 20세기 디지털 기술의 발달과 더불어, 보다 더 널리, 자주 문학적 관심의 대상이 되었다. 이미지와 영상을 비롯한 감각적 요소가 의사소통에 있어 언어보다 더 큰 역할을 하게 된 지금, 미술품에 대한 시인들의 언어적 재현을 살피는 작업은, 시각적인 것과 언어적인 것의 균형과 상호 작용이 현실 인식의 핵심에서 우리의 세계를 늘 새롭고 풍성하게 한다는 사실을 일깨우고, 이미지와 영상들이 난무하는 오늘날의 삶에 깊이를 더해 줄 이미지와 시들은 어떠한 것일지에 대해 생각할 수 있는 계기를 마련해 줄 것이다. 저자는 같은 미술품에 대해, 시대나 성, 인종적으로 다른 시인들의 시를 병치시켜 시인들의 시각의 차이를 비교하고, 이러한 다시보기의 과정을 통해 미술품들을 포함, 사물들은 끝없는 의미를 간직하고 있을 뿐 아니라, 이렇게 다시 쓰인 의미들이 오랜 시간 퇴적되어 문화의 중요한 일부를 이루어 간다는 사실을 밝혀보고자 하였다.

미술품들에 대한 시인들의 반응과 언어적 재구성을 살피는 과정에서 저자는 다음의 사실들을 확인할 수 있었다. 시인들은 말없이 정적인 미술품들을 1. 언어로써 묘사(describe)하고 2. 그에 소리와 움직임을 부여하여 생생한 경험으로

---

2   엑프라시스는 그리스어 ek(out of)와 phrasis(speak)라는 단어의 합성어로, 말없는 사물들을 "말로써" 묘사한다는 의미를 지니고 있다. 그리스 시대에 말로써 사물들을 선명하게 묘사하는 수사법의 일종이었던 엑프라시스는 현대에 와서는 미술작품들을 대상 소재로 삼는 문학작품들을 지칭하게 되었다.

재연(replay)시키며 3. 일정 시공간에 한정된 미술품들에, 자신들, 혹은 미술가들의 자전적 상황, 혹은 역사와 삶의 현실 공간, 혹은 기독교나 신화, 또 철학적인 삶의 지혜 등, 보다 넓은 관점과 맥락 속에서 의미를 부여, 설명, 재조명(revise)하고 4. 미술품들에 구현된 시각적 체험을 통해, 보이지 않는 정신적 세계로의 확장을 시도하며(envision) 5. 이미지의 시각적 체험에 언어적 사고를 접목시킴으로써 독자들을 지금 여기의 현실에 깨어 참여하게끔(reawaken) 하는 효과가 있음을 밝힐 수 있었다.

엑프라시스 과정에서 우리의 현재 삶에 특히 의미를 갖는 것은 다시보기(revision)와 일깨움(reawakening)의 과정일 것이다. 특히 여성의 관점이나 백인 이외의 관점, 혹은 특정 관점을 넘어 보다 보편적이고 전체적인 시각에서 기존의 미술품들을 재조명하고 재해석하는 시들은 지금 우리의 삶의 현실을 새로이 바라보게 한다. 미술품들에 대한 엑프라시스는 결국 시나 미술품들로부터 어떤 의미를 발견하고 해석할 것인가 하는 문제로, 더 나아가 이미지와 언어를 통해 현실을 어떻게 형상화할 것인가의 문제로 이어진다.

이 책을 쓰는 과정에서 특히 눈에 뜨인 것은 서양 미술품 중심의 엑프라시스 연구에서 동아시아의 시서화 융합 전통에 대한 언급이 결여되어 있다는 사실이었다. 아일랜드 시인인 W. B. 예이츠(W. B. Yeats 1865-1939)나 미국 시인 에즈라 파운드(Ezra Pound 1885-1972)와 게리 스나이더(Gary Snyder 1930-)는 중국의 옛 조각과 그림들에 주목하여 이들이 당대 서양에 대해 갖는 정치적, 철학적 의미를 상기시켰지만, 자연스러움을 신선하게 표현해야 한다(天工與淸新)는 점에서 시와 그림의 근본은 동일하다(詩畵本一律)는 소동파의 시화론이나, 형상으로 정신을 표현한다는(以形寫神) 고개지의 화론, 또 먹의 농도, 붓놀림이나 손목의 힘 조절에 관한 서도의 이론들은, 현실 묘사와 창조에 있어 물리적 요소와 신체의 에너지뿐 아니라, 마음과 정신의 기율과 참여를 중시하는 동양 인문 전통의 핵심을 가리키고 있었다. 특히 한자는 사물의 이미지에서 시작된 상형문자라는 점에서 중국 문화의 핵심에 사물과 이미지와 사고의 융합이 자리하고 있음을 말해 주는데, 이러한 특성은 광고 영상, 가상현실이나 메타버스, 비디오 게임의 빠른 이미지들과 빠른 손가락과 몸놀림을 요구하는 현재 우리의 현실에서 상기해 보아야 할 중요한 전통일 것이다. 자연과 같은 삶의 물리적 현실과 사람의 보편적, 생물학적 바탕에 대한 우리의 깊은 사고에 기반을 두지 않은 이미지들과 그에 대한 반응은 삶의 영속성을 외면한 순간적 환영들 이상일 수 없을 것이다.

인터넷과 사진술, 복제 기술, 또 인공지능 프로그램들의 발달로 많은 미술품들은 미술관뿐 아니라 스크린상, 어디서나 쉽게 만들어지고 접할 수 있는 이미지들로 존재하게 되었다. 미술품에의 접근이 쉬워진 점은 다행이나. 상업화된 소비문화 속에서 장 보드리야르(Jean Baudrillard)가 지적한 대로, "진실은 없다는 사실을 감추고 있는 진실"이 되어 버린 "유사 사물들의 선행先行"(precession of simulacra)[3]은 이제 우리 삶의 진부한 현실을 이루고 있다. 데이빗 해리슨(David Harrison 1937-)은 앤디 워홀(Andy Warhol 1928-1987)의 〈마릴린 양면화 Marilyn Diptych, 1962〉를 대상으로 수많은 마릴린 먼로가 서로 자신이 진짜라고 외치는 상황을 매우 쉽고 간단하게 형상화하였다. 매튜 올즈먼(Matthew Olzmann 1972-)은 한 걸음 더 나아가 미술관 입구를 장식하는 로댕의 〈생각하는 사람〉의 복제품들이 정작 사고 능력을 결여하고 있을 뿐 아니라, 시인 자신도 아버지의 복제품으로 무언가 중요한 생각을 하는 듯한 포즈를 취하나, 끝내 잡다한 일상에 묻혀 핵심을 놓치고 마는 가짜들(frauds) 중 한 사람임을 고백하고 있다.

미술품을 비롯한 많은 것들이 하나의 의미에 고정됨 없이 수많은 변화의 행

---

3 Jean Baudrillard, "The Precession of Simulacra." In *Simulacra and Simulation*, pp. 1-42. Translated by Sheila Faria Glaser. Ann Arbor: University of Michigan Press, 1994.

렬 속에 있게 된 현실이 그리 암담한 것만은 아니다. 과학 기술의 새로운 발견들에 따라, 또 인종과 성, 인권에 대한 생각이 보다 넓은 다양성 속으로 해방됨에 따라, 우리의 현실 자체가 무한한 다양성과 역동성을 지닌 시대가 되었기 때문일 것이다. 최근의 설치 미술가 재닛 에클먼(Janet Echelman 1966-)은 수많은 고강도 폴리에스터사와 LED 등들을 꼬아, 특수 섬유로 제작된 테두리 밧줄들에 엮은 거대한 그물망을 보스톤(2015)[4]과 밴쿠버(2014)[5] 등 여러 대도시 고층 빌딩 꼭대기들에 고정시켜, 공중에 떠 있는 미술품을 설치하였다. 이 거대한 그물망은 하늘의 구름과 바람에 따라, 또 햇빛이나 특수 조명에 따라 형태와 색깔을 달리하며 움직이며, 대도시의 삭막한 공간에 자연스런 움직임과 변화를 부여하는 공공 설치 미술품을 이루었다. 공중에 뜬 거대한 그물망인 이 작품은 멀리서 보면 하나의 거대한 망사 날개 같기도 하고, 또 바람에 따라 시시각각 다른 형태와 색채로 움직이기에 공중에 투사된 오로라나 또 하나의 가상현실 같아 보여 물리적이면서도 가상현실에 유사한 것을 최첨단 테크놀로지를 빌어 구현했다는 평을 듣는다. 에클먼은 구글의 기술팀과 협력하여 핸드폰의 특수 앱을 이용하여 관객들이 폰 위에 그리는 문양이 그물에 투사될 수 있게 하여 관객들의 참여를 유도하였다.

테크놀로지를 결합시켜 공적인 공간에서 관객들의 참여와 더불어 다양한 모습으로 유동하는 조형물이란 점에서 에클먼의 시도는 가상공간의 디지털화된 이미지들에 대응되는 의미를 지닌다. 시인 로버트 핀스키(Robert Pinsky 1940-)는 이 작품이 설치된 장소인 보스톤 그린웨이의 역사를 거슬러 올라가, 그린웨이 지하로 들어간 하이웨이 93번과, 그 고속도로를 가능케 하였던 1770년대의 보스톤 항의 매립, 확장 공사를, 또 그 깎인 흙으로 이 공사를 가능케 하였던 옛 보스

---

4   Janet Echelman, "As If It Were Already Here," Boston, MA, 2015.

5   _____, "Skies Painted with Unnumbered Sparks," Vancouver, BC, Canada, 2014.

톤 세 개의 산봉우리를 소환한다. 그의 눈에는 여러 매듭과 밧줄들이 얽혀 하나의 거대한 그물을 이루고, 주변 고층 건물들에 연결되어 있는 에클먼의 설치 조각은 "여럿으로부터 하나"(*e pluribus unum*)를 건설한다는 미 건국 초기의 이상에도 연결되어 있다. 최근의 디지털 기술이 합하여진 거대한 공공 미술품이 설치된 현대적 공간은 시인의 마음속에서 그곳의 옛 이야기를 지닌 역사적 공간에 중첩되어 깊은 의미를 지니는 것이다.

　　박명진은 그의 저서 『이미지 문화와 시대 쟁점』의 말미에서 디지털 기술의 시대, 기존의 재현 예술에 대해, 시뮬레이션 예술의 특성과 위험성을 진단한 학자들의 글을 소개하며 그 가능성을 타진한다. 그는 컴퓨터의 디지털 기술에 힘입어, 이제 현실은 "재현된 이미지에 그치지 않고, 이미지의 수적 변환을 통하여 쉽게 해체, 이동, 투사"되어 다양한 변화가 가능해졌기에, 시뮬레이션 세계에서 현실은 "무한한 얼굴을 가지며, 과거나 현재의 모습이 아닌 미래, 결코 고정되지 않은, 선택이 가능한 불확정의 현실"이 된다고 진단하였다.[6] 현실의 불확정성은 관객들이 모사된(simulated) 현실에 개입, 상호 작용할 수 있음으로써 더 가중된다. 시뮬레이션 예술은 리니지와 같은 컴퓨터 게임이나 인터랙티브 소설과 드라마의 형태로 등장하는데, 비평가들은 시뮬레이션 예술에서 참여자들의 상호 작용성(interactivity)에 매우 중요한 의미를 부여하면서도, 과연 시뮬레이션 공간 안에서의 일시적 반응이 그것을 넘어 기존 전통 예술이 지닌 깊이 있는 이해와 감동을 대체할 수 있을지에 대해서 답을 유보하고 있다.[7]

　　디지털 시대의 엑프라시스를 재정의하면서 브로쉬(Renate Brosch)는 미술품의 형식적 특성에 관한 일대일 논의에서 벗어나, 시각적 이미지들 전반에 대한

6　박명진, 『이미지 문화와 시대 쟁점: 영상문화의 세계는 어떻게 발전해 왔는가』, 문학과 지성사, 2013, p. 519.

7　Ibid. pp. 500, 510.

문학적 반응이라는 보다 넓은 의미로 확대해야 함을 주장한다. 곧 예술가의 재현 (representation)보다는 문화적 행위(cultural performance)에, 관객들의 수동적 수용보다는 반응(response)에 초점을 맞추어 엑프라시스를 하나의 "적응과 협업의 과정들"(adaptive and collaborative processes)로 이해해야 한다는 것이다.[8] 디지털 문화의 세계에서 엑프라시스는 단순히 시와 문학의 "묘사"의 범위를 넘어, 작가와 관객, 이미지와 문자와 테크놀로지가 융합된 형태로 확장되어 인식과 문화 전반에 걸쳐 일어나고 있는 현상이라 보아야 할 것 같다.

최근의 연구들은 이미지와 언어/텍스트를 상반된, 혹은 자매 관계의 양자로 볼 것이 아니라, 이들의 융합에 초점을 맞추어 "그림이 포함된 제 3자"(the pictorial third)로 규정하고, 더 나아가 엑프라시스 시들을 미술품에 대한 단순한 묘사와 반응을 넘어서 "읽기, 보기, 듣기"가 다원적으로 융합된 하나의 "사건"(event)의 일부로 간주한다.[9] 근간의 디지털 영상 중심의 문화 속에서 보는 것과 읽는 것은 거의 동시에 이루어지기에, 엑프라시스 시의 필요성에 대해 의문을 제기하는 견해도 있으나, 이미지는 언어를 통해 "효과"(effect)와 "경험"(experience)을 넘어선 "의미"(significance)에 이르며, 반대로 텍스트는 이미지라는 우회로를 거쳐 의미를 전달한다는 상호 융합 과정[10]이 인식 작용의 근원에서 늘 새로운 의미를 이루어낼 가능성을 내포하고 있기에 여전히 중요하다 하겠다. 이제 엑프라시스는 하나의 작품만을 대상으로 삼는 데서 벗어나, 일련의 사진들과 영상들, 혹은 미술 작품의 한 모티프를 가지고, 과거 여러 작품들을 새로이 조명하며 의미를 탐구하

---

8   Renate Brosch, "Introduction: Ekphrasis in the Digital Age: Responses to Image," *Poetics Today*, Duke University Press, vol. 39 (2), 2018, p. 226-244.

9   Liliane Louvel, *The Pictorial Third: An Essay into Intermedial Criticism*, edited and translated by Angeliki Tseti, New York: Routledge, 2018, p. 55.

10   _____ , "Types of Ekphrasis: An Attempt at Classification," *Poetics Today*, Duke University Press, vol. 39 (2), 2018, p. 260.

는 등, 한 작가의 의도나 효과에 초점을 두기보다는 작품들의 수용자/참가자의 입장에서 보다 광범위한 반응과 탐색으로 이어지고 있다. 이 책에서 잠깐 다룬 로빈 코스티 루이스(Robin Coste Lewis 1964-)나, 메리 조 뱅(Mary Jo Bang 1946-)의 시집 전체에 걸친 탐색들[11], 그리고 앤 로더바흐(Ann Lauterbach)의 장시[12]에 들어 있는 긴 모색들은 앞으로 조금 더 면밀히 살펴볼 필요가 있을 것이다. 시와 그림들 옆 아라비아 숫자들은 각주를, 로마 숫자들은 그림과 사진들의 출처를 밝히는 데 사용하였다.

아름다운 것들에 눈뜨게 해 주셨던 나의 부모님들과, 아름다운 것들에 대한 한없는 탐구의 길을 인도해 주신 김우창 선생님과 사모님, 그리고 아름다운 것들을 간직할 수 있게 도와준 나의 남편과 두 아들들에게 깊은 감사의 뜻을 표한다. 시와 그림들의 저작권 문제 등 까다로운 절차에도 불구하고 출간을 맡아 주신 동인의 이성모 사장님과 꼼꼼히 그림과 시들을 다듬는 고된 작업을 해주신 디자이너 정숙형 님과 편집진의 박하양 님께도 감사드린다. 아울러 2016년, 2017년 봄학기 고려대학교 영문과 특수과제 수업을 함께했던 학생들과, 오랜 시간 이 책을 성원하고 손꼽아 기다려 준 나의 벗들에게 이 작은 연구가 반가운 선물이 되길 희망한다.

2024년 저자 진경혜

---

11 조 뱅의 시집들, 『눈은 이상한 풍선처럼』(*The Eye like a Strange Balloon*, 2004)과 『던지기 인형』(*A Doll for Throwing*, 2017)에 실린 시들은 거의 모두 현대 추상화들, 비디오아트, 영화들, 사진들을 대상으로 하고 있다.

12 Ann Lauterbach, "Edward Hopper's Way," in *Edward Hopper and the American Imagination*, edited by Deborah Lyons, ed al., New York: W. W. Norton, 1995, pp.35-39.

차례

1. 그리스 단지

랭스턴 휴즈 (Langston Hughes, 1902-1967) 13

랭스턴 휴즈 i

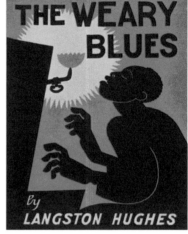

1926 시집 표지 14 · ii

---

13 미주리 주 출신의 흑인 미국 시인. 30년대 뉴욕에서 흑인문예부흥(할렘문예부흥)을 이끌었
다. 미국 시에 재즈 리듬을 도입하였고 흑인들의 삶과 언어를 있는 그대로 작품화하여 이후
미국 시에 큰 영향을 미쳤다.

14 Langston Hughes, *The Weary Blues*. Courtesy of Melissa Barton, Curator of Drama and
Prose for the Yale Collection of American Literature and the James Weldon Johnson
Memorial Collection of African American Arts and Letters, Yale University.

토기 술병(jug) iii
mid-4th century BCE 뉴욕 메트로폴리탄 미술관

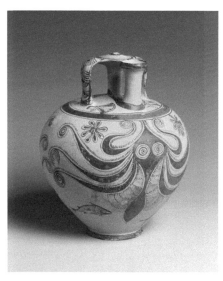

낙지문양 토기 물병(jar) iv
ca. 1200-1100 BCE 뉴욕 메트로폴리탄 미술관

Metropolitan Museum[15]

I came in from the roar

Of city streets

To look upon a Grecian urn.

I thought of Keats —

To mind came verses

Filled with lovers' sweets.

Out of ages past there fell

Into my hands the petals

Of an asphodel.

(1966)

---

15   From *The Collected Poems of Langston Hughes*, ed. by Arnold Rampersad (New York: Vintage Books, 1994), p. 550. Reprinted and translated by permission of Harold Ober Associates. Copyright 1994 by the Langston Hughes Estate.

메트로폴리탄 미술관

도시 거리들의 외침으로부터

벗어나 들어와

그리스 항아리 하나 마주하였지.

키츠를 생각하며

맘 속에 시구(詩句)들이 떠올랐지

연인들의 감미로움이 가득한 시구들.

지나간 옛 시대들로부터

내 손 안으로 떨어졌지.

애스포델[16] 의 꽃이파리들.

---

16 asphodel은 그리스 신화에서 죽은 영혼들이 거한다는 지하 세계의 엘리시움 들판에 핀 꽃이
다. 고대 그리스 작가 호머는 애스포델 들판을 단순히 사후 세계의 영혼들이 거하는 곳으로
묘사한 데 반해, 보다 이후의 작가들은 부드러움, 영원불멸, 더 나아가 "무덤 너머서도 기억
한다," 혹은 "후회가 무덤 너머까지 지속된다"는 의미로도 사용한다.

60년대 미국 뉴욕 거리를 흑인으로 걷는 것은 여전히 몸과 마음이 괴로운 일이었을 것 같다. 평등과 자유, 평화의 실현을 갈망하는 만큼, 차별과 억압, 폭력이 존재하는 현실은 여전히 소란하고 냉랭한 가시밭이었을 것이다. 시인은 이 도심의 소요를 피해, 어쩌면 진압을 피하는 데모 군중들에 휩싸여 뉴욕 메트로폴리탄 미술관 안으로 들어서게 되었을지도 모르겠다. 미술관에 들어선 시인은 전시된 그리스 단지를 마주하고, 소음 가득했던 거리와는 전혀 다른 시간과 공간에 빠져든다. 그리스 단지는 머나먼 옛 신화와 전원의 세계를 생각나게 할 뿐 아니라, 단지에 새겨진 아름다움과 영원의 세계에 송가를 바쳤던 19세기 낭만주의 시인 존 키츠(1795-1821)의 고양된 싯구들을 함께 전해 주고 있기 때문이다. 20대 청년이었던 키츠도 그리스 단지 앞에서 결핵의 질병과 아우의 죽음, "슬픔과 신물, 타오르는 이마와 메마른 혀"뿐인 현실에 대해 "영원히 사랑하고 영원히 아름다울" "보다 행복한 사랑," "높은 곳에서의 정열"을 갈구하였었다. 소요에 휩싸인 60년대 뉴욕 거리로부터 들어선 미술관에서 휴즈가 마주한 그리스 단지에는 이처럼 여러 차원의 의미들이 중첩되어 서려 있다. 옛 고대 그리스 문화와 신화들, 19세기 영국 시인 키츠가 그렸던 전원적 낭만적 사랑의 이상들, 피해 들어올 수밖에 없었던 뉴욕 거리의 일상 현실. 이미 60대인 시인은 미술관 안 그리스 단지가 전하는 낯설고 달콤한 고요함에 오래 머물지는 않는다. 옛 미술품들이 우리 손 안에 떨어뜨려 주는 것은 아름답고 향기로운 "영원의 세계"를 암시하는 꽃잎들이기도 하지만, 이 꽃잎들은 이미 오래 전에 피었던 것들로 그리스 신화에서 사후의 들판에 피어 있다는 애스포델의 꽃잎들이기도 한 것이다. 어쩌면 60년대를 살던 흑인 시인 휴즈에게 그리스 단지나, 이를 찬미하였던 키츠 모두 아름답기는 하지만, 당대 현실과는 너무나 동떨어진 느낌을 주는 타자였을지도 모르겠다. 우리가 미술관에서 만나는 미술작품들도, 그들에 관해 쓰여진 영미시들도, 오늘 저마다의 현실 세계를 살아가는 우리들에게 죽은 자들의 들판에서 날아든 마른 꽃잎들처럼 아름답지만, 영원한 타자로 느껴질 수도 있겠다. 하지만 그 작품들이 이미 죽은 사람들, 우리와는 다른 낯선 세계에 속한 것이더라도 그 다름과 차이를 바라보고, 공감하고, 이해하는 동안 그들 모두가 어려운 현실에 피었던 삶의 꽃잎들이었으며, 눈 앞 우리의 현실과 중첩되어 또 다른 의미를 끝없이 탄생시키는 단층 속 기이한 화석들이라는 사실을 새삼 느끼게 되지 않을까? 자신의 시를 읽는 것이 먼 후손들에게 "늦은 봄의 꽃수풀에 앉아서 마른 국화(菊花)를 비벼서 코에 대는 것과 같을런지 모르겠다"고 시인 한용운은 썼지만[17], 60년대 미국의 랭스턴 휴즈에게나 오늘 여기의 우리에게나 늦은 봄의 꽃수풀은 아직 오지 않은 듯하다. 이제 존 키츠의 "그리스 단지에 부치는 송가"를 읽으며 애스포델 꽃, 혹은 마른 국화 향기 가득한 들판으로 걸어 들어가 보기로 하자.

---

17 한용운, "독자에게," 『님의 침묵』, 범우문고 282, 범우사, 2015, p. 142.

2. 그리스 단지 2

존 키츠 (John Keats, 1795-1821) [18]

존 키츠 v

〈소시비오스(Sosibios) 단지〉 19, vi
루브르 박물관

---

18 영국 런던에서 태어나 약사 자격증까지 땄지만 시인의 길을 선택한 존 키츠는 워즈워스와 콜
    릿지를 잇는 낭만주의 2세대 시인 중 한 사람이다. 1818년에서 1819년 사이 결핵에 걸린 아
    우 탐(Tom)을 간호하다 떠나보낸 후, 잠시 패니 브론(Fanny Brawne)과 정열적인 사랑에 빠
    졌으나, 자신도 결핵에 걸린 것을 알게 되었고, 로마로 가서 투병하던 중, 36세의 젊은 나이
    로 요절하였다. 젊은 나이의 열정과 고난을 겪었던 이 시기에 그는 "하이페리온의 몰락," "성
    아그네스의 밤," "라미어" 등의 작품들을 비롯, "우울(melancholy)" "나태(indolence)," "그
    리스 항아리(grecian urn)," "나이팅게일(nightingale)," "프시케(psyche)," "가을(autumn)"
    을 찬미하는 여섯 편의 송가(Ode)를 썼다.
19 소시비오스 단지는 그 위에 "소시비오스"라는 조각가의 이름이 새겨져 있으며, 단지 측면에
    는 디오니소스 축제가 묘사되어 있다. 키츠는 이 단지의 사본 스케치를 그의 노트에 남겨 두
    었다.

키츠의 사본 vii

단지 세부 viii

Ode on a Grecian Urn

1

Thou still unravish'd bride of quietness,

    Thou foster-child of Silence and slow Time,

Sylvan historian, who canst thus express

    A flowery tale more sweetly than our rhyme:

What leaf-fringed legend haunts about thy shape

    Of deities or mortals, or of both,

        In Tempe or the dales of Arcady?

    What men or gods are these? What maidens loth?

What mad pursuit? What struggle to escape?

        What pipes and timbrels? What wild ecstasy?

2

Heard melodies are sweet, but those unheard

    Are sweeter; therefore, ye soft pipes, play on;

Not to the sensual ear, but, more endear'd,

그리스 단지에 부치는 송가

1

그대, 아직 순결한 고요의 신부,

　　그대 침묵과 느릿한 시간이 길러 낸 아이,

숲속 역사가여. 그 누가 꽃 이야기를 우리 시보다

　　저리도 더 감미롭게 쓸 수 있을까?

템피[20], 혹은 아케이디아[21] 초록 골짜기의

　　신, 혹은 인간, 혹은 그 모두를 새긴 그대의 형체에

　　　　그 무슨 전설이 잎으로 장식되어 서려 있는 걸까? 이들은

　　무슨 인간, 무슨 신들인가? 처녀들은 무얼 피하는가?

무슨 맹렬한 좇음이며, 무슨 도망의 버둥댐인가?

　　　　이 무슨 피리들, 이 무슨 탬버린들인가? 이 무슨 거침없는 열락인가?

2

들리는 음악도 감미롭지만, 들리지 않는 음악은

　　더 감미롭다. 그러니, 너 부드러운 피리들아, 계속 연주하라.

감각의 귀 말고 더 소중한 영혼에

20　템피 계곡(그리스 Thessaly 지방의 Olympus 산과 Ossa 산 사이에 있는 경치 좋은 계곡)
21　Arcadia 그리스 전원적 이상향, 옛 그리스의 한 지명에서 유래.

Pipe to the spirit ditties of no tone:

Fair youth, beneath the trees, thou canst not leave

Thy song, nor ever can those trees be bare;

Bold lover, never, never canst thou kiss,

Though winning near the goal — yet, do not grieve;

She cannot fade, though thou hast not thy bliss,

For ever wilt thou love, and she be fair!

3

Ah, happy, happy boughs! that cannot shed

Your leaves, nor ever bid the Spring adieu;

And, happy melodist, unwearied,

For ever piping songs for ever new;

More happy love! more happy, happy love!

For ever warm and still to be enjoy'd,

For ever panting, and for ever young;

All breathing human passion far above,

That leaves a heart high-sorrowful and cloy'd

A burning forehead, and a parching tongue.

4

Who are these coming to the sacrifice?

To what green altar, O mysterious priest,

Lead'st thou that heifer lowing at the skies,

곡조 없는 작은 노래들을 연주하라.
나무 아래 아름다운 젊은이여, 그대 노래를
　　떠날 일 없고, 나뭇가지에도 잎 질 일 없구나.
　　　　대담한 연인이여, 그대 아무래도 입맞출 수 없구나
목표에 다가가곤 있지만 — 허나 슬퍼 말기를.
　　원하는 축복은 없어도 그녀는 시들 수 없으며
　　　　그대는 영원히 사랑하고, 그녀는 영원히 아름다울 테니.

　　3

아 행복하고도 행복한 나뭇가지들이여.
　　잎 떨굴 일 없고 봄에 작별을 고하는 일도 없겠구나.
그리고 행복한 연주가여, 근심 걱정 없이
　　언제나 새로운 노래를 언제나 피리 불 수 있구나;
더욱 행복한 사랑! 행복하고 또 행복한 사랑이고말고!
　　항상 따스하고, 언제나 즐거움을 누릴 테니.
　　　　언제까지나 열망하고, 언제까지나 젊으리니.
모두 저 높은 곳에서 인간의 정열을 숨쉬어
　　슬픔 가득하고, 신물 난 마음, 타오르는 이마와
　　　　메마른 혀에서 벗어나 있구나.

　　4

제단으로 오고 있는 이들은 누구인가?
　　오 신비로운 사제여, 은빛 옆구리를 온통 화환으로
장식한 채 하늘 향해 울음 우는 암송아지를 이끌고

And all her silken flanks with garlands drest?

What little town by river or sea shore,

    Or mountain-built with peaceful citadel,

        Is emptied of this folk, this pious morn?

And, little town, thy streets for evermore

    Will silent be; and not a soul to tell

        Why thou art desolate, can e'er return.

5

O Attic shape! Fair attitude! with brede

    Of marble men and maidens overwrought,

With forest branches and the trodden weed;

    Thou, silent form, dost tease us out of thought

As doth eternity: Cold pastoral!

    When old age shall this generation waste,

        Thou shalt remain, in midst of other woe

Than ours, a friend to man, to whom thou say'st,

    'Beauty is truth, truth beauty' — that is all

        Ye know on earth, and all ye need to know.

(1818)

어느 초록 제단으로 향하고 있는가?

강, 혹은 바닷가, 혹은 평화로운 성채로 산 위에 지어진

　　어떤 작은 마을로부터 이 경건한 아침

　　　　이 사람들이 몰려 나갔을까?

그리하여 작은 마을이여, 너의 거리들은

　　이제 언제나 고요할 것이고, 어째서 네가 괴괴한지

　　　　말하여 줄 그 어떤 사람도 영원히 돌아올 수 없으리.

　　5

오, 아티카(아테네)의 형상! 아름다운 자태!

　　대리석 남녀들이 숲속 나뭇가지들과

발밑 풀들과 한데 얽혀 새겨진 모습

　　그대, 고요한 형상은, 마치 영원이 그러하듯,

우리를 끝없는 상념으로 갈망하게 한다: 차가운 전원시여!

　　나이 들어 이 세대가 사위어 갈 때,

　　　　그대는 남아, 우리 것과는 다른 고통 한가운데서

친구되어 사람에게 말하리.

　　아름다움이 진리요, 진리는 아름다움, 바로 그것이

　　　　이 땅 위에서 알고, 알아야 할 모든 것이라고.

존 키츠가 이 시에서 묘사하고 있는 그리스 단지가 어떤 것인지는 확실히 밝혀져 있지 않다. 하지만 그는 대영박물관을 방문하여 여러 그리스 단지들을 보고, 또 그리스 제식에 관한 당대의 글들을 통해, 그리스 예술품들이 주는 영감을 소중히 간직하고 있었던 것 같다. 특히 그는 헨리 모지스(Henry Moses)의 저서에서 루브르 박물관에 소장되어 있던 소시비오스(Sosibios) 단지의 사진을 발견하고 스케치로 베껴두었는데, 이 단지는 디오니소스 축제에서 여러 신들과 여종들이 모여 제사를 드리고, 음악을 연주하고 춤추는 광경을 새기고 있다.

이 시에서 키츠는 말없이 고요한 그리스 단지에 세 가지 방식으로 생명을 부여하고 있다. 그는 그리스 단지를 "순결하고 고요한, 침묵의 신부"로 의인화하여, 살아 있는 사랑스러운 대상에게 말을 걸고 질문을 발하고 있다. 그는 단지에 새겨진 소리 없는 축제에, 피리와 탬버린이 연주하는 "감미로운 멜로디"를 부여하고, 또 단지 표면에 새겨져 한 순간으로 굳어 있는 젊은 남녀의 사랑 모습을 영원히 지속되는 움직임 속에 되살려 놓고 있다. 대부분의 비평가들은 엑프라시스(ekphrasis)를 말없는 예술품으로 하여금 "말하게 하는(speak out)" 과정으로 풀이하는데, 키츠의 이 시는 실제의 그리스 단지에 말로써 소리와 움직임을 부여한 대표적인 예로 언급된다. 이 시의 두 번째 효과는 "느릿한 시간" 속에 전해 내려온 오랜 유물과 관습을, 지금 여기의 시공에 생생하게 되살려 놓고, 더 나아가 이 순간, 이곳에서의 모든 움직임을 영원으로 이어지는 것으로 만들고 있다는 점이다. 둘째 연의 연인들은 입을 맞추는 축복은 없을지라도 영원히 변함 없이 아름다울 것이고, 이들의 사랑은 셋째 연에서 "슬픔과 신물, 타오르는 이마와 메마른 혀"에서 벗어난 "높은 곳의 정열"로 이어지고 있다. 네 번째 연은 신성한 아침, 제사에 참여하느라 텅 비어 버린 마을 거리를 펼쳐 보이고, 이 공간은 영원한 고요 속에 있을 것임을 말하고 있다. 그리하여 마지막 연에서는 아름다운 사물의 말없는 형상은 우리에게 아름다움과 진리의 영원한 세계를 열어 보인다는 사실을 말하는데, 이는 키츠가 이 시 전체를 통하여 의도하였던 세 번째의 가장 중요한 해석이라 하겠다.

그가 좋은 예술의 핵심으로 생각했던 "소극적 수용능력(negative capability)"이란, 사물을 분명하고 이성적인 하나의 정의로 규명, 고정하는 것이 아니라, 사물들의 "신비"와 "불확실함"을 인지하면서 우리의 "마음(heart)"과 감각을 통하여 여러 가능성을 지닌 것으로 받아들이는 능력을 의미하였다. 그에게 그리스 단지는 단순히 옛 그리스의 유물이 아니라, 순결과 고요, 높은 곳의 순수한 정열과 이른 아침의 경건함 등이 어우러진 아름다운 전원 세계에의 꿈을 일깨우는 매개체이다. 그는 우리 마음속 열정에 깃든 신성함, 또 상상력이 이루어 낸 아름다움이야 말로 진실된 것이라 믿었다.[22] 키츠의 많은 시들이 사물들을 공감각적으로, 다양한 은유를 통하여 표현하고 있다는 사실도 이와 무관하지 않을 것 같다. "고요한 (사물의) 형상은/ 마치 영원이 그러하듯/ 우리를 끝없는 상념으로 갈망하게" 하는 것이다. 그의 생각에 사물이나 예술품들을 하나의 의미로 단정하지 않고 "소극적으로 (사물이 말하는 바에 귀를 기울이며)" 수용할 때 이루는 새로운 발견과 경이로움은 자신의 의지와 현실 세계 너머 영원한 형이상학적 세계로 이어지는 것이었다.

말없는 사물이 그 너머 아름다움의 영원한 세계를 열어 보인다는 키츠의 생각은 아마도 세계와 사물에 대한 우리의 모든 창조적 활동의 핵심을 비추고 있는 것으로, 미술 작품들에 대한 문학적 묘사인 엑프라시스의 핵심적 기능 중 하나를 가리키고 있다. 바브라 피셔(Barbara Fischer)는 조금 다른 맥락에서이긴 하나, 미술품에서 현실 세계를 넘어서는 초월적 가치나 의미를 읽어 낼 때, 미술품들은

---

22 1817년 11월 22일, 키츠가 벤자민 베일리(Benjamin Bailey)에게 보낸 편지.

1. 춤추는 여종(maenads)들을 따라가는 무장 전사.
2. 사냥의 여신 아르테미스와 허미스가 제단을 사이에 두고 있다.
3. 축제 행렬: 여종들과 한 전사.
4. 피리 부는 여종과 지터를 타는 아폴로.

"liminality(경계성)"를 지니게 된다는 말로 설명한다.[24] 즉 예술품들은 현실 세계로부터 초월적 이상 세계로 넘어가는 일종의 문턱(threshold)이나 경계(limen) 역할을 한다는 것이다. 미술관의 어떤 작품들과 그에 관한 시들은 때때로 우리로 하여금 사사로운 일상에서 벗어나, 보이지 않는 아름다운 영원한 세계를 잠시나마 꿈꾸게 한다.

---

23 Réunion des Musées Nationaux-Grand Palais: 파리 국립박물관과 그랑팔레 박물관의 합병을 통해 2011년 결성된 프랑스 문화유산 단체.

24 Barbara K. Fischer, *Museum Meditations: Reframing Ekphrasis in Contemporary American Poetry*, New York: Routledge, 2006, pp. 19-24.

3. 단지 이야기

월러스 스티븐스 (Wallace Stevens 1879-1955) 25

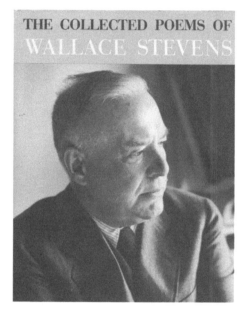

월러스 스티븐스 시전집 표지(1954) 26

---

25 미국 펜실베이니아 주 레딩에서 태어나 하버드대에서 수학한 후, 뉴욕 법과대학원을 졸업하
    고 변호사로 활동하였다. 일생의 말년까지 커네티컷 주 하트포드 보험회사의 부사장으로 일
    하면서 돈과 법리가 지배하는 현실 세계와, 이 세계를 조성, 변모시켜 가는 우리의 감각과 마
    음 작용에 지속적인 관심을 지녔다. 첫 시집, 『손풍금』(*Harmonium*, 1924) 이후 1955년 『시
    전집』(*The Collected Poems of Wallace Stevens*, 1954)으로 퓰리처 상과 전미도서상을 수상하
    였다.
26 cover image permitted by Penguin Random House.

테네시 토기 그릇 M. R. 해링턴, plate L 27· ix

토기 그릇 2 M. R. 해링턴, plate LVI x

27   M. R. Harrington(1882-1971), *Cherokee and Earlier Remains on Upper Tennessee River*
     (New York: Museum of the American Indian, Heye Foundation, 1922).

Anecdote of the Jar

I placed a jar in Tennessee,
And round it was, upon a hill.
It made the slovenly wilderness
Surround that hill.

The wilderness rose up to it,
And sprawled around, no longer wild.
The jar was round upon the ground
And tall and of a port in air.

It took dominion everywhere.
The jar was gray and bare.
It did not give of bird or bush,
Like nothing else in Tennessee.

(1919)

항아리의 일화

테네시에 단지 하나 놓았지
언덕 위에서 둥글었던 그것은
가꾸어지지 않은 거칠음이
언덕 주변을 둘러싸게 했지.

거칠음은 언덕 위로 올라와
나지막이 엎드려 더 이상 거칠지 않았어.
단지는 땅 위에 둥글었고
우뚝 솟아 대기 속 하나의 성문(城門)이었지.

그것은 모든 곳을 다스렸어.
단지는 회색. 아무런 무늬도 없었지.
그것은 테네시의 다른 것과는 달리
새나 수풀을 선사하지 않았지.

그리스 단지들에 관한 시들을 소개하는 김에, 단지에 관한 20세기 미국시를 한 편 더 읽어 보기로 하자. 운율과 감각적인 이미지들로 장식되었던 키츠의 송가와는 달리, 이 시는 매우 소박하고 단순하여 미국 서부 개척지에서 유행하였던 "일화"의 형식을 지니고 있다. 스티븐스는 한 편지에서 당대의 테네시는 가장 가난하고 조야한 농부들의 땅이었다고 술회하였다.

테네시의 거친 들판에 놓인 단지를 의인화하여 그것이 어떻게 남부 황야의 거친 환경을 정복하게 되었는지를 말하는 이 시는 실제 미술품을 다루고 있지는 않다. 그러나 인위적 산물인 단지와 주변 현실과의 관계에 대해 생각하고 있다는 점에서 이 시는, 사람의 창조물들이 삶에 지니는 의미에 대해 보다 근원적인 관찰을 하고 있다. 상상력과 현실은 스티븐스 시의 중심을 이루는 두 축이지만, 정작 그의 주된 관심을 이루었던 것은 이 두 축이 지어내는 "최상의 허구"의 가능성을 탐구하는 데에 있었다.[28] 이 시에서도 중요한 것은 흔히 이해되 듯, 테네시의 거친 벌판이 상징하는 현실도, 그를 정복한 단지가 나타내는 상상력도, 또 그들 둘 중 어느 것이 우위를 차지하는가의 문제가 아니다. 단지의 일화가 예시하는 것은 테네시 주 거친 언덕 위에 놓인 단지 하나가 어떻게 주변의 거친 환경을 완화시키고, 대기로 향한 하나의 성문(문턱)의 역할을 하였는가 하는 것으로, 실제 단지의 문화적 효용을 말하고 있는 것이다. 키츠에게 있어 그리스의 단지는 아름다움과 진리라는 추상적이고 영원한 세계로 우리를 인도하는 매개체였지만, 스티븐스에게 이 단지들은 옛 아티카 지역의 신화와 제사, 전원에서의 삶이 낳은 산물로서, 그 시대 삶에서 물이나 포도주, 혹은 죽은 사람들의 뼈를 간직하는 도구로서 중요한 의미를 갖는 것이었다. 스티븐스는 당대의 거칠고 가난한 땅 테네시에는 아무

---

28 Holly Stevens, ed. *Letters of Wallace Stevens,* Berkeley: Univ. of California Press, 1996, p. 820.

런 장식이 없는 회색의 단지가 있어, 그곳의 삶을 순치시키고 더 풍요롭고 문화적인 삶으로 나아가게 하는 성문(port)의 역할을 함을 말하고 있다. 이 시의 그릇은 회색으로 아무런 무늬가 없는 것으로 보아, 삶이 흙과 가까웠던 척박한 시대, 일상의 절실한 필요에서 생긴 것일 것이다. 사람의 상상력이 만들어 낸 단지는 고대 그리스에서나 미국의 촌 테네시에서나 거친 환경에서 생겨나 삶을 유지, 순화시켜 주는 "최상의 허구"라 할 수 있다. 이렇게 보면 스티븐스의 주된 관심은 주어진 현실로부터 의식주의 문화가 이루어지는 과정, 더 나아가 주어진 세계의 물리적 기반과 사람의 창조적 능력이 지닌 문화적 가능성을 탐구하는 데에 있었던 것 같다. 미술관이나 박물관에 들어 있는 미술품과 유물들은 그들이 지닌 아우라 때문에, 혹은 그들이 비추는 아름다움과 영원이라는 초월적 세계 때문에도 중요하지만, "우리가 문화라 부르는 궁극적 양식(the ultimate good sense which we call civilization)"[29]의 축적과 역량을 담고 있기에 소중한 것이라 할 수 있다.

---

29 Frank Kermode and Joan Richardson, eds. *Wallace Stevens: Collected Poetry and Prose*, New York: Library of America, 1997, p. 713.

4. 아킬레스의 방패

호머 (Homer c. 800 BCE - c. 700 BCE) [30]

호머 xi

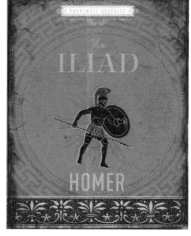

『일리아드』, 2022 표지 31· xii

---

30 고대 그리스 서사시 『일리아드』와 『오디세이』의 작가로 알려져 있으나, 정확한 생몰연도도,
   그가 이 두 작품을 언제 어떻게 썼는지도 밝혀져 있지 않다. 그리스 신화의 트로이 전쟁을 소
   재로 한 이 작품은 BC 7-8세기 경의 작품으로 추정된다.

31 Homer, *The Iliad*, Quarto Classics, imprint by Chartwell Books, 2022. with permission
   from Quarto.com.

Angelo Monticelli 그림 1820 xiii

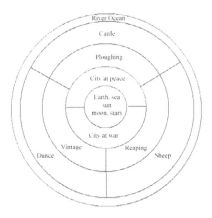

아킬레스의 방패(도식) 32

32 Willcock, Malcolm M. *A Companion to the Iliad*. Based on Translation by Richmond
    Latimore. The Univ. of Chicago Press, 1976. p. 210. reuse permitted by the University of
    Chicago Press.

The Shield of Achilles (from *The Iliad, Book XVIII*, lines 508-606)[33]

Thus having said, the father of the fires

To the black labours of his forge retires.

Soon as he bade them blow, the bellows turned

Their iron mouths, and, where the furnace burned,

Resounding breathed: at once the blast expires,

And twenty forges catch at once the fires;

Just as the god directs, now loud, now low,

They raise a tempest, or they gently blow.

In hissing flames huge silver bars are rolled,

And stubborn brass, and tin, and solid gold:

Before, deep fixed, the eternal anvils stand;

The ponderous hammer loads his better hand,

His left with tongs turns the vexed metal round;

And thick strong strokes the doubling vaults rebound.

Then first he formed the immense and solid shield;

Rich various artifice emblazed the field;

Its utmost verge a threefold circle bound ;

---

33 From Homer, *The Iliad,* translated by Alexander Pope, Project Gutenberg, 2002,
    https://www.gutenberg.org/files/6130/6130-h/6130-h.htm

아킬레스의 방패(『Illion(Troy)의 노래』 중, 18권 508-606행)

그렇게 말하고 불의 신(Vulcan)은

대장간 검댕 노역으로 돌아갔다.

그가 불라고 명하자, 풀무들은 쇠 주둥이들을

한데 모아 용광로가 타는 곳에서

큰 소리를 울리며 숨을 쉬었다: 광풍이 그치자,

스무 개의 용광로들에 일제히 불이 붙었다.

불의 신이 때론 크게, 때론 낮게 명령함에 따라

용광로들엔 폭풍이 몰아치기도 하고 미풍이 불기도 했다.

쉭쉭 소리 내는 불꽃들 속으로 은막대들이 굴러들고

녹기 힘든 청동, 주석, 순금이 들어갔다.

앞쪽 깊숙이 영원한 모루들이 고정되어 서 있었다.

망치가 불의 신 오른팔에 묵직하게 실리고

왼팔로는 달구어진 금속을 집게로 잡아 돌렸다.

둔탁하고 세게 두드리는 소리가 천장에 부딪혀 메아리쳤다.

먼저 그는 거대하고 단단한 방패를 만들었다

다양하고 풍성한 기술로 판을 장식하였다.

제일 가장자리는 세 겹의 원으로 둘러쌌다.

A silver chain suspends the massy round:

Five ample plates the broad expanse compose,

And godlike labours on the surface rose.

There shone the image of the master-mind :

There earth, there heaven, there ocean, he designed;

The unwearied sun, the moon completely round;

The starry lights that heaven's high convex crowned;

The Pleiads, Hyads, with the northern team

And great Orion's more refulgent beam;

To which, around the axle of the sky,

The Bear revolving points his golden eye;

Still shines exalted on the ethereal plain,

Nor bathes his blazing forehead in the main.

Two cities radiant on the shield appear,

The image one of peace, and one of war.

Here sacred pomp and genial feast delight,

And solemn dance, and Hymeneal rite;

Along the street the new-made brides are led,

With torches flaming, to the nuptial bed:

The youthful dancers in a circle bound

To the soft flute, and cittern's silver sound:

Through the fair streets, the matrons in a row

Stand in their porches, and enjoy the show.

은사슬이 그 육중한 방패를 들어 올릴 손잡이였다.

다섯 겹의 두툼한 철판들이 방패판을 이루었다.

신의 기술이 그 표면을 수놓았다.

그곳에서 장인의 마음이 낳은 형상들이 빛났다.

지상과 천상, 바다를 그는 새겼다.

쇠함 없는 태양, 완벽하게 둥근 달,

천상의 높은 궁륭에 왕관을 씌우는 별빛들

황소자리 플라이어디즈, 하이어디즈 성단과 그에 속한 북쪽 별들과

더 밝게 빛나는 오리온 성좌,

하늘 축을 중심으로 회전하는

곰자리는 이 성좌를 향해 그의 금빛 눈을 비추며

대기의 평원 위로 솟아 영롱하게 빛나

그의 빛나는 이마를 바닷물에 잠그는 일이 없다.

두 개의 도시가 방패에 찬란히 나타난다.

하나는 평화롭고, 다른 하나는 전쟁 중인 모습으로.

여기는 성스런 행렬과 온화한 축제의 기쁨,

장중한 춤과 혼인 예식.

길을 따라 새 신부들이 초롱불 아래 줄지어

혼인의 침대로 간다.

젊은 춤 무리들이 원을 그리며

은은한 피리와 은빛 잘랑이는 현악기에 맞추어 춤추었다.

아름다운 거리들을 따라 나이 든 여성들이

문 앞에 늘어서서 펼쳐지는 광경을 즐기고 있다.

There, in the Forum swarm a numerous train;

The subject of debate, a townsman slain:

One pleads the fine discharged, which one denied,

And bade the public and the laws decide:

The witness is produced on either hand;

For this, or that, the partial people stand:

The appointed heralds still the noisy bands,

And form a ring, with sceptres in their hands;

On seats of stone, within the sacred place,

The reverend elders nodded o'er the case;

Alternate, each the attending sceptre took,

And, rising solemn, each his sentence spoke.

Two golden talents lay amidst, in sight,

The prize of him who best adjudged the right.

Another part a prospect differing far

Glowed with refulgent arms, and horrid war.

Two mighty hosts a leaguered town embrace,

And one would pillage, one would burn, the place.

Meantime the townsmen, armed with silent care,

A secret ambush on the foe prepare:

Their wives, their children, and the watchful band

Of trembling parents, on the turrets stand.

They march, by Pallas and by Mars made bold;

저쪽 광장에는 많은 사람들로 북적인다.
논쟁의 주제는 한 마을 사람이 살해된 사건.
한쪽에선 몸값을 요구하고, 다른 편은 거부하기에
모인 대중들에게 호소하고 법으로 결정한다.
양쪽 모두 증인들을 세워
이쪽, 저쪽 패가 나뉜다.
임명된 관리들은 논쟁하는 무리들을 조용히 시키고
손에 홀들을 들고서 돌로 된 의자 위,
신성한 자리 안에 빙 둘러앉는다.
존경받는 연장자들이 각각의 경우를 들으며
머리를 끄덕였고, 번갈아 돌아오는 홀을 받아 들고
엄숙하게 일어서서 자신의 견해를 말하였다.
한가운데 보이게끔 놓인 두 개의 금화는
가장 바른 판결을 내리는 이에게 줄 상품.

다른 부분 도시의 광경은 매우 달랐다.
번쩍이는 무기들로 뒤덮이고 끔찍한 전쟁이 일었다.
두 개의 막강한 무리가 점령당한 마을을 에워싸고
한 무리는 약탈을, 다른 쪽은 불태우려 하였다.
한편 마을 사람들은 조용히 무장을 하고
적들에게 비밀스런 매복을 준비하고 있었다.
아내들과 아이들, 염려에 떨며 예의 주시하는
부모들은 해자 위에 서 있었다. 그들은 군신 마스와
팰러스의 도움으로 용감히 행진하였다.

Gold were the gods, their radiant garments gold,

And gold their armour ; these the squadrons led,

August, divine, superior by the head:

A place for ambush fit they found, and stood

Covered with shields, beside a silver flood.

Two spies at distance lurk, and watchful seem

If sheep or oxen seek the winding stream.

Soon the white flocks proceeded o'er the plains,

And steers slow-moving, and two shepherd swains;

Nor fear an ambush, nor suspect a foe.

In arms the glittering squadron rising round,

Rush sudden; hills of slaughter heap the ground;

Whole flocks and herds lie bleeding on the plains,

And, all amidst them, dead, the shepherd swains:

The bellowing oxen the besiegers hear;

They rise, take horse, approach, and meet the war;

They fight, they fall, beside the silver flood;

The waving silver seemed to blush with blood.

There tumult, there contention, stood confessed;

One reared a dagger at a captive's breast,

One held a living foe, that freshly bled

With new-made wounds ; another dragged a dead;

Now here, now there, the carcasses they tore:

Fate stalked amidst them, grim with human gore.

신들은 찬란한 금빛 의상으로 빛났고

갑옷도 금빛이었다. 이들이 무리들을

장중하고 신성하며 뛰어난 지략으로 이끌었다.

그들은 매복에 적당한 장소를 발견하고

은빛 강 옆에 방패로 가리고 섰다.

멀리 두 명의 복병을 잠복시켜 양이나 소들이

굽이쳐 흐르는 강물을 찾아 오는지 지켜보게 하였다.

이윽고 흰 양 떼가 벌판 위로 몰려들어.

서서히 다가오고, 두 명의 양지기 청년들이

복병의 두려움도, 적에 대한 의심도 없이 다가왔다.

무장한 군병들이 번쩍이며 곳곳에서 일어나

급습하자 시체더미가 땅위에 산처럼 쌓였다.

짐승 떼들이 피를 흘리며 벌판에 쓰러졌고,

그 한가운데 양지기 청년들이 죽어 있었다.

소들이 울부짖는 소리를 포위자들이 듣고 일어나

말을 타고 다가와 전쟁에 가담하였다.

그들은 접전하였고, 패배했다. 은빛 강가에서.

굽이진 은빛 강은 피로 붉게 물들었다.

여기선 격전, 저기선 대결이 모습을 드러냈다.

어떤 이는 단도를 들어 포로의 가슴을 겨누고

어떤 이는 지금 막 입은 상처로 피가 솟구치는

생포된 적을 데리고 왔다. 다른 이는 시체를

끌어와 여기 저기 시신들을 훼손하였다.

운명의 신은 인간의 피비린내에 찌푸린 채 그들

And the whole war came out, and met the eye:

And each bold figure seem'd to live or die.

A field deep furrowed next the god designed,

The third time laboured by the sweating hind;

The shining shares full many ploughmen guide,

And turn their crooked yokes on every side.

Still as at either end they wheel around,

The master meets them with his goblet crowned;

The hearty draught rewards, renews their toil;

Then back the turning ploughshares cleave the soil:

Behind, the rising earth in ridges rolled,

And sable looked, though formed of molten gold.

Another field rose high with waving grain;

With bended sickles stand the reaper-train.

Here stretched in ranks the levelled swarths are found,

Sheaves, heaped on sheaves, here thicken up the ground

With sweeping stroke the mowers strew the lands;

The gatherers follow, and collect in bands;

And last the children, in whose arms are borne,

Too short to gripe them, the brown sheaves of corn.

The rustic monarch of the field descries,

With silent glee, the heaps around him rise.

A ready banquet on the turf is laid,

가운데 서 있었다. 전면전이 일어나 펼쳐졌다.
용맹스런 자들 각기 살지 않았으면 죽은 듯했다.

다음으로 불의 신은 깊게 이랑진 밭을 고안하였다.
농부들이 땀흘려 세 번째 간 땅이었다.
많은 농부들이 모두 빛나는 농기구들을 이끌고
이리 저리 멍에를 지우고 밭갈이를 하였다.
밭의 끝에 다다라 방향을 틀 때면
주인이 그들을 맞아 포도주를 선사하였다.
한 모금 마시고 기운을 차려 일을 다시 시작하여.
돌아가는 쟁기는 다시 흙을 일구었다.
등 뒤 솟은 땅들은 골지어 물결이 이는 듯했고 부드러운
갈색으로, 마치 녹은 금으로 빚은 것 같았다.
또 다른 들판은 일렁이는 곡식들로 솟아올랐다.
추수꾼들이 굽은 낫을 들고 서 있다.
그루터기만 남은 땅들이 줄지어 펼쳐진다.
켜켜로 쌓인 곡식 단들이 땅 위에 높이 쌓인다.
추수꾼들이 낫을 휘두르며 들판을 누비면.
모으는 사람들이 따라가며 단을 묶는다.
팔이 짧아 단을 묶지 못하는 아이들은
뒤따르며 누런 옥수수단을 모은다.
그 지방 땅의 영주가 함박 미소를 띠고
주위에 단이 높이 쌓이는 것을 지켜본다.
곧 들판에 성찬이 차려지고,

Beneath an ample oak's expanded shade;

The victim ox the sturdy youth prepare;

The reapers' due repast, the women's care.

Next ripe, in yellow gold, a vineyard shines,

Bent with the ponderous harvest of its vines;

A deeper dye the dangling clusters shew,

And, curled on silver props, in order glow:

A darker metal mixed, intrenched the place;

And pales of glittering tin the enclosure grace

To this, one pathway gently winding leads,

Where march a train with baskets on their heads,

Fair maids and blooming youths, that smiling bear

The purple product of the autumnal year.

To these a youth awakes the warbling strings,

Whose tender lay the fate of Linus sings;

In measured dance behind him move the train,

Tune soft the voice, and answer to the strain.

Here, herds of oxen march, erect and bold,

Rear high their horns, and seem to low in gold,

And speed to meadows, on whose sounding shores

A rapid torrent through the rushes roars:

Four golden herdsmen as their guardians stand,

아름드리 참나무 그늘 아래 힘센 젊은이들이 잡은
황소 제물이 마련되고 추수꾼들에게 주어지는
새참이 여성들의 주도 하에 제공된다.

그 옆으로는 잘 익은 포도원이 노란 금빛으로 빛난다.
넝쿨마다 주렁주렁 열매가 달려 늘어지고
매달린 포도송이들은 짙은 색조를 띠고.
은빛 지지대를 감고 정연하게 빛난다.
조금 더 어두운 합금이 그곳에 울타리를 둘렀고
반짝이는 주석이 울타리를 장식한다.
부드럽고 굽이진 오솔길이 이리로 나 있어
한 무리가 머리에 바구니를 이고 걷는다.
미모의 처녀들과 피어나는 청년들은 미소짓고
가을의 보랏빛 산출을 안고 있었다. 한 젊은이가
이들을 향해 잘랑이는 현악기를 일깨워
그 곡에 맞추어 리누스의 만가를 합창한다.
연주자 뒤로 박자를 맞추어 무리들은 춤추며 간다.
목소리를 부드러이 맞추고 곡조에 화답하면서.

이곳에 황소 무리들이 꼿꼿이 당당히 행진하고 있다.
뿔들을 높이 쳐들고 금으로 장식되어 초원으로
서둘러 가는 것 같다. 그 옆 갈대숲 사이로
급류가 소리를 내며 흐르고 있다. 금으로 된
네 명의 소몰이꾼들이 소들을 지키며, 아홉 마리

And nine sour dogs complete the rustic band.

Two lions rushing from the wood appeared,

And seized a bull, the master of the herd;

He roared: in vain the dogs, the men, withstood;

They tore his flesh, and drank the sable blood.

The dogs, oft cheered in vain, desert the prey,

Dread the grim terrors, and at distance bay.

Next this, the eye the art of Vulcan leads

Deep through fair forests, and a length of meads;

And stalls, and folds, and scattered cots between ;

And fleecy flocks, that whiten all the scene.

A figured dance succeeds : such once was seen

In lofty Gnossus, for the Cretan queen,

Formed by Dsedalean art : a comely band

Of youths and maidens, bounding hand in hand;

The maids in soft cymars of linen dressed:

The youths all graceful in the glossy vest;

Of those the locks with flowery wreaths inrolled,

Of these the sides adorned with swords of gold,

That, glittering gay, from silver belts depend.

Now all at once they rise, at once descend,

With well-taught feet : now shape, in oblique ways,

사나운 개들이 이 거친 무리를 채우고 있다.
숲에서 두 마리의 사자가 뛰어나와
가축의 선두에 있던 황소 한 마리를 낚아챘다.
소는 울부짖지만, 개들과 몰이꾼들은 속수무책.
사자들이 살을 물어뜯고, 검붉은 피를 마신다.
개들은 부축임 당하나 소용없이 먹잇감을 버리고
무시무시한 공포로 두려워 멀리 피해 섰다.

다음으로 대장장이 벌칸의 예술은 눈을 이끈다.
아름다운 숲속을 지나, 길게 펼쳐진 초원으로
마굿간과 우리들, 그 사이 흩어진 오두막들,
광경을 하얗게 만드는 솜털을 지닌 양 떼들로.

아릿다운 형상의 춤이 그 뒤를 따른다. 한때
디덜로스가 크레타의 왕비를 위해 높은 크놋수스 궁에
마련했던 것이 그러한 것이었다. 젊은이들과 처녀들의
어여쁜 무리가 손에 손을 잡고 있다.
처녀들은 부드러운 명주 드레스를 입고
청년들은 빛나는 조끼로 우아하다.
처녀들의 머리에는 화관이 씌워지고
청년들의 허리춤엔 금빛 검으로 장식되어
은으로 된 허리띠에 매달려 화려하게 반짝인다.
이제 그들이 일제히 섰다가 일제히 앉는다.
훌륭히 숙련된 발들로: 이제 모양을 만들고,

Confusedly regular, the moving maze:

Now forth at once, too swift for sight, they spring,

And undistingushed blend the flying ring:

So whirls a wheel, in giddy circle toss'd,

And, rapid as it runs, the single spokes are lost.

The gazing multitudes admire around;

Two active tumblers in the centre bound;

Now high, now low, their pliant limbs they bend,

And gen'ral songs the sprightly revel end.

Thus the broad shield complete the artist crowned

With his last hand, and poured the ocean round:

In living silver seemed the waves to roll,

And beat the buckler's verge, and bound the whole.

This done, whate'er a warrior's use requires

He forged; the cuirass that outshines the fires,

The greaves of ductile tin, the helm impressed

With various sculpture, and the golden crest.

At Thetis' feet the finished labour lay;

She, as a falcon, cuts the aerial way,

Swift from Olympus' snowy summit flies,

And bears the blazing present through the skies.

(1715) 알렉산더 포우프(1688-1744) 영역

엇비슷하게 흩어지면서 움직이는 미로같이 되다가, 눈 깜빡

할 사이 이제는 앞으로 퍼져 나오고는

슬그머니 날아가는 원형으로 섞여 버린다.

마치 어지러이 회전하는 원 속에 던져진 바퀴가

급속히 달릴 때, 각 각의 바퀴살이 보이지 않듯.

구경하는 군중들은 넋을 잃고 주위에 모였다.

두 명의 곡예사가 가운데 있어,

높게 또 낮게 유연한 팔다리를 구부렸고.

늘 듣던 노래들로 화려한 축제는 끝난다.

그 예술가는 마지막 손길로 그 너른 방패를

그렇게 완성짓고 바다를 주변에 흘려 놓았다:

살아 움직이는 은으로 물결이 너울지듯이

방패 가장자리를 조련하여 전체를 감쌌다.

이렇게 하여 한 전사가 필요한 것 일체를

그는 주조해 내었다. 불빛을 능가하는

가슴막이, 유연한 주석으로 만든 정강이 보호대,

다양한 조각으로 장식된 투구와 금빛 갈기 장식.

테티스 발 아래 완성된 노작이 놓였고,

그녀는 독수리처럼 대기를 가르며

눈 덮인 올림퍼스 산 정상에서 재빨리 날아올라,

빛나는 선물을 품에 안고 천궁 길을 통과했다.

그리스 서사시 『일리아드』 제 18권에 등장하는 아킬레스의 방패는 예술품을 다룬 최초의 문학작품으로 여겨지는데, 여기서의 예술품은 실제 존재하는 것이 아니라, 상상된 것이라는 특징이 있다. 작가 호머는 아킬레스의 방패를 짓고 있는 대장장이 헤파이스토스의 손길을 따라가듯 묘사하여 독자들 눈앞에 생생하게 펼쳐 보임으로써 엑프라시스(ekphrasis) 원래의 개념을 충실히 실행하고 있다. 그리스 시대에 엑프라시스는 말로써 사물들을 선명하게 묘사하는 수사법의 일종이었다. 호머는 그리스 신화 속, 아킬레스의 방패 위, 여러 겹의 동심원 상에 새겨지는 광경들을 한겹 한겹 상세히 그려 보이는데, 특히 현실감을 위해서인지, 현재 시제를 사용하여 방패의 제작과정을 독자들의 눈 앞에 "지금 진행되는 대로" 펼쳐 놓는 것이다.

　　헤파이스토스가 전사 아킬레스의 방패에 새긴 것은 용맹이나 전승, 혹은 위압적인 천하무적의 상징이 아니었다. 그것은 중심에 태양과 달과 별들의 성좌가 있으며, 혼인식과 민주적 재판이 있는 평화로운 마을과, 전쟁을 치르고 있는 두 종류의 마을, 풍요로운 포도 농원의 조화로운 노동과 축제, 목축과 약육강식의 자연, 그 모든 것을 에워싼 바다 등을 동심원상에 균형 있게 배치하여 우주, 사회, 자연의 전모를 담고 있는 것이다. 아킬레스 방패의 묘사를 통하여 시인 호머는 전쟁 영웅이 수호해야 할 참된 가치를 그려 보이려 했던 것 같다. 그는 분노와 증오, 힘과 폭력을 통한 상대방의 제압보다 삶의 다양한 국면들의 조화와 균형, 자연과 우주 전체에 내재한 질서의 회복과 유지가 전쟁의 궁극적 목적임을 비추는 하나의 도덕적 비전이자 상세한 모범으로 아킬레스의 방패를 그려 보이고 있는 것 같다.

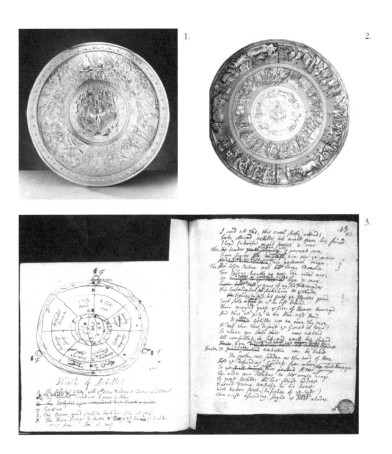

19세기 초, 여러 제작자들이 호머의 『일리아드』에 묘사된 아킬레스의 방패를 기초로 실물화하였다.

1. 1821, Philip Rundell 1746-1827의 후원으로, John Flaxman 설계 시작. 은도금.
   courtesy: Royal Collection Trust/© His Majesty King Charles III 2023.
2. 1820년, 안젤로 몬티첼리(Angelo Monticelli) 제작, 채색동판, 『고대와 현대의 의상』에 실림.
   (*Le Costume Ancien et Moderne* 1817-1843 by Giulio Ferrario)
3. 1720년, 시인 알렉산더 포우프(Alexander Pope)가 호머의 『일리아드』를 번역하면서 그려 넣은 아킬레스의 방패. 영국 국립도서관 © The British Library Board Add. 4808, ff.81v-82 High resolution
   https://www.bl.uk/learning/timeline/item104621.html

5. 아킬레스의 방패 2

W. H. 오든 (W. H. Auden 1907-1973) [34]

W. H. 오든 xiv

photo by Van Vechten 1939

---

34 20세기 대표적 영국 시인. 1925년에서 1930년대의 시기에 옥스퍼드 대학 동창생들이었던
Cecil Day-Lewis, Louis MacNeice, and Stephen Spender 등과 함께 좌익 경향을 보였으나,
1939년 미국으로 귀화하였다. 1951년에서 1956년까지 옥스퍼드대학 시 교수 역임. 시집,
『아킬레스의 방패』는 1955년 출간되었고, 이 시집으로 이듬해 오든은 전미도서상(National
Book Award)을 수상하였다.

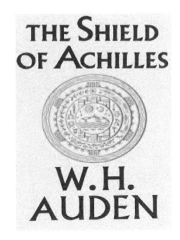

THE SHIELD
OF ACHILLES

W.H.
AUDEN

xv

The Shield of Achilles

    She looked over his shoulder
      For vines and olive trees,
    Marble well-governed cities
      And ships upon untamed seas,
    But there on the shining metal
      His hands had put instead
    An artificial wilderness
      And a sky like lead.

A plain without a feature, bare and brown,
  No blade of grass, no sign of neighbourhood,
Nothing to eat and nowhere to sit down,
  Yet, congregated on its blankness, stood
  An unintelligible multitude,
A million eyes, a million boots in line,
Without expression, waiting for a sign.

Out of the air a voice without a face
  Proved by statistics that some cause was just
In tones as dry and level as the place:
  No one was cheered and nothing was discussed;
  Column by column in a cloud of dust
They marched away enduring a belief
Whose logic brought them, somewhere else, to grief.

    She looked over his shoulder
      For ritual pieties,
    White flower-garlanded heifers,
      Libation and sacrifice,
    But there on the shining metal
      Where the altar should have been,

33

    She saw by his flickering forge-light
      Quite another scene.

Barbed wire enclosed an arbitrary spot
  Where bored officials lounged (one cracked a joke)
And sentries sweated for the day was hot:
  A crowd of ordinary decent folk
  Watched from without and neither moved nor spoke
As three pale figures were led forth and bound
To three posts driven upright in the ground.

The mass and majesty of this world, all
  That carries weight and always weighs the same
Lay in the hands of others; they were small
  And could not hope for help and no help came:
  What their foes liked to do was done, their shame
Was all the worst could wish; they lost their pride
And died as men before their bodies died.

    She looked over his shoulder
      For athletes at their games,
    Men and women in a dance
      Moving their sweet limbs
    Quick, quick, to music,
      But there on the shining shield
    His hands had set no dancing-floor
      But a weed-choked field.

A ragged urchin, aimless and alone,
  Loitered about that vacancy; a bird
Flew up to safety from his well-aimed stone:
  That girls are raped, that two boys knife a third,
  Were axioms to him, who'd never heard

36

Of any world where promises were kept,
Or one could weep because another wept.

    The thin-lipped armourer,
      Hephaestos hobbled away,
    Thetis of the shining breasts
      Cried out in dismay
    At what the god had wrought
      To please her son, the strong
    Iron-hearted man-slaying Achilles
      Who would not live long.

37

xvi   xvii

(1955 First UK edition published by Faber & Faber Ltd.) 35

---

35   images are permitted by Faber and Faber UK.

The Shield of Achilles [36]

She looked over his shoulder
    For vines and olive trees,
Marble well-governed cities
    And ships upon untamed seas,
But there on the shining metal
    His hands had put instead
An artificial wilderness
    And a sky like lead.

A plain without a feature, bare and brown,
    No blade of grass, no sign of neighborhood,
Nothing to eat and nowhere to sit down,
    Yet, congregated on its blankness, stood
An unintelligible multitude,
    A million eyes, a million boots in line,
Without expression, waiting for a sign,

아킬레스의 방패

그녀는 그의 어깨 너머를 넘겨보며
　　　포도나무, 올리브 나무들,
잘 다스려진 대리석 도시들,
　　　거친 바다 위 배들을 구하였다.
그러나 그 빛나는 금속판 위에
　　　그의 손이 정작 새겨 넣은 것은
사람이 만든 삭막한 들판
　　　납덩이 같은 하늘.

아무런 형체 없는 들판, 헐벗고 누런빛
　　　풀 한 포기도 인기척도 없고
먹을 것도 앉을 곳도 없는 들판.
　　　오직 그 텅 빈 공간에 모여 선 것은
알아볼 수 없는 수많은 사람들.
　　　수백 만의 눈들, 수백 만의 군화들이 줄지어,
무표정의 얼굴로 신호를 기다린다.

Out of the air a voice without a face

      Proved by statistics that some cause was just

In tones as dry and level as the place:

      No one was cheered and nothing was discussed;

      Column by column in a cloud of dust

They marched away enduring a belief

Whose logic brought them, somewhere else, to grief.

She looked over his shoulder

      For ritual pieties,

White flower-garlanded heifers,

      Libation and sacrifice,

But there on the shining metal

      Where the altar should have been,

She saw by his flickering forge-light

      Quite another scene.

Barbed wire enclosed an arbitrary spot

      Where bored officials lounged (one cracked a joke)

And sentries sweated for the day was hot:

      A crowd of ordinary decent folk

      Watched from without and neither moved nor spoke

As three pale figures were led forth and bound

To three posts driven upright in the ground.

대기로부터 얼굴도 없는 목소리가, 통계로써

　　어떤 명분이 정당함을 증명하였다.

그 장소처럼 무미건조하고 평이한 어조로:

　　아무도 기뻐하지 않고, 아무 것도 논의되지 않는다.

　　먼지 구름을 피우며 차례 차례 열을 지어

한 가지 신념을 붙들고 행진해 갔다.

그 신념의 논리는 어떤 다른 곳에서 그들을 비탄으로 이끌었다.

그녀는 그의 어깨 너머로

　　제식의 경건함을 구하였다.

흰 꽃 화환을 두른 암소들

　　제주와 제물.

하지만 제단이 있었어야 할

　　그 빛나는 금속 위에서

그녀는 펄럭이는 용광로 불빛 아래

　　매우 다른 광경을 보았다.

가시 철조망이 임의의 장소를 둘러치고

　　무료한 관리들은 어슬렁거리며 (어떤 이는 농을 던졌다.)

보초병들은 날이 더워 땀에 젖었고

　　한 무리 보통의 유순한 군중들은

　　밖에서 지켜보며 움직이지도, 아무 말도 하지도 않았다.

세 명의 창백한 형상들이 끌려 나와 땅 위에

꼿꼿이 박은 세 개의 기둥에 묶였을 때.

The mass and majesty of this world, all
      That carries weight and always weighs the same
Lay in the hands of others; they were small
      And could not hope for help and no help came:
      What their foes like to do was done, their shame
Was all the worst could wish; they lost their pride
And died as men before their bodies died.

She looked over his shoulder
      For athletes at their games,
Men and women in a dance
      Moving their sweet limbs
Quick, quick, to music,
      But there on the shining shield
His hands had set no dancing-floor
      But a weed-choked field.

A ragged urchin, aimless and alone,
      Loitered about that vacancy; a bird
Flew up to safety from his well-aimed stone:
      That girls are raped, that two boys knife a third,
      Were axioms to him, who'd never heard
Of any world where promises were kept,
Or one could weep because another wept.

이 세계의 질량(군중)과 위엄, 모두 묵직하고
　　항상 똑같은 중량감의 모든 이들이
다른 사람들의 손 안에 있었다. 그들은 작았고
　　도움을 희망할 수도 없었으며, 주어지는 도움도 없었다.
　　그들의 적이 하려는 것이 이루어졌고 그들의 수치는
최악의 극치였다. 그들은 자존심을 잃고
몸이 죽기 이전, 사람으로서 죽었다.

그녀는 그의 어깨 너머로
　　시합하는 운동 선수들을 찾았다.
춤추는 선남선녀들
　　유연하게 팔 다리를 놀려
사뿐 사뿐 음악에 맞추는 이들.
　　그러나 그 빛나는 방패 위에
그의 손은 춤 무대를 새기지 않았다.
　　오직 잡초가 빽빽한 들판이 있었을 뿐.

넝마를 걸친 부랑아 하나가 정처 없이 홀로
　　빈 터 주변을 서성였다: 새 한 마리가
그가 별러 겨냥해 던진 돌을 피해 무사히 날아올랐다.
　　소녀들은 겁탈당하고 소년 둘이
　　세 번째에게 칼을 대는 것은 정해진 이치.
약속이 지켜지며, 다른 이의 눈물에 함께
우는 세상에 대해선 들어본 적 없었다.

The thin-lipped armorer,

    Hephaestos, hobbled away,

Thetis of the shining breasts

    Cried out in dismay

At what the god had wrought

    To please her son, the strong

Iron-hearted man-slaying Achilles,

    Who would not live long.

(1952)

20세기 대표적 영국 시인인 오든은 2차 세계대전이 발발할 무렵인 1939년, 미국으로 귀화하였다. 그가 미국으로 간 이유는 여러 가지가 있겠으나, 당대 유럽을 암울로 덮었던 전체주의의 팽배와 전쟁의 임박 등이 큰 요인이었음은 틀림없을 것 같다. 이 시에서 그는 호머의 『일리아드』에서 아킬레스 방패가 만들어지던 순간을 20세기 중반으로 옮겨와, 그가 체험했던 당대의 현실 속, 한 편의 드라마로 재현하고 있다. 전쟁에 나가야 할 아들 아킬레스를 위해 대장장이의 신 헤파이스토스를 찾아 방패와 갑옷을 주문하는 어머니 테티스까지 등장인물은 그리스 서사시에서와 흡사하다. 방패에 새겨질 문양에 대한 테티스의 바람도 옛 호머가 그려 보였던 비전 그대로이다. 하지만 오든의 헤파이스토스는 방패에 평화와 질서에 대한 전범을 새기는 대신, 2차 세계대전 전후 오든의 당대 사회를 있는 그대로 비추고 있다. 오든에게 아킬레스의 방패는 가치를 수호하는 무기가 아니라, 트로이 전쟁 이후 역사상 되풀이 되어 온 인간 살육의 현실, 삭막한 불모의 공간, 전체주의, 약육강식의 사회상을 낱낱이 비추는 하나의 거울이다. 이 시의 묘미는 어머니 테티스의 바람을 담은 발라드풍의 8행 연과 당대 암울한 현실을 담은 엄중한 7행 연이 번갈아 대조되고 있는 데 있다. 호머가 그린 아킬레스의 방패 위에 오든

입술이 얇은 무기 제조인
　　헤파이스토스는 절룩이며 사라졌다.
빛나는 가슴의 테티스는
　　실망으로 울음을 터뜨렸다.
불의 신이 자신의 아들,
　　머지않아 죽을, 굳센
강철 마음의 인간 살육자
　　아킬레스 맘에 들게 만든 것을 보고서.

의 20세기 판 아킬레스의 방패가 겹쳐지면서 그 위에는 시대적 거리감, 도덕적 비전의 상실, "자긍심을 잃고/ 몸이 죽기 이전, 사람으로 살기를 포기한 사람들"이 가득한 현실이 전사되어, 인류 역사의 큰 아이러니를 느끼게 하는 것이다. 이 아이러니 속에서 오든의 테티스는 맹목적으로 호머 세계의 가치와 아들의 전승에 집착하는 어머니로, 솜씨 좋던 대장장이 헤파이스토스는 왜소한 절름발이로, 옛 그리스의 영웅 아킬레스는 강철 마음의 인간 살육자로, 전쟁에서의 승리를 기원하는 것 자체가 삭막한 황야를 만들어 내는 근원이며, 또 방패와 갑옷을 잘 지어 보았댔자, 그 주인은 곧 죽을 운명이었음이 드러나는 것이다. 엑프라시스 시들의 참다운 의미는 이렇듯, 두 가지 텍스트의 상호 작용 사이에서(intertextual) 태어난다고 할 수 있다. 이를 양피지(palimpsest) 효과에 비유하기도 하는데, 이는 고대 짐승 가죽에 썼던 문자들을 문대어 지우고, 그 위에 새로운 문헌을 덧입혀 작성했던 것에서 비롯한다. 시와 그림뿐 아니라 모든 사물들의 의미는 시대마다 새롭게 발견되는 의미 속에, 또 이러한 여러 의미들의 끊임없는 상호 작용과 중첩, 또 축적 속에 놓여 있다고 할 수 있다.

6. 수련

로버트 헤이든 (Robert Hayden 1913-1980) [37]

로버트 헤이든 [38] · xviii

클로드 모네
(Claude Monet 1840-1926) xix

---

37 디트로이트 슬럼가에서 성장한 흑인 시인 헤이든은 미시간 대학에서 W. H. 오든의 지도 하에 영문학 석사를 받았다. 랭스턴 휴즈, 카운티 컬렌 등 할렘 르네상스 시인들에게서도 큰 영향을 받았다. 1960년대 흑인예술운동(Black Arts Movement) 속에서 헤이든은 정치색이 강한 저항시보다 예술 형식으로서의 시를, 흑인 시인이기보다는 인류 보편의 가치를 말하는 미국 시인이길 추구하였다. 1976년부터 2년 간, 흑인으로는 처음으로 미 의회 시 고문관(오늘날의 미국 계관시인)으로 봉사하였으며 내쉬빌의 피스크(Fisk) 대학에서 20여년 간 가르치다 미시간 대학 교수로 봉직하였다. 산문집(*Collected Prose*, University of Michigan Press, 1984)과 사후에 발간된 시 전집(*Collected Poems*, Liveright, 1996)이 있다.

38 사진은 2012년 미국 우체국에서 20세기 주요 시인 10인을 선정 발행한 우표에 실린 헤이든이다. provided by Bahá'í World News Service.

모네 〈수련 Water Lilies〉, 1906, 시카고 미술관(Art Institute of Chicago) xx

Monet's Waterlilies [39]

Today as the news from Selma and Saigon

poisons the air like fallout,

I come again to see

the serene, great picture that I love.

Here space and time exist in light

the eye like the eye of faith believes.

The seen, the known

dissolve in iridescence, become

illusive flesh of light

that was not, was, forever is.

O light beheld as through refracting tears.

Here is the aura of that world

each of us has lost.

Here is the shadow of its joy.

(1966)

---

39 From *Collected Poems: Robert Hayden*, ed. by Frederick Glaysher, Liveright, 1985, p. 101.
Printed and translated with permission from W. W. Norton.

모네의 수련들

셀마와 사이공에서 온 뉴스가
낙진과도 같이 대기에 독을 뿌린 오늘,
나는 다시 보러 왔다.
내 좋아하는 고요하고 위대한 그림을.

여기에 시간과 공간은 빛 속에 존재하며
눈은 신앙의 눈처럼 믿는다.
보인 것들, 알려진 것들이
무지갯빛으로 녹아들어
존재하지 않았다가 존재하게 되어
영원히 존재하는 아련한 빛의 육신이 되었다.

오 눈물의 굴절을 통해서인듯 바라본 빛이여.
여기에 우리 모두가 잃어버리고 만
세계의 찬란한 빛이 있다.
여기에 그 기쁨의 그림자가 있다.

거리의 소음에 쫓겨 뉴욕 메트로폴리탄 미술관으로 들어서서 그리스 항아리에 마주쳤던 흑인 시인 랭스턴 휴즈와 같은 시기, 또 다른 흑인 시인 로버트 헤이든은 시카고 미술관을 찾았다. 마틴 루터 킹이 주도했던 앨라배마 주 셀마에서 몽고메리까지의 흑인 인권 행진운동, 또 멀리 베트남 사이공에서의 전쟁의 참상에 관한 소식들이 마치 얼마 전 겪었던 원자폭탄의 낙진처럼 대기를 오염시키던 60년대, 미술관들은 시인들에게 정신적 피난처가 되어 주었던 것 같다. 랭스턴 휴즈가 그리스 단지에서 망자들의 세계로부터 떨어진 꽃잎들의 희미한 향기를 맡았던 반면, 헤이든은 투쟁과 전쟁 뉴스로 혼란한 세계의 눈물에 비친 듯한 모네의 빛에서, 무에서 유로, 또 영원히 존재할 빛의 아련한 실체를 확인하고 있다. 수련들이 떠 있는 모네의 그림 속 연못은 물과 빛의 굴절과 반사로 생긴 무지갯빛이 어른거리고 있다. 헤이든은 이 그림 속 빛에서 자신이 "보았고 알았던" 현실 세계가 또 다른 시공 속에 녹아 들어 영원한 빛의 몸체를 얻게 됨을 경험하는데, 이것은 기독교에서 말하는 신의 현현에서 부활에 이르는 전 과정에 흡사한 것으로 암시되고 있다(become/illusive flesh of light/that was not, was, forever is.). 우리에겐 다소 생소한 바하이(Bahai)[40] 신앙을 지녔던 그는 이 빛의 환영을 신앙의 눈으로 믿고 있다. 그것은 당대에서 잊혀진 낙원의 빛이며 그 낙원의 기쁨을 반영하고 있는 빛인 것이다. 미술관에서의 모네의 그림은 헤이든에게 잠시 동안의 현실 도피, 혹은 종교적 위안을 제공한 것일까? 하지만 헤이든의 이러한 체험은 비록 순간의 느낌에 불과하다 하더라도, 고통스러운 현실 문제들 앞에서 삶의 조건에 대한 근원적 성찰과 반성, 균형 감각이나 수용의 여유를 잃지 않게 해 주었을 것

---

40 19세기 페르시아의 바하올라가 창시한 종교. 하나님의 단일성, 종교의 단일성, 인류의 단일성을 핵심으로 한다. 시아파 이슬람에게는 탄압을 받았으나, 미국으로 건너가 전 세계 약 500만 신도가 있다.

같다. 모네를 비롯한 인상파 화가들이 시시각각 변화하는 빛 속에서 사물의 무궁무진한 의미를 비추어 내려 했다면[41], 헤이든 같은 시인은 그 오묘하고 변화무쌍한 빛이 현현하고 있는 빛 너머의 세계를 언어로써 감지하고 일깨우고 있다. 사물에 대한 감각적 체험이 내포하고 있는 형이상의 요소를 언어로 전달하려는 것이 엑프라시스 시들의 핵심적 기능 중 하나라 할 수 있을 것 같다.

---

41 모네는 생애 마지막 30년 간 무려 250점이 넘는 수련 유화를 남겼다.

7. 아폴로 토르소

라이너 마리아 릴케 (Rainer Maria Rilke 1875-1926) [42]

R. M. 릴케 xxi

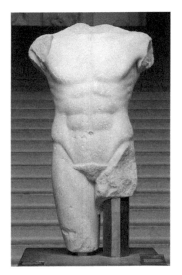

밀레투스 토르소(Miletus Torso),
c. 480-470 BC, 루브르 박물관 xxii

---

42 릴케는 오스트리아 지배 하의 프라하에서 태어나 육군사관학교를 다니다 병으로 중퇴하고
문학, 예술사, 철학 등을 공부하였다. 1897년 만난 루 살로메와의 사랑이 그에게 많은 영향을
끼쳤다. 1902년 파리에서 조각가 로댕의 비서로 일하며 사물에 대한 객관적 관찰을 익히게
되었다. 1902년에서 1908년에 걸쳐 발간된 두 권의 『신시집』(New Poems)은 모두 아폴로 조
각상에 관한 시들을 권두시로 실었고, 두 번째 권을 로댕에게 헌사하였다. 『기도서』(The
Book of Hours, 1905), 『말테의 수기』(The Notebooks of Malte Laurids Brigge, 1910), 『두이
노의 비가』(Duino Elegies, 1922)의 작가.

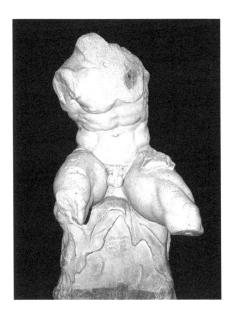

벨베데레 토르소(Belvedere Torso), c. 100 BC, 바티칸 박물관xxiii

Archaic Torso of Apollo [43]

We cannot know his legendary head

with eyes like ripening fruit. And yet his torso

is still suffused with brilliance from inside,

like a lamp, in which his gaze, now turned to low,

gleams in all its power. Otherwise

the curved breast could not dazzle you so, nor could

a smile run through the placid hips and thighs

to that dark center where procreation flared.

Otherwise this stone would seem defaced

beneath the translucent cascade of the shoulders

and would not glisten like a wild beast's fur:

would not, from all the borders of itself,

burst like a star: for here there is no place

that does not see you. You must change your life.

(1908) 스테판 미첼 영역

아폴로의 옛 토르소[44]

우리는 익어 가는 과일 같은 두 눈을 지닌 전설 속
그의 머리를 볼 수 없다. 하지만 그의 몸통은
안으로부터 발산되는 광채로 채워져
하나의 등불 같다. 그 안에서 그의 시선은 이제 아래를 향해

한껏 빛을 발한다. 그게 아니라면
이 가슴 곡선이 그렇게 눈부실 수 없고
완만한 엉덩이와 허벅지를 거쳐
생명이 불타오르는 그 어슴프레한 중심까지 미소가 번질 수도 없으리라.

그게 아니라면 이 돌은 양쪽 어깨의 불투명한
폭포 아래 문대어져, 거친 야생동물의
털처럼 반짝일 수도 없을 터.

또한 그 자체 모든 가장자리로부터 유성처럼
터지지도 않았으리. 여기 그 어느 곳 하나
그대를 바라보지 않는 곳이 없다. 그대 삶을 다시 꾸려야 할 듯.

---

44 translated into Korean with generous permission of Stephen Mitchell.

이 시는 원래 독일어로 쓰였지만, 이미 영어로 번역되어 미술품을 대상으로 한 영미시로 자주 읽히고 있다. 이 시를 쓰던 무렵, 릴케는 조각가 로댕의 조언에 따라, 파리 루브르 박물관, 혹은 동물원에 가서 오랜 시간 동물들과 사물들을 관찰하였다고 한다. 앞선 시인 키츠와는 달리, 시인은 눈앞의 사물에서 벗어난, 영원한 세계를 꿈꾸지 않는다. 대신 그는 눈앞의 아폴로 토르소상을 자세히 관찰하여, 머리도 없고, 눈도 없는 이 조상이 아름다운 형상의 내부로부터 발현되는 광채 가운데 존재함을 말하고 있다. 이 시에서 시인의 시선은 토르소의 보이지 않는 눈이 발하는 빛을 따라 움직이며 몸체의 구석구석을 매우 감각적으로 묘사하고 있다. 돌덩이에 불과했을 이 토르소상은 안으로부터 넘쳐나는 빛으로 인해, 형상의 모든 가장자리에서 마치 "별이 터지는 듯한" 독특하고 신비로운 존재로 비치고 있다. 조각가 로댕이나 시인 릴케 모두에게 있어, 좋은 예술품의 역할은 사물에 내재한 이 신비로운 의미를 조명하여 드러나게 하는 일이었던 것 같다. 훌륭한 예술품들이 지닌 에너지와 아름다움은 그 자체로 경이의 대상일 뿐 아니라, 그 자체의 시선이 하나의 등불 빛이 되어 우리 자신을 비춘다. 아름다운 형상들은 보고 있는 사람으로 하여금 자신과 자신의 삶을 되돌아보게 하는 특성을 갖는다. 그리하여 "삶을 바꾸고 다시 꾸리게" 하는 윤리적 지침을 우리에게 준다.

이 시에 묘사되고 있는 아폴로의 토르소는 그 자체로 빛을 발하는 하나의 신적인 존재이기도 하지만, 자세히 들여다보면 묘사에 쓰이고 있는 언어들은 매우 구체적이고, 감각적인 선명한 비유들로 이루어져 있다. 바록 머리 부분은 잘려나가 아폴로의 두 눈은 볼 수 없지만 시인은 아폴로 신의 보이지 않는 눈빛이 몸통 전체를 하나의 램프로 삼아 그 등불 빛으로 가슴과 어깨의 힘찬 곡선을 따라 둔부와 다리, 그리고 어두운 중심부까지를 생생하게 비추고 있다고 관찰한다. 2연, 3연, 4연 모두는 "아니라면"(otherwise)이라는 말로 시작하여, 앞의 관찰이 사실이 아니라면 뒤에 이어지는 비유들이 성립할 수 없다는 이중 부정의 구조를 취하는데 이로써 시인은 토르소 조상에 관한 자신의 관찰과 비유가 토르소상이라는 사물에 즉하여 달리 어떻게 볼 수 없는 불가항력적인 것임을 설득한다. 토르소를 이루고 있는 돌은 그를 꿰뚫는 시인의 관찰과 통찰과 상상력을 통하여 "야생동물들의 털"과 같이 반짝이는 거친 생명력을 지니고 급기야는 폭발하는 행성들의 넘쳐나는 에너지를 지닌 막강한 존재로 태어나고 있는 것이다. 영역된 앞의 시에선 잘 드러나지 않지만, 독일어 원시는 14행 각운을 지닌 연애시인 소네트의 형식을 지니고 있다. 토르소의 육체적 곡선과 남성미를 묘사한 위의 8행과, 조상이 지닌 생명력과 에너지, 또 그것이 우리의 삶에 부여하는 새로운 의미와 방향을 담은 아래의 6행의 구조로 된 이 소네트는 사물에 바치는 극진한 사랑시이면서, 사물의 아름다운 형상과 그것이 지닌 신비한 에너지가 삶에 새로운 의미와 새로운 생명을 탄생시키는 원동력임을 고백하는 또 다른 종류의 사랑시라 할 수 있겠다.

8. 생각하는 사람

가브리엘라 미스트랄 (Gabriela Mistral 1889-1957) [45]

가브리엘라 미스트랄 xxiv

로댕(Auguste Rodin 1840-1917) xxv

---

45 남미 칠레의 여류 시인이자 교육가, 외교관. 칠레 영사로 마드리드, 리스본 등에서 근무. 미
   국 컬럼비아 대학 등에서 스페인 문학을 가르쳤다. 1945년 중남미 출신 작가 최초로 노벨상
   을 수상하였다.

〈생각하는 사람〉, 1904, 파리 로댕 미술관 xxvi

〈지옥의 문〉, 파리 로댕 미술관 xxvii

Rodin's "The Thinker" [46]

to Laura Rodig [47]

With his chin sunk down on his rough hand,

the Thinker recalls his flesh is for the grave.

doomed flesh, bare in the face of fate,

flesh quivering once in beauty and now hating death,

With love he trembled through all his burning spring,

and now, in autumn, drowns in truth and sorrow.

when night falls, shades of *memento mori*,

etched in sharp bronze, flicker across his brow.

His muscles in his torment crack with pain.

The furrows in his flesh are filled with terrors.

He cleaves, like a fallen leaf, to the strong Lord

who calls him in the bronzes… And no twisted trees

on the searing plain, no lion wounded in the flank,

writhes in such pain as this man dwelling on death.

(1922)

---

46 This translation is based on Gabriela Mistral's poem, "El Pensaro Rodin"("Rodin's 'The Thinker'"), from *Gabriela Mistral: Selected Poems*, Liverpool University Press(ISBN: 97808 56687631). published and translated with permission. All rights retained.

47 Laura Rodig(1896-1972) 칠레의 화가이자 여성해방운동가.

로댕의 생각하는 사람

로라 로디히에게

거친 손 위에 턱을 떨군 채
생각하는 사람은 자신의 육신이 무덤을 향한 것임을 상기한다.
운명의 면전에서 맨몸으로 죽게 될 육신,
한때 아름다움에 전율했고, 이젠 죽음을 혐오하는 육체.

열렬하던 봄 내내 그는 사랑에 떨었었고,
이제 가을에, 진실과 슬픔에 잠긴다.
밤이 내릴 때, "죽음을 기억하라"는 그늘이
날카로운 청동에 새겨져, 그의 눈썹가에 어른거린다.

괴로운 고통으로 그의 근육이 갈라진다.
살에 패인 골들은 공포로 가득 찬다.
그는 떨어진 낙엽마냥, 청동으로 지어진
그를 부르는 막강한 신께 매달린다.
타들어 가는 들판 뒤틀린 그 어떤 나무도,
옆구리에 부상을 입은 그 어떤 사자도,
죽음을 곱씹는 이 사람처럼 그렇게 고통으로 뒤틀리진 않았다.

로댕의 〈생각하는 사람〉은 원래 그가 설계한 〈지옥의 문 The Gate of Hell〉의 상단에 앉혀진 조상으로, 『신곡』에서 "지옥"을 묘사한 시인 단테(Dante Alighieri c. 1265-1321)를 염두에 두고 만들어져 "시인"(The Poet)이라는 이름으로도 알려져 있다. 이 조상이 과연 무엇을 생각하고 있는가에 대해서는 여러 견해들이 있지만, 미스트랄은 이 시에서 "죽음"에 임박하여 죽을 수밖에 없는 자신의 운명에 대해 고뇌하고 있는 사람으로 그리고 있다. 이 시가 그녀의 첫 시집인 『절망』(Desolation, 1922)의 첫 시임을 생각할 때, 아마도 시인은 "죽음"과 그에 대한 고뇌가 사람의 절망 가운데 가장 절실한 것이라 생각하고, 로댕의 조상을 죽음 앞에 고뇌하는 인간의 아이콘으로 바라보고 있는 것 같다.

　　8행과 6행의 두 부분으로 나눌 수 있는 이 시는 역시 소네트의 형식을 빌고 있다. 미스트랄이 첫 8행에서 주목하고 있는 것은 살과 뼈를 지닌 시간 속 존재로서의 인간이다. 이 육신은 낮과 밤, 봄과 가을 등 시간의 흐름과 밀접한 연관 속에 살고 있다. 육체는 젊은 봄에는 열렬한 사랑으로, 또 아름다움으로 전율하나, 가을이면 "우리는 죽음의 잔을 마셔야 한다"는 예리한 진실에 직면하여 고뇌에 잠기는 것이다. 뒤의 6행은 청동 형상에 표현된 근육의 결에 조금 더 초점을 맞추어, 죽음에 직면한 사람의 고통을 보다 직접적으로 묘사하고 있다. 그녀는 조상이 지닌 청동 근육의 골마다 죽음 앞의 고뇌와 고통이 차 있음을 보고, 죽음 앞의 두려움으로 이 근육들이 "가을 낙엽들처럼" 갈라져서 이 존재를 불러들이는 힘센 존재에 매달리고 있음을 그리고 있다. 이 시에서 미스트랄은 말라 비틀어진 나무, 또 옆구리에 상처를 입은 사자 같은 이미지를 청동 육체의 근육과 중첩시킴으로써, 죽음 앞, 몸과 마음이 뒤틀리는 듯한 고뇌와 고통을 시각적으로 효과적으로 표현하고 있다. 시인의 섬세한 눈은 조상에 새겨진 뼈와 살의 결로부터 아무 것도 걸치치 않은 육신을 지닌 인간이 종국적으로 맞이해야 하는 죽음 앞의 고뇌와 애석함을 그리고 있다. 릴케가 아폴로의 조상에서 생명력이 빛으로 폭발하는 듯한

한 순간의 육체를 보았다면 미스트랄은 로댕의 벌거벗은 조상으로부터 시간의 흐름 속 육신에 깃든 모든 인간적인 기쁨과 열정, 또 그 한계 앞의 고뇌를 읽어 내고 있다. 예술 작품은 때로 우리를 영원한 아름다움의 세계로 인도하기도 하지만, "죽음에 참여하는" 존재로서의 인간임을 자성하여 한없이 겸허하고, 너른 연민의 마음으로 이끌기도 하는 것이다.

9. 생각하는 사람 2

매튜 올즈먼 (Matthew Olzmann 1972-) [48]

매튜 올즈먼 xxviii

로댕, 〈생각하는 사람〉, 샌프란시스코,
리전 오브 아너 미술관 49 · xxix

---

48 미시간 주 디트로이트에서 태어나고 자란 시인, 작가. 2011년 첫 시집, 『중간층』(*Mezzanines*)
으로 아시아계 문학인들에게 주는 쿤디만 상(Kundiman Poetry Prize)을 받았다. 여기에 소
개하는 시, "Replica of the Thinker"는 그의 두 번째 시집, 『설계의 모순들』(*Contradictions
in the Design*)의 서시이다. 2022년 현재 40대의 젊은 시인으로 다트머스 대학 영문과 창작
강사로 재직.

49 California Palace of the Legion of Honors: 1924년 샌프란시스코에 건립된 미술관. 파리의
Palais de la Légion d'Honneur의 2/3 크기로 지어져 유럽의 많은 미술품들을 소장하고 있
다.

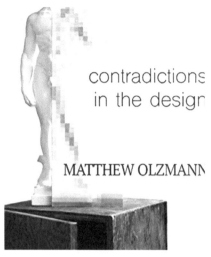

올즈먼의 시집(2016) xxx

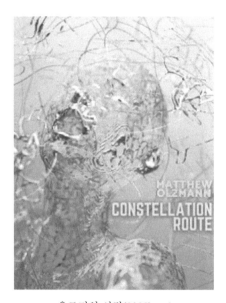

올즈먼의 시집(2022) xxxi

Replica of the Thinker[50]

By the doorstep of The Museum,

the Duplicate is frustrated.

Like the offspring of a rock star or senator,

no matter what he does, it's never enough.

He only wants to think dignified thoughts,

important thoughts, thoughts that will imprint

like an artist's signature on the memory of mankind.

But it's difficult, because when he thinks,

his head is filled with iron and bronze,

not neurons and God.

I too, feel like that.

You know how it works when you make a photocopy

of a photocopy? The original fights to be seen

but appears blurred in each new version.

Each morning, I sit at the kitchen table

---

50   Matthew Olzmann, "Replica of the Thinker" from *Contradictions in the Design.* Copyright
     © 2016 by Matthew Olzmann. Reprinted and translated with the permission of The
     Permissions Company, LLC on behalf of Alice James Books, alicejamesbooks.org.

생각하는 사람의 복제품

미술관 입구 층계 옆에
그 복제품은 좌절한다.
어느 락 가수나 국회의원의 자제처럼
그가 무엇을 하든, 항상 미진하다.
그는 그저 신성하고 중요한 생각들, 마치
예술가의 서명인 양 인류의 기억 위에 새겨질
생각들을 하고 싶은 것이다.
하지만, 그것은 힘든 일, 왜냐하면 생각할 때
그의 머리 속은 신경세포와 하나님이 아니라
쇠와 청동으로 채워져 있기 때문.

나도 그 비슷하게 느낀다.
복사한 걸 다시 복사할 때 느낌
알고 있지? 원본은 애써 나타나려 하지만,
매번 새로운 판마다 흐릿하게 나타난다.
매일 아침, 나는 식탁에 앉아 있다.

the way my father must've years ago.

I've got my oatmeal and coffee,

my newspaper and blank stare.

The Replica

digs his right elbow into his left thigh,

his chin into his right fist, and then he thinks

as hard as his maker will allow. He tries to envision

patterns among celestial bodies, the mysteries

of Christ, X + Y, crossword puzzles, free will.

The expression on his face:

somewhere between agony and falling asleep.

Yet he holds this pose

as if no one will notice what frauds we are,

as if some world around him is about to make sense,

some answer has almost arrived. Almost.

(2011-2012)

나의 아버지가 수년 전 그러하셨던 것처럼.
오트밀과 커피, 신문을 들고
멍하니 바라보고 있다.
　　　　　　　그 복제품은

오른 팔꿈치를 왼쪽 넓적다리에 박고
턱을 오른손 주먹 속에 잠근 채,
그를 만든 사람이 허락할 만큼
열심히 생각한다. 그는 행성들 사이
패턴들, 예수의 신비들, X+Y, 십자퍼즐들,
자유의지를 떠올리려 노력한다. 그의 얼굴 표정은
고통과 잠든 것 사이 중간 어디쯤.

그래도 그는 이 자세를 유지한다.
마치 아무도 우리가 얼마나 가짜들인지 눈치채지 못할 듯이,
마치 그 주위 어떤 세계는 의미를 지니며, 모종의 해답에
거의 이르기나 할 듯이, 거의.

로댕의 〈생각하는 사람〉은 원래 그가 제작한 〈지옥의 문〉의 위편에 앉혀놓은 청동상이었다. 로댕은 단테의 『신곡』 중 "지옥"편에 나오는 180여 군상들을 "지옥의 문"에 새기고, 그 문의 위편에 "시인"이라는 이름으로 생각하는 사람의 동상을 세웠다. 이 청동상이 누구를 묘사한 것인가에 대해, 흔히 "이 문을 들어오는 자, 모든 희망을 버릴지어다"라고 쓴 시인 단테를, 혹은 로댕 자신을, 혹은 인류의 죄악의 시초라 여겨지는 아담을 나타낸다고 추측된다. 이 동상이 누구인가의 문제보다 사람들의 관심을 끄는 것은 이 동상이 과연 무엇을 생각하고 있을까 하는 질문일 것이다. 앞서 살핀 가브리엘라 미스트랄은 이 작품에서 죽을 수밖에 없는 인간이 운명 앞에서 느끼는 좌절과 고뇌를 읽었다.

　　시인 올즈먼이 이 시에서 묘사하고 있는 것은 로댕이 제작한 청동상 원본이 아니라, 본래의 지옥의 문 컨텍스트에서 벗어져 나와 현대 미술관들 앞에 흔히 세워져 있는 생각하는 사람 조상의 복제품이다. 복제품 생각하는 사람은 원작의 컨텍스트에서 벗어나 현대 일상의 한 귀퉁이에서 흔히 발견되는 것으로, 원작의 그늘 속에 존재하는 모조품이기에, "무언가 늘 충분치 않다." 거기엔 인류의 기억에 새겨질 예술가의 서명, 즉 아우라가 빠져 있으며, 따라서 그 청동상이 무엇을 생각하고 있는가는 늘 사람들의 머릿속에 맴도는 질문일 뿐만 아니라, 광고와 소비문화 속에서 편의에 따라 저마다의 선전문구 속에서 한시적인 의미를 지닌 채 떠돌고 있다.

　　시인의 시선은 복제품 청동상에서 자신의 삶으로 옮겨와, 자신 역시, 자신 아버지의 모조품임을 자각한다. 아침마다 식탁 앞에서 신문을 들고 무엇엔가 늘 생각에 잠기셨던 아버지 모습 그대로, 그러나 자신은 보다 더 희미하고 멍한 채로 아버지의 자세를 똑같이 흉내내고 있는 모사품인 것이다. 시인은 복사본이 넘쳐나는 세상에서 하나의 또 다른 복사품으로서, 가짜 생각하는 사람과 더불어 짐짓, 생각하는 포즈를 유지한 채, 잡다한 많은 것을 생각하며 살아가고 있다. "우주 행성들의 움직임으로부터, 종교적 신비, 수학 공식이나 유전자 조합, 또 일상 신문에 실리는 십자퍼즐, 또 인간의 자유의지와 같은 윤리적 차원의 문제들" 등등, 많은 것이 뒤범벅된 속에서 "창조자가 허락한 범위 안에서 생각하며", 답을 구하려 애쓰나, 그의 생각은 늘 고통과 졸음 그 사이 어딘가를 헤매 돌고 있는 것이다.

시인은 복사된 동상뿐 아니라, 우리의 삶 자체가 그 어떤 본질적인 해답에도 이르지는 못하면서, 늘 잡다한 것에 대해 열심히 생각하고, 혹은 그저 생각하는 "자세"만을 유지하는 "사기꾼들"의 모방작임을 알리고 있다. 미술관의 진열품으로, 장식품으로, 상품들에, 영화나 광고 등, 삶의 곳곳에서, 본래의 컨텍스트에서 지녔던 의미에 관계 없이 소비되는 예술품들은 장 보드리야르(Jean Baudrillard)의 말처럼, 진짜에 대한 가짜가 아니라, 더 이상 진짜는 존재하지 않게 되었음을 말해 주는 진실들[51]이다. 시인 자신도 스스로가 모방꾼임을 고백하고 있지만, 바로 그러한 반성적 시각과 생각이 있기에 삶과 사물의 진정한 의미에 대해 여전히 질문을 계속하게 되는 것인지도 모른다.

---

51 각주 3 참조.

10. 피에타

라울 모레노 (Raul Moreno 1980-) [52]

미켈란젤로(1475-1564) xxxii

〈피에타〉, 1498-1499
바티칸, 성 베드로 성당 xxxiii
(photo provided by courtesy of
Raul Moreno)

---

52 거의 알려진 바 없는 라울 모레노는 2000년대 초 온라인 시 커뮤니티, AllPoetry.com에
10,000여 편의 시를 올리며 왕성한 시작 활동을 하였고, 지금도 하이쿠풍의 시들을 올리고 있
다. 그는 오클라호마에서 태어나 살고 있으며 자신이 쓴 작품 숫자보다 자신의 시에 감명받
은 이들의 삶에 의해 평가되기를 바란다고 스스로를 소개하였다.
https://www.poemhunter.com/raul-moreno/biography 참조.

〈반디니 피에타 The Deposition〉, 1547-1555   〈론다니니 피에타〉, 1552-1564
피렌체 두오모 성당 53 · xxxiv   밀라노 스포르차 성 54 · xxxv

---

53   반디니라는 이름은 1560년 이 조상을 매입했던 은행가 Francesco Bandini의 이름에서 유래.
54   론다니니라는 이름은 이 조상이 오랫동안 로마의 론다니니 궁(palazzo Rondanini) 뜰 안에
     세워져 있던 데서 유래하였다.

Michelangelo's Pietà[55]

A portrayal of stricken grief
Chiseled divinely in polished stone.
Cold from the touch of time

Her youthful face slightly leans,
Over the lifeless body of Christ,
As he drapes her anguished knees

Face to face … life and death,
Cradled in her arm … she laments.
Virginal impressions shadow human suffering.

Her face emanates sweet serenity,
And majestic acceptance of immense sorrow,
While cloaked with her faith in the Redeemer.

---

55 This poem is reprinted and translated with permission from the author, Raul Moreno.
94쪽의 바티칸 피에타 사진은 시인이 소장하고 있던 사진을 보내준 것이다.

미켈란젤로의 피에타

비탄에 사로잡힌 초상,
빛나는 돌에 성스러이 새겨졌다.
시간의 스침으로 차갑게 식은 채.

그녀의 앳된 얼굴은 그리스도의
생명 없는 몸 위로 약간 숙여져,
고뇌에 찬 그녀 무릎 위에 늘어진 그와

얼굴을 마주하였다 … 삶과 죽음,
그녀의 팔에 안긴 채 … 그녀는 애통해 한다.
순결한 인상이 인간적인 고통을 덮는다.

그녀의 얼굴은 발한다. 부드러운 평온과
크나 큰 슬픔에 대한 위엄 있는 감내를.
구세주를 향한 믿음의 옷을 입고서.

Glossy features of peace and tranquility,

Balance a mother's season of pain.

Seemingly … the rose of resurrection is about to bloom.

(2009)

　　미켈란젤로는 평생 세 번에 걸쳐 십자가에서 내려진 예수와 그의 어머니 마리아를 조각하였다. 마지막 죽을 때까지 성경의 이 순간은 그에게 중요한 의미를 지녔었던 것 같다. 이 세 개의 상 중, 그가 20대에 대리석에 새긴 첫 번째 피에타 상이 가장 널리 알려져 있다. 바티칸 성 베드로 성당에 있는 이 조상은 50년 후에 이루어진 두 개의 조상들보다 매우 사실적으로 마리아와 예수를 묘사하고 있다. 특히 마리아의 옷자락이나 얼굴 표정, 예수의 몸 등이 대리석으로 되었다는 것이 믿기지 않을 정도로 매우 유연하고 정교하게 표현되었고 차갑지만 아름다운 광택을 지니고 있다. 이 조상에서 어머니 무릎 위에 놓인 예수에 비해, 어머니 마리아의 얼굴이 지나치게 젊게 보인다는 사실은 자주 언급된다. 모레노의 시도 젊은 어머니의 비탄과 고뇌에 초점을 맞추고 있어 첫 번째 피에타상을 대상으로 한 것으로 보인다. 시인은 이 조상에서 여러 차원의 세계가 마주하고 있음을 읽고 있다.

평화와 고요의 빛나는 모습들이,

한 어머니 고통의 시간에 맞서 있다.

아마도 … 부활의 장미가 이제 막 피어나려는 듯.

하나는 죽음과 생명의 세계가 마주하고 있다는 것인데 이는 생명이 빠져나가 늘어진 예수의 몸과 그를 안고 애통해 하는 마리아의 얼굴의 조응 구조에서 읽을 수 있다. 예수의 죽음은 곧 부활의 생명을 의미하기에, 사랑하는 아들의 주검을 안은 마리아의 인간적 애통은 그를 넘어서는 영원한 생명의 원리로 인하여 비극적 아름다움을 느끼게 한다. 피에타상의 마리아는 비탄, 고뇌, 고통, 슬픔 등의 감정적 시련을 순결한 표정, 평정과 고요함으로 조용히 감내하며 비극적 위엄으로 승화시키고 있다. 시인은 이러한 인내와 수용이 구원자에 대한 믿음으로 이루어져, "빛나는 돌에 성스러운" 모습을 드리우고, 궁극적으로는 삶과 죽음의 세계를 초월하는 또 다른 차원의 "부활의 장미"로 피어남을 보고 있다. 단순히 눈앞 조상의 물리적 형상에만 집중하는 것이 아니라, 예수와 성모 마리아를 에워싸고 있는 기독교 전체 프레임을 투사하고 있는 것이 이 시를 무게 있게 만들고 있다.

11. 계단을 내려오는 누드

X. J. 케네디 (X. J. Kennedy 1929-)[56]

케네디 xxxvi

마르셀 뒤샹
(Marcel Duchamp 1887-1968)[57]
photo by 맨 레이[58] 예일대 미술관

---

56 뉴저지 출신 미국 시인. 1961년 첫 시집, *Nude Descending a Staircase*으로 라몽트(Lamont Poetry Selection) 상 수상. 이후 잡지 편집과 앤솔로지들을 편집하고 있다.
57 프랑스 출신 화가, 조각가로 20세기 입체파, 다다이즘 미술에 큰 영향을 미쳤다. 변기를 이용한 "샘,"이나 모나리자의 그림에 콧수염을 넣은 그림으로 잘 알려져 있다. 1915년 미국으로 귀화.
58 Man Ray(1890-1976): born Emmanuel Radnitzky. 미국 초현실주의 시각예술가, 파리에서 주로 활동. 초상화 사진들로 유명. 〈Portrait of Marcel Duchamp〉, University Art Gallery/ Gift of the Estate of Katherine S. Dreier © MAN RAY 2015 TRUST/ADAGP, Paris & SACK, Seoul, 2023.

〈계단을 내려오는 누드 No.1〉,
1911, 필라델피아 미술관59

〈계단을 내려오는 누드 No.2〉,
1912, 필라델피아 미술관60

59 "Nude Descending a Staircase, No.1," Philadelphia Museum of Art: The Louise and
    Walter Arenberg Collection, 1950, 1950-34-58 © Association Marcel Duchamp/ADAGP,
    Paris-SACK, Seoul, 2023.

60 "Nude Descending a Staircase, No.2," Philadelphia Museum of Art: The Louise and
    Walter Arensberg Collection, 1950, 1950-134-59. © Association Marcel Duchamp/ADAGP,
    Paris-SACK, Seoul, 2023.

Nude Descending a Staircase [61]

Toe upon toe, a snowing flesh,

A gold of lemon, root and rind,

She sifts in sunlight down the stairs

With nothing on. Nor on her mind.

We spy beneath the banister

A constant thresh of thigh on thigh —

Her lips imprint the swinging air

That parts to let her parts go by.

One-woman waterfall, she wears

Her slow descent like a long cape

And pausing, on the final stair

Collects her motions into shape.

(1961)

––––––––––––––––––––

61 From X. J. Kennedy, *In a Prominent Bar in Secaucus: New and Selected Poems, 1955-2007.* p. 7. © 2007 X. J. Kennedy. Reprinted and translated with permission of Johns Hopkins University Press.

계단을 내려오는 누드

발끝에 발끝이 겹쳐지며, 눈 내리는 육체
레몬의 금빛, 뿌리와 껍질
그녀는 햇빛 속 계단을 따라 체에 내려진다.
몸에 걸친 것 없이, 마음에도.

우리는 난간 아래서 엿본다.
허벅지에 허벅지가 연속 타작된다 —
그녀의 입술이 흔들리는 대기에 새겨지고
대기는 갈라지며 그녀의 부분들이 지나가게 한다.

한 여성이 이룬 폭포, 그녀는 자신의
느린 하강을 긴 망토처럼 입고는
마지막 계단에서 멈추어
자신의 움직임을 형체 속에 모은다.

마르셀 뒤샹의 〈계단을 내려오는 누드 No.1〉과 〈No.2〉는 1913년 미국 에머리 쇼(Armory Show)[62]에서 전시된 이래, 모더니즘을 대표하며 현대 미술에 중요한 영향을 미친 작품 중의 하나로 언급된다. 마치 영화를 찍듯이, 계단을 내려오는 여성의 몸체와 움직임을 순간마다 포착하여 중첩, 나열시킨 이 그림은 하나의 고정된 관점을 거부하고, 다양한 측면에서 분석하고 조합하여 사물을 표현하고자 하였던 입체파의 영향 하에 있으며, 또 사람의 몸을 움직이는 기계와 같이 파악하여, 금속성의 질감으로 표현하였다는 점에서는 미래파의 경향도 보인다. 어느 경우에나, 뒤샹의 감수성은 20세기 초 발달하기 시작한 영상 기술과 기계 문명, 또 그에 따른 관점의 다양화와 역동성을 깊이 반영하고 있다고 할 수 있다. 하나의 정적인 이미지가 아니라, 시간의 흐름과 더불어 공간을 빠르게 움직여 가는 영화의 동력은 이미지의 역사에서 매우 중요한 변화 중 하나일 것이다.

X. J. 케네디 역시 그림 속 이미지의 역동성에 주목하고 있다. 계단을 내려오는 발의 연속적인 움직임은 "발끝에 발끝이 중첩되며," 육체는 마치 "눈이 내리듯" 화면의 좌측 위로부터 우측 아래로 흘러내리고 있다. 케네디는 이러한 하강의 움직임을 마치 어떤 물체가 타작되어 체에 걸러지고 있는 과정에 비유한다. 여성의 몸체가 분해되어 체에 걸러지고, 허벅지에 허벅지가 부딪혀 육체의 부분들은 대기를 가르고 통과하고 있는 것이다. 이렇게 순간으로 쪼개어진 육체는 "폭포"를 이루어 계단을 흘러내리지만, 그렇다고 해서 육체가 모두 분해되어 흩어지는 것은 아니다. 그 전 과정의 움직임은 하나의 망토를 구성하여 누드의 육체에 옷을 입히고, 또 계단의 끝에서 각 순간들은 하나의 전체적 형체 속에 모여 구성

---

62 1913년 뉴욕을 필두로 시카고와 보스톤에서 연이어 열렸던 대규모 국제 현대미술전시회. 뉴욕 민방위대 병기고의 너른 공간에서 전시되었다. 입체파, 야수파 등 당대 유럽의 새로운 예술경향을 미국에 소개한 유명한 전시회이다.

되는 것이다. 물체의 움직임을 아날로그식으로 파악하지 않고 순간순간의 모습으로 분절화하여 연속적으로 표현하였다는 점에서, 뒤샹의 시각은 이미 디지털 시대의 모핑(morphing)을 가능케 하는 밑그림을 그리고 있었다고 할 수 있다. 평면, 혹은 3차원 공간의 이미지에 시간의 흐름을 겹쳐서 보기 시작한 것은 아인슈타인의 4차원 개념과도 통하며, 현재 우리에게 익숙한 동영상의 이미지의 탄생이라 할 수 있을 것이다.

12. 금빛 새

미나 로이 (Mina Loy 1886-1966) [63]

미나 로이(in 1917) xxxvii

브랑쿠시
(Constantin Brancusi 1876-1957) [64]
photo by 에드워드 스타이헨
(1879-1973), 1922 [65] · xxxviii

---

[63] 런던 출신의 모더니즘 문인. 프랑스에서 화가로도 활동, 1916년 미국으로 귀화, 여러 매체를
사용하여 미술 작품 활동을 하였다. 사후에 시집이 발간되었다.

[64] 프랑스 추상파 조각가. 그의 새 조각상은 미술사에서 모더니즘의 상징물로 꼽힌다.

[65] Edward Steichen © 2023 The Estate of Edward Steichen/ Artists Rights Society (ARS),
New York-SACK, Seoul

브랑쿠시 〈금빛 새〉, 1919/20, 청동, 시카고 미술관 xxxix

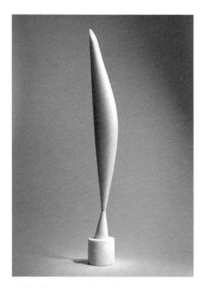

브랑쿠시 〈공간 속 새〉, 1923, 대리석, 뉴욕 메트로폴리탄 미술관 xl

Brancusi's Golden Bird [66]

The toy

become the aesthetic archetype.

As if

some patient peasant God

had rubbed and rubbed

the Alpha and Omega

of Form

into a lump of metal

A naked orientation

unwinged unplumed

— the ultimate rhythm

has lopped the extremities

of crest and claw

from

the nucleus of flight

---

66   This poem is in the public domain. Published in Poem-a-Day on September 15, 2019, by the Academy of American Poets (from https://poets.org/poem/brancusis-golden-bird). Originally published in *The Lost Lunar Baedeker: Poems of Mina Loy* (New York: Farrar Straus Giroux, 1966), pp. 79-80.

브랑쿠시의 금빛 새

심미적 원형이 된
그 장난감.

마치
어떤 인내심 있는 농부 신이
형상의
시작과 끝[67]을
문지르고 또 문질러
금속 한 덩이로 만든 듯.

날개도 없고 깃털도 없는
벌거벗은 지향 —
그 궁극의 리듬이
볏과 발톱의
말단들을
비행(飛行)의 핵으로부터
절단해 버렸다.

---

67 기독교에서 알파와 오메가는 창조자이자 완성자로 모든 것을 포함하는 예수나 하나님을 지칭.

The absolute act

of art

conformed to

continent sculpture

— bare as the brow of Osiris —

this breast of revelation

an incandescent curve

licked by chromatic flames

in labyrinths of reflections

This gong

of polished hyperaesthesia

shrills with brass

as the aggressive light

strikes

its significance

The immaculate

conception

of the inaudible bird

occurs

in gorgeous reticence

(1922)

대륙식 (함축된) 조각에

부응한

예술의

절대적 행동

— 오시리스[68] 신의 이마처럼 훤히 드러난 —

계시의 이 가슴.

백열 빛 곡선을

반사광들의 얽힘 속

오색 불꽃들이 훑는다.

광이 나는 촉각과민[69]의

징이

놋쇠 소리로 날카로이 울린다.

공격적인 빛이

작품의 의미를

후려칠 때

그 소리를 들을 수 없는

이 새의

흠 없는 배태[70]는

찬란한 침묵 속에서

일어난다

---

68 이집트 지하 세계의 신으로 생명의 불멸성을 상징.

69 촉각과민

70 흠 없는 잉태: 예수를 잉태한 순간부터 어머니 마리아는 원죄의 짐을 벗었다는 카톨릭 교리
     에 근거.

루마니아 출신 조각가 브랑쿠시(1876-1957)는 20세기 초 모더니즘을 대표하는 작가이다. 그는 1904년 파리로 가서 로댕의 제자로 잠시 있었으나, 당대의 새로운 작가들과 교류하면서, 기존의 사실적인 조각에서 떠나, 사물에 내재한 근원적인 선만을 가지고 사물이 지니는 운동성, 상징적인 의미를 표현하는 새로운 작업을 시도하였다. 그는 1910년 경부터 루마니아의 전설적 금빛 새[71]의 형상을 만드는 데 관심을 지녀, 1940년대까지 무려 20여 점이 넘는 새의 조상을 만들어 내었다.

시인 미나 로이가 이 시에서 대상으로 삼고 있는 것은 브랑쿠시의 1919년 작, 〈금빛 새 Golden Bird〉이다. 이 작품은 청동으로 매끈하게 다듬어져 머리와 날개 등, 새의 세부는 사라지고, 날아가는 새의 유선형 몸체만을 본뜬 형상을 지니고 있다. 표면이 매끄러운 청동이기에 표면을 따라 흐르는 빛과 반영물들이 보는 각도에 따라 움직이면서 공간을 가르며 비행하는 새의 역동성을 포착하려 했다는 인상을 준다. 미나 로이의 시는 1922년 문학잡지 『다이얼』(*The Dial*) 지에 브랑쿠시의 〈금빛 새〉 사진과 함께 발표되었는데, 그 맞은편 페이지에는 T. S. 엘리엇의 『황무지』(*The Wasteland*)가 실려, 당대 모더니즘을 잘 대변해 주었던 시로도 알려져 있다. 로이는 이 시에서 조각가 브랑쿠시의 기법을 그대로 시에 적용하여, 각 연들에서 브랑쿠시의 작품에 대한 논리적인 서술이나 묘사를 하기보다는, 매 순간 달라지는 인상과 생각들의 핵심을 모자이크 조각들처럼 제시하여, 한 편의 추상화나 파블로 피카소의 입체파 그림, 더 나아가 사물의 역동성을 재현하려한 마르셀 뒤샹의 그림[72]에 흡사한 효과를 내고 있다. 사물과 사건의 상세한 세부들을 사상하고, 의미 있는 핵심을 드러내려 한다는 점에서 로이의 시는 한편으

---

71 1912년 경 제작된 최초의 〈공간 속의 새 Bird in Space〉에 브랑쿠시는 "Maiastra"라는 이름을 붙였는데, 이는 왕자를 공주에게로 인도한다는 루마니아의 전설적인 새의 이름이다.

72 p. 101 마르셀 뒤샹의 〈계단을 내려오는 누드〉 참조.

로는 브랑쿠시의 조각에, 또 다른 한 편으로는 전통과 당대 삶의 중요한 파편들을 병치시켜 당대 헐벗은 문화의 단면을 그리려 했던 엘리엇의 황무지의 기법과도 닮은 데가 있다.

　　간결한 단어들로 배열된 짤막한 행들은 브랑쿠시의 새처럼 불필요한 말단 세부를 없애고 시에 긴장감과 강렬함을 더하고 있다. 잘라진 여러 부분들이 맞부딪혀 내는 극적 효과도 상당한데, 첫 세 연에서 "toy"와 "archetype", "peasant God"과 "Alpha와 Omega", "orientation, extremities"와 "has lopped/crest and claw" 등, 라틴어원의 어려운 단어들과 색슨어원의 소박한 단어들의 병치에서 사물과 추상이 기묘하게 겹치는 모습을 볼 수 있다. 첫 세 연이 단편적으로나마 작품의 창작과정을 소개하였다면, 뒤의 네 연은 이 작품의 의미가 드러나는 "계시"의 순간을 청동 조상 표면에 흐르는 빛과 반사효과, 또 청동 금속이 낼 법한 소리에 빗대어 투사하고 있다. 새의 비상은 조상 표면이 이룬 "백열 빛 곡선"과 그 모서리를 따라 반사되는 오색빛과 그에 서린 주위 광경의 반영들"을 따라 움직인다. 청동 새 조상은 빛의 "공격"을 받아 "징 소리"를 내고, "놋쇠 소리의 외침"으로 그 "의미"를 전달한다. 하지만 이 소리는 실제 물리적으로 들리는 새소리가 아니다. 우리가 그 울음 "소리를 들을 수 없는" 이 청동 조형의 새는 오로지 감상하는 사람의 "찬란한 침묵" 속 상상에서 흠 없는 새로 잉태되는 것이다. 로이는 구체와 추상, 이집트나 그리스 과거 문화 전통과 당대 예술에서의 모더니즘적 소재와 시도들, 또 청동 재질, 빛, 소리 등의 물리적 세계와, 감상자의 감각, 인상과 생각, 의미 같은 추상적 세계 등, 서로 이질적인 요소들을 병합시켜 새의 비상, 또 브랑쿠시의 조상이 상징하는 바에 대한 강렬한 "객관적 상관물"을 제시하고 있다. 추상적인 조각의 의미를 언어로 직접 설명하지 않고, 또 다른 감각적 이미지들을 통해 환기시키면서 그 의미가 일어나는 우리 마음속 침묵의 과정을 조명하고 있다는 점에서 로이의 시는 상당히 독특한 엑프라시스 시이다.

13. 최후의 만찬

윌리엄 워즈워스 (William Wordsworth 1770-1850) [73]

윌리엄 워즈워스 [74] xli   다빈치(Leonardo da Vinci
                                                    1452-1519) xlii

---

73 19세기 초 영국 낭만주의 시인. 영국 서북부 Lake District에서 출생, 성장. 1790년 파리로 가
    서 프랑스혁명을 지지했으나, 이후 정세의 급변에 실망을 겪고 영국으로 돌아왔다. 1798년
    새뮤얼 콜릿지(Samuel Coleridge 1772-1834)와 함께 펴낸 『서정시집』(*Lyrical Ballads*)은 낭
    만주의 선언서로 간주되며, 사후에 발간된 자전적인 장시, 『서곡』(*The Prelude*)이 유명하다.
    1843년부터 영국 계관시인 역임.

74 Portrait of William Wordsworth by Samuel Crosthwaite, c. 1844 © The Wordsworth Trust,
    Dove Cottage, Grasmere, by permission of The Wordsworth Trust, Grasmere.

다빈치 〈최후의 만찬 The Last Supper〉, 1498,
밀라노 산타마리아 델레 그라치에 수도원 식당[75]· xliii

---

75 Santa Maria delle Grazie(Holy Mary of Grace), 은총의 성모 마리아 성당, 수도원. 밀라노 소
    재. (refectory는 수도사들의 식당). 다빈치의 〈최후의 만찬〉 맞은편 벽엔 Giovanni Donato
    da Montorfano(c. 1460-1502/1503)가 그렸다고 알려진 〈십자가 처형 The Crucifixion〉이 있
    다.

The Last Supper

– by Leonardo da Vinci, in the refectory of the Convent of Maria della Grazia, Milan

THOUGH searching damps and many an envious flaw

Have marred this work, the calm, ethereal grace,

The love, deep-seated in the Saviour's face,

The mercy, goodness, have not failed to awe

The elements; as they do melt and thaw

The heart of the beholder, and erase

(At least for one rapt moment) every trace

Of disobedience to the primal law.

The annunciation of the dreadful truth

Made to the Twelve survives: lip, forehead, cheek,

And hand reposing on the board in ruth

Of what it utters, while the unguilty seek

Unquestionable meanings, still bespeak

A labor worthy of eternal youth!

(1820)

최후의 만찬

− 밀라노 산타 마리아 델레 그라찌에 성당 식당에 있는 레오나르도 다빈치 그림

파고드는 습기들과 시기에 찬 많은 흠집들이
끊임없이 이 작품을 훼손시켜 왔으나, 구세주 얼굴에
깊이 아로새겨진 평안, 천상의 우아함, 사랑,
자비와 선하심은 어김없이 풍상들을 감화시킨다.

그 모습들이 바라보는 이들의 마음을
녹이고 풀어지게 하여
(적어도 넋을 잃은 그 한순간만이라도)
으뜸되는 법에 불순종했던 모든 흔적을 지울 때.

열두 제자들에게 전하던 끔찍한 진실의 고지는
살아 남는다: 입술, 이마, 뺨, 그리고
무고한 자들이 확실한 의미를 묻는 동안
그것이 알리는 바에 대한 슬픔으로
식탁 위에 놓인 손은 지금도 여전히 말해 주고 있다.
영원한 젊음(영생)을 위해 치루어야 할 산고(産苦)를!

1978-1998년 복원 이전 xliv

　워즈워스는 영국 서북부의 호수가 많은 지방의 자연 시인으로 알려져 있기도 하지만, 프랑스를 비롯, 독일, 스위스, 스코틀랜드 등 유럽 여러 곳을 여행하였다. 그는 1822년 『대륙 여행의 추억들, 1820』(*Memorials of a Tour on the Continent, 1820*)이라는 시집을 펴냈는데, 여기에는 그의 유럽 여행 소감을 적은 시 35편이 실렸다. 앞의 시도 그중 한 편으로, 이탈리아 밀라노 산타 마리아 수도원의 식당 벽화인 다빈치의 "최후의 만찬"을 소재로 하고 있다. 이 시에서 워즈워스가 초점을 맞추어 보고 있는 것은 그림의 중심에 있는 예수이다.

　사진에서 보이는 것보다 훨씬 더 오래 전인 1800년 경 워즈워스가 보았던 복원 이전의 그림은 300여 년의 세월 속에서 전쟁과 개조로 인한 파괴, 습기와 곰팡이, 탈색 등 풍상의 침해를 입은 상태였을 것이다. 그러나 워즈워스는 그림 중심에 평정을 잃지 않는 예수의 온화한 모습에 주목하고 있다. 그 모습은 풍상들의 훼방과는 상관없이 그림을 바라보는 이들에게 여전히 사랑과 자비를 전하며, 또 그림 앞에 서서 그것을 느끼는 한순간 동안이라도 그 큰 은총 앞에서 자신들의 삶을 되돌아보게 한다. 시의 앞 부분, 8행은 예수의 모습과 그 감동을 묘사하고 있는 반면, 뒤의 6행은 그림이 전하고 있는 엄중하고도 슬픈 상황을 재연하고 있다. 제자들과의 마지막 식탁에서 포도주와 떡을 뗀 후, 예수는 열두 제자들 가운데 한

1999년 복원 이후 2006년 경 모습 xlv

사람이 자신을 팔 것이라는 "끔직한 진실"을 예언하고 있는 것이다.[76] 제자들이 놀라 근심하는 가운데, 예수는 식탁 위에 놓인 손으로 자신을 팔게 될 제자를 가리키고 있다. 곧 예수와 동시에 손을 뻗어 빵과 그릇을 향하고 있는 유다이다. 워즈워스는 뻗은 예수의 오른손이 곧 십자가에서 당할 고난(the labor)을 말하면서 동시에 그 고난이 영원한 젊음, 곧 영생을 위해 치르어야 할 대가라는 슬프고도 신비한 사실의 엄중한 고지를 느끼고 있는 것이다. 워즈워스의 이 시는 연의 구분이 없이 14행으로 이루어져 있으나, 8행과 6행이 각각의 규칙을 유지하고 있는 것으로 보아 소네트의 형식을 취한 것으로 보인다. 최근 『다빈치 코드』라는 소설을 비롯, 예수의 오른편에 그려진 요한을 막달라 마리아로 상정하는 등, 그림에 그려진 제자들의 모습에 초점을 맞추는 설명들이 많다. 하지만 워즈워스는 풍상에 삭은 그림에서도 성경의 중요한 순간의 맥락과 그 핵심에 초점을 맞추고 있다. 그림의 중앙, 소실점에 예수를 위치시켰던 다빈치의 의도도 아마 워즈워스와 같은 시각에서였을 것이다. 이미지는 보는 사람의 시각과 견해에 따라 많은 다양한 해석을 낳을 수 있지만, 어떤 경우, 동일한 문화 안에서는 그 중심에 변할 수 없는 내연적 의미를 담고 있다.

---

76 마태복음 26:21-25

14. 최후의 만찬 2

오시프 만델스탐 (Osip Mandelstam 1891-1938) [77]

오시프 만델스탐 xlvi

나데즈다(Nadezhda 1899-1980) xlvii

---

77 폴란드 바르샤바 출신 유태계 러시아 시인. 세인트 피터스버그 대학시절 기존의 상징주의 시
에 대해 보다 정확한 이미지와 표현을 추구하는 애끄메이즘(Acmeism) 운동을 주도하였다.
1933년 동료 시인들 앞에서 당시의 독재자 스탈린을 비하한 시를 낭독한 후, 추방되어 아내
나데즈다와 함께 1934년 보로네시에 자리를 잡았다. 1938년 5월 대숙청과 더불어 반혁명 활
동을 했다는 이유로 블라디보스톡 인근 교정 수용소로 송치되어 12월 수용소에서 생을 마감
하였다. 아내 나데즈다의 암기와 복원 노력에 힘입어 1970년대 이후 만델스탐의 시들이 세상
에 알려지게 되었다. 나데즈다의 회고록 『회상』(Hope against Hope)은 추방 이후 만델스탐
부부의 고난에 찬 삶에 대한 생생한 기록을 담고 있다. 나데즈다라는 이름은 영어로 "희망"
(hope)이라는 뜻이다.

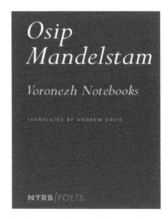

『보로네시(Voronezh) 수기』, 1934-37 78 · xlviii

충수(battering ram) by Edward Lewes Cutts 79 · xlix

---

78 Voronezh 모스크바 남쪽 보로네시 강변의 도시.

79 Edward Lewes Cutts, 'Scenes and Characters of the Middle Ages,' Published in 1911. The Project Gutenberg eBook, *Scenes and Characters of the Middle Ages*, p. 450.

The Last Supper[80]

The heaven of the supper fell in love with the wall.
It filled it with cracks. It fills them with light.
It fell into the wall. It shines out there
in the form of thirteen heads.

And that's my night sky, before me,
and I'm the child standing under it,
my back getting cold, an ache in my eyes,
and the wall-battering heaven battering me.

At every blow of the battering ram
stars without eyes rain down,
new wounds in the last supper,
the unfinished mist on the wall.

(March 9, 1937 from *The Voronezh Notebooks*)
W. S. 머윈 영역

---

80   Translation of "The Last Supper" by W. S. Merwin. Copyright © 2023 W. S. Merwin, used by permission of The Wylie Agency (UK) Limited.

최후의 만찬

만찬 그림의 하늘은 벽을 사랑하여
벽을 균열들로 채웠고 균열들을 빛으로 채운다.
하늘은 벽 안으로 떨어져 그곳에서
열셋 머리 형상들로 빛난다.

그것은 바로 내 앞에 펼쳐진 밤하늘,
나는 그 아래 어린아이로 섰다.
나의 등은 차고 눈은 시리며
벽을 부수는 하늘이 나를 부순다.

부수는 충수가 한 번 칠 때마다
눈 없는 별들이 비로 쏟아져 내린다.
마지막 저녁 식사에 새로운 상처들
벽 위엔 채 가라앉지 않은 안개.

Leonardo da Vinci, *The Last Supper* (1495-1498), right before last restoration(1976-1998)

독재자 스탈린을 벌레로 풍자한 짧은 시를 낭독한 죄로 모스크바에서 추방당한 만델스탐은 1934년 아내 나데즈다와 모스크바 남쪽 도시 보로네시에 정착하였다. 당시 보로네시 미술관에서 다빈치의 그림을 마주한 만델스탐은 오랜 세월동안 흐려지고 균열이 가득한 화면에 초점을 맞추고 있다. 같은 그림 앞에서 소실점에 위치한 예수의 온화한 표정과 그에게 주어진 엄청난 과업을 떠올렸던 워즈워스와는 달리, 만델스탐은 배경 하늘과 먼지 균열로 덮인 벽이 이룬 그림의 테두리에 주목하여, 자신에게 주어진 고난에 대한 하늘(heaven)의 섭리에 대해 생각하고 있다.

하늘은 인간의 육체를 비롯, 모든 형체의 "벽"을 부수고 그 균열을 빛으로 채우며, 다시 인간의 형체로 육화한다. 만델스탐은 그림에 담긴 장면의 컨텍스트를 자신의 상황에 대입시켜 보고 있다. 그는 박해와 심문, 망명, 억압과 부자유에 따르는 자신의 고통을 하늘이 자신의 육체의 벽을 부수고 하늘의 뜻을 이루는 과정으로 받아들이려 하고 있다. 자신에게 가해지는 육체적 정신적 고통은 마치 "충수가 성벽에 가하는" 충격과도 같아, "등허리는 차갑고, 눈이 아프며," "눈(머리) 없는 별들이 하늘에서 떨어진다"고 적고 있다. 만델스탐은 자신의 고통을 예수가 십자가 위에서 겪었던 고통 속에서 이해하여, 육체의 벽을 깨뜨리고, 그 균열을 환한 빛으로 채워 주기를 소원하고 있다. 자신에게 주어지는 고통은 그림 화면 위, 세월이 남기는 부식과 균열에 겹쳐지며, 그 고통과 균열은 지금도 계속 진행 중이기에 화면 위엔 "끝나지 않은 먼지 안개"가 자욱한 것이다. 화폭에 담긴 이미지와 이야기는 보는 사람의 상황과 시각에 따라, 자신의 육체적, 심리적 상태와 합하여져, 새로운 의미로 탄생한다. 자신의 고통을 예수의 육체적 고난과 하늘의 섭리라는 전체적 컨텍스트 속에서 이해함으로써, 만델스탐은 자신의 고난을 일종의 순교(martyr)로 받아들이고 있는 것 같다. 그러면서도, 그는 밤하늘 아래, 수용소에서 어쩌면 "마지막 저녁 식사"가 될지도 모를 것을 앞에 둔 어린아이의 모습으로 자신을 그리고 있기에 이 시는 한없이 가엾고, 비극적인 것으로 다가온다.

15. 절규

모니카 윤 (Monica Youn 1972-)[81]

모니카 윤(윤영나)1

윤의 첫 시집(2003) 82·li

---

81 텍사스 휴스턴에서 태어나 프린스턴대, 예일법학대학원, 옥스포드대에서 수학한 한국계 미
   국 시인(윤영나). 변호사로도 일하였다. 2003년, 첫 시집 『물물교환』(*Barter*)을 낸 후, 2010
   년 『이그나츠』(*Ignatz*), 2016년 『블랙에이커』(*Blackacre*)을 발표하여 윌리엄 카를로스 윌리
   엄스 상을 수상하였다. 2023년 발간된 시집 『프롬 프롬』(*From From*)의 첫 시와 마지막 시들
   은 조선시대 사도세자의 이야기를 소재로 하였다. 현재 캘리포니아 어바인대 영문과에서 창
   작을 가르치고 있다. (Photograph © Beowulf Sheehan, provided by courtesy of the poet)

82 This cover image is provided by courtesy of the author.

에드바르트 뭉크
(Edvard Munch 1863-1944) 83 · lii

〈절규 The Scream〉, 1893,
노르웨이 국립미술관 liii

---

83 에드바르트 뭉크, 〈시가렛을 든 자화상 Self-Portrait with Cigarette〉, 1895, 노르웨이 국립미술관.

Stealing the Scream[84]

It was hardly a high-tech operation, stealing The Scream.

That we know for certain, and what was left behind —

a store-bought ladder, a broken window,

and fifty-one seconds of videotape, abstract as an overture.

And the rest? We don't know. But we can envision

moonlight coming in through the broken window,

casting a bright shape over everything — the paintings,

the floor tiles, the velvet ropes: a single, sharp-edged pattern;

the figure's fixed hysteria rendered suddenly ironic

by the fact of something happening; houses

clapping a thousand shingle hands to shocked cheeks

along the road from Oslo to Asgardstrand;

절규 훔치기

그리 첨단 기술을 요하는 작전은 아니었어, 〈절규〉 훔치는 일 말야.
그건 확실해. 뒤에 남겨졌던 것은 —
가게에서 산 사다리, 깨어진 유리창,
그리고 서곡인듯 불분명한 51초짜리 녹화 테이프였으니.

그럼 나머지는? 알 수 없지, 단지 머릿속에 그려볼 뿐.
달빛이 깨어진 유리창 사이로 비껴들어
모든 것 — 그림들, 바닥 타일들, 벨벳 정지선들에
선명한 모양을 던져 놓았지: 날카로운 모서리를 한 단 하나의 문양;

그림 형상의 굳어 버린 히스테리는 무슨 일이 벌어졌다는 사실로 인해
금새 또 다른 묘한 의미를 지니게 되었지.: 집들은
오슬로에서 아스가르드 해변[85] 까지 길을 따라
수천 개 타일 지붕 손바닥들을 놀란 뺨에 갖다 대었지.

---

85 노르웨이의 수도 오슬로에서 서남쪽으로 100km 가량 떨어진 해변 도시.

the guards rushing in — too late! — greeted only

by the gap-toothed smirk of the museum walls;

and dangling from the picture wire like a baited hook,

a postcard: 'Thanks for the poor security.'

The policemen, lost as tourists, stand whispering

in the galleries: '…but what does it all mean?'

Someone has the answers, someone who, grasping the frame,

saw his sun-red face reflected in that familiar boiling sky.

(2003)

　　앞에 소개한 시들과 달리, 이 시는 미술관에서 얻은 감흥에 관한 시가 아니
라 1994년 노르웨이 미술관에서 화가 뭉크의 1893년판 〈절규〉가 도난당했던 사
건을 다루고 있다. 법률가로서의 자신의 직업에 걸맞게 시인은 사건의 전후 상황
을 자세히 묘사한 후, 그림에 나타난 "절규"의 상황이 그림 도난 이후, 어떻게 실
제 현실에서 재현되었는가를 담담히 서술하고 있다. 핏빛으로 소용돌이 치고 있
는 하늘과 다리 아래 어디론가 쏟아져 내릴 듯한 물길의 불길한 움직임은 어디론
가부터 들려온 절규에 놀라 귀에 손을 대고 공포에 사로잡힌 인물의 모습과 함께
우리에게 불안과 공포를 극적으로 경험하게 한다. 시인은 화면에 그려진 히스테
리아가 더 이상 화가 뭉크 개인, 혹은 그림 상의 허구가 아니라, 우리의 현실에 그

경비원들이 달려들어 왔지 — 너무 늦게서야! — 그들을 맞은 건 단지
미술관 벽면에 서린 이빨 빠진 헛웃음과
미끼 단 미늘같이 그림 철사줄에 대롱거리는
엽서 한 장: '허술한 경비에 감사하오'

경관들이나 관람객들이나 모두 넋을 잃고 중얼거리며
전시실에 서 있었지: "이게 다 무슨 일이람?"
누군가는 답을 알고 있었지. 그림틀을 움켜쥔 채
태양처럼 붉게 달아오른 자신의 얼굴이 그 친숙한 끓어오르는 하늘에 비치는 것을.

대로 재현되고 있음을 미술관 도난 사건을 통해 보여주고 있다. 오슬로 국립미술관에서 100km 떨어진 아스가르드 해변까지 거리를 따라 집들 전체가 "지붕 타일을 뺨에 댄 채" 화면의 주인공의 놀람과 공포를 재현하고 있는 것이다. 뿐만 아니라, 그림을 훔친 도둑의 벌겋게 상기된 얼굴에는 끓어오르는 배경 하늘이 비치고 있다. 시인은 19세기 말 한 화가의 불안이 오늘날 우리 삶의 한 부분을 정확히 대변하였음을 지적하며, 그림에 그려진 것이 곧 현실의 일부이며 현실은 곧 그림의 일부로 서로 상호 모핑(transmorphing)됨을 보여준다. 시인들은 엑프라시스를 통해 말없는 영원한 타자일 수도 있는 미술관 안 미술품들을 시로 "훔쳐 내어" 지금 여기의 현실에 재현하고, 그 현실을 비추고 있는 것일지도 모르겠다.

16. 나의 예전 공작부인

로버트 브라우닝 (Robert Browning 1812-1889) [86]

로버트 브라우닝 liv

페라라 lv

86 19세기 후반 영국 빅토리아조의 시인이자 극작가. 알프레드 테니슨(Lord Alfred Tennyson)
과 거의 동시대의 시인이나, 당대의 공적 교육에서 벗어나 개인 교습으로 성장하였고, 이는
그의 관심을 영국 외, 그리스, 이탈리아, 독일 등으로 확대시켰고, 인간 본성에 대한 그만의
자세한 관찰로 이어졌다. 시에 "극적 독백"(dramatic monologues)을 사용하여, 대사를 통하
여 인물의 복합성이 암암리에 드러나게 하였다. 이 기법은 후에 T. S. 엘리엇이나 헨리 제임
스 등 현대 문학에 영향을 미쳤다.

〈페라라 공작부인〉 87·lvi 〈페라라 공작〉 88·lvii
플로렌스 우피치 미술관 뉴욕 메트로폴리탄 미술관

---

87 Agnolo Bronzino(1503-1572), Lucrezia di Cosimo (de Medici), ca.1555.

88 페라라의 무명 화가, Alfonso II, Duke of Ferrara, late 16th century.

My Last Duchess[89]

Ferrara

That's my last Duchess painted on the wall,

Looking as if she were alive. I call

That piece a wonder, now: Frà Pandolf's hands

Worked busily a day, and there she stands.

Will't please you sit and look at her? I said

"Frà Pandolf" by design, for never read

Strangers like you that pictured countenance,

The depth and passion of its earnest glance,

But to myself they turned (since none puts by

The curtain I have drawn for you, but I)

And seemed as they would ask me, if they durst,

How such a glance came there; so, not the first

Are you to turn and ask thus. Sir, 'twas not

Her husband's presence only, called that spot

Of joy into the Duchess' cheek: perhaps

---

89 Lucretia de Medici, Duchess of Ferrara(1545-1561) 페라라 공작부인, 1559년, 16살 나이에 공작부인이 되었으나 폐결핵으로 일찍 죽음을 맞이하였다. 독살되었다는 일설이 있는데, 브라우닝은 여기에 근거하여 윗 시를 지었다.

나의 전 공작부인

페라라

저기 벽에 마치 살아 있는 듯 그려진 것은
나의 전 공작부인이요. 이제 나는 저 그림을
경이라 부른다오. 판돌프 신부 손이 종일
분주하더니 저기 그녀가 서 있게 되었구료.
좀 앉아서 그녀를 감상하시겠소? "판돌프 신부"라
밝힌 이유가 있소. 저 그림의 낯빛과 그 진솔한
눈빛의 깊이와 열정을 그대처럼 처음 접하는
사람은 언제든 내게 돌아서서 용기를 내어, 대체 어찌
저런 시선이 그림에 담겼는지 물으려는 듯 보이기 때문이요.
(그대에게 열어 보인 저 커튼을 젖힐 사람은
나밖엔 없으니 말이오.)
돌아서서 내게 그렇게 물은 것은
당신이 처음이 아니오. 보시오. 공작 부인의 뺨에
저런 기쁨의 기색을 일으킨 것은 남편이 옆에
있기 때문만은 아니었소. 아마도 판돌프 신부가 우연히

Frà Pandolf chanced to say, "Her mantle laps

Over my lady's wrist too much," or "Paint

Must never hope to reproduce the faint

Half-flush that dies along her throat": such stuff

Was courtesy, she thought, and cause enough

For calling up that spot of joy. She had

A heart — how shall I say? — too soon made glad.

Too easily impressed: she liked whate'er

She looked on, and her looks went everywhere.

Sir, 'twas all one! My favor at her breast,

The dropping of the daylight in the West,

The bough of cherries some officious fool

Broke in the orchard for her, the white mule

She rode with round the terrace — all and each

Would draw from her alike the approving speech,

Or blush, at least. She thanked men, — good! but thanked

Somehow — I know not how — as if she ranked

My gift of a nine-hundred-years-old name

With anybody's gift. Who'd stoop to blame

This sort of trifling? Even had you skill

In speech — (which I have not) — to make your will

Quite clear to such an one, and say, "Just this

Or that in you disgusts me; here you miss,

Or there exceed the mark" — and if she let

말했을 거요. "망토 자락이 부인의 손목을 너무
덮었군요." 혹은 "부인의 목 선을 따라 사라지는
연한 홍조는 그림으로 절대 담을 수 없습죠." 같은
그의 말들을 그녀는 호의로 받아들여,
뺨에 저 같은 기쁜 기색을 일으키는데
충분한 것이었소. 그녀는, 음, ― 뭐랄까 ― 너무 금방
즐거워지는 마음을 지녔었소. 너무 쉽게
감동했단 말이오. 그녀는 눈에 뜨이는 것은 무엇이든
좋아했고, 그녀의 시선은 어디로나 쏠렸소.
그러니, 매한가지였단 말이오! 그녀의 가슴에 대한
내 사랑과, 서쪽 하늘에 해 지는 것과, 어떤
주제넘은 바보가 그녀에게 과수원에서 꺾어다 준
체리 가지와, 그녀가 타고 앞뜰을 돌던
하얀 노새 ― 이 모든 것이 저마다 꼭같이
그녀로부터 좋다는 말이나, 적어도 홍조를 이끌어
내었소. 그녀는 남성들에게 감사했소. ―
다 좋소! 그런데 그녀는 어쩐지 ― 어떻게인지는
모르오만, 마치 내가 선사한 구백 년 전통의 내 이름을, 다른
사람들의 선물과 동급으로 여기는 것 같았소. 누가 그런 시시한 것을
탓하여 체면을 구기겠소? 말재주가 있다 한들
(나는 없소만) 그 사람에게 뜻을 분명히 하여,
"그대의 이런 저런 것이 몹시 맘에 안 드오.
이 점이 부족하고, 저 점은 지나치오."라 말한다 한들,
그녀가 순순히 그런 충고를 받아들이거나,

Herself be lessoned so, nor plainly set

Her wits to yours, forsooth, and made excuse,

— E'en then would be some stooping; and I choose

Never to stoop. Oh sir, she smiled, no doubt,

Whene'er I passed her; but who passed without

Much the same smile? This grew; I gave commands

Then all smiles stopped together. There she stands

As if alive. Will't please you rise? We'll meet

The company below, then. I repeat,

The Count your master's known munificence

Is ample warrant that no just pretence

Of mine for dowry will be disallowed;

Though his fair daughter's self, as I avowed

At starting, is my object. Nay, we'll go

Together down, sir. Notice Neptune, though,

Taming a sea-horse, thought a rarity,

Which Claus of Innsbruck cast in bronze for me!

(1842 from *Dramatic Lyrics*)

혹은 대놓고 내게 맞서, 진정, 대꾸를 한다면

그 또한 내가 굽히고 들어가는 것 아니겠소.

그리하여 난 굽히지 않기로 마음먹었소

오, 보시오. 그녀는 분명 내가 지나칠 때면 미소를 지었소.

하지만 똑같은 미소 없이 지나친 남성이 어디 있겠소?

이런 일이 잦아졌고, 난 명령을 내렸소.

그러자 모든 미소가 일시에 사라졌다오.

저기 그녀가 마치 살아 있는 듯 서 있구료.

이제 일어서시겠소? 아래층 사절단을 만나봅시다. 거듭 말하지만,

그대 백작 주인은 손 크시다 알려졌으니,

지참금에 대한 나의 지당한 구실을 거절치 않으리란 점은

분명 충분히 보장 받은 것이리다. 내 첨에 맹세했듯이, 그 댁

아름다운 딸 그 자체가 내 목표이지만 말이오.

아니, 우리 함께 아래층으로 내려가십시다. 아, 그 전에

저 바다 말을 길들이는 넵튠상을 한번 보실까?

인스부르크 클라우스가 나를 위해 청동으로 주조한 것인데

희귀품이라 여겨진다오!

19세기 빅토리아조의 시인 로버트 브라우닝은 당대의 영국뿐 아니라, 과거 이탈리아에서 시적 소재와 영감을 얻었던 것 같다. 정규교육 체제에서 벗어나 아버지의 서재의 책들을 통해 그리스, 라틴어를 익힌 그는 이탈리아 출신 가정교사로부터 중세와 르네상스시대 이탈리아에 관한 관심을 키우고 1838년 이탈리아 여행을 하였다. 위의 시를 비롯, "소델로"(Sordello), "피파의 노래"(Pippa's Song)나 "프라 리포 리피"(Fra Lippo Lippi) 등의 시들은 이탈리아를 배경으로 하고 있을 뿐 아니라, 실제 그는 장인의 반대를 무릅쓰고 병약한 연상의 엘리자벳(Elizabeth Barrett Browning)과 결혼한 후, 베니스, 플로렌스, 로마 등에서 살다가, 말년에 다시 베니스의 아들네 집으로 돌아가 생을 마감하였다. 젊은 시절, 시인 셸리(P. B. Shelley)를 동경하여 무신론자(atheist)가 되었고, 노예제와 유태인 차별주의에 반대하였고, 살아 있는 동물들의 실험을 비판한 그는, 영국 빅토리아조의 굳어진 체제와 편협한 생각들에서 벗어난 "자유주의자"(a liberal)[90]였다. 그는 자신의 견해를 직접 드러내는 교훈적이고 도덕적인 시를 쓰기보다는, 시의 주인공이나 등장인물들의 대사들과 이들을 둘러싼 배경들을 통하여 자연스럽게 전달하는 "극적 독백"(dramatic monologue)의 수법을 사용하여, 사건들과 인성에 대한 보다 복잡하고 섬세한 이해를 도모하였다.

　　위의 시는 16세기 후반의 이탈리아 북부 페라라 지역을 배경으로, 알폰소 2세(Alfonso II, 페라라 공작 1559-1597 통치)의 결혼과 재혼을 둘러싼 실제 사건에 기반하고 있다. 1558년, 알폰소 공작은 결혼을 약정했던 메디치가의 맏딸이 일찍 죽자, 14살 난 그 여동생 루크레치아와 결혼한다. 루크레치아 공작부인은 결혼 2년 만에 결핵으로 죽었으나, 독살되었다는 소문이 돌았다. 알폰소 공작은 이

90　https://en.wikipedia.org/wiki/Robert_Browning#cite_note-19, 20 참조.

후 두 번 더 결혼하였다. 브라우닝은 이 시에서, 공작의 극적 독백을 통하여 루크레치아의 이른 죽음에 알폰소 공작의 자기중심적 소유욕과 질투심, 또 지배욕과 권력욕 등이 작용하였음을 암암리에 폭로하고 있다. 새 신부를 맞는 문제로 찾아온 이웃 백작 사신과의 대화는 일방적이기에 독백을 이루며 이를 통해, 청중과 독자는 공작의 성격과 결혼생활의 문제점들, 심지어는 아내 루크레치아의 살해 가능성까지도 소상히 확신하게 되는 것이다.

공작의 독백을 통해 브라우닝은 독자들 눈앞에 세 개의 초상화를 그려 보인다고 할 수 있다. 벽에 걸린 페라라 공작부인의 실제 초상화가 그 하나이고, 공작의 독백을 통해 드러나는 공작부인의 삶과 성격이 두 번째 초상이며, 자신의 말로써 스스로 폭로하는 공작의 강압적 독재성과 권력욕, 우둔함의 초상이 마지막 세 번째이다. 공작부인의 초상화는 매우 생생히 잘 그려져, 마치 그녀가 살아 서 있는 듯이 보이며, 진솔한 시선은 깊이 있는 열정을 간직하고, 얼굴엔 고운 홍조를 띠고 있어, 보는 사람마다 그 그림이 어떻게 그려졌는가를 물을 정도이다. 공작은 이어 공작부인이 어떠한 사람이었는가를 묘사한다. 그녀는 작은 관심이나 칭찬에도 수줍게 얼굴을 붉히며, "쉽게 감명을 받으며, 보는 것마다 다 좋아하고, 남편의 사랑은 물론, "저녁노을, 타고 놀던 노새, 보잘 것 없는 누군가 따준 작은 벚나무 가지,"를 꼭같이 좋아하고, 남편뿐 아니라, 지나치는 남성들 모두에게 아름다운 미소를 보낸다. 그녀가 14살 난 어린 나이였음을 생각하면 발랄하고 사랑스러운 소녀인 것이다.

이러한 공작부인에 대해 공작은 마음이 편칠 않다. 그녀의 행동에 대한 자신의 속마음을 털어놓으면서 공작은 자신이 어떠한 사람인가를 드러낸다. 그는 그녀가 몹시 못마땅한데, 왜냐하면 사소한 것들, 다른 이들의 소소한 선물에 대한 그녀의 반응이, 자신의 사랑이나 "구백 년 전통의 자신의 이름"에 대한 반응과 동급이기 때문이다. 이러한 서운함을 그녀에게 말로 전하기엔 그는 너무나 자존심이 상하고, 또한 말재주도 없으며, 설사 말을 한다 해도 그녀가 아랑곳하지 않거나 말대꾸를 하면 더욱 자존심이 상할 것 같아 "굽히지 않기로" 결심한다. 보는 사람 모두에게 미소를 보내는 일이 더 잦아지자, 자신이 내린 모종의 "명령"에 그녀의 미소가 일시에 사라졌다고 한 뒤, 바로 이어 공작은 초상화 속 그녀가 "마치 살아있는 듯하다"고 말함으로써 그녀가 자신의 명령에 의해 죽었음을 드러낸다.

공작의 초상화는 공작 자신의 말과 행동으로 암시되기에, 그의 말과 행동에 관심을 기울이는 독자와 청자들의 마음속에 매우 선명한 인상을 아로새기는 효과를 낳는다. 그는 지금 이웃 백작의 딸과의 새로운 결혼을 진척시키려 백작 측에서 보내온 사신에게 자신의 응접실에 걸린 전처의 초상화를 일부러 열어 보여주고, 또 방 안의 희귀품 넵튠의 동상을 과시하면서, 요구한 대로 지참금이 지불될 것을 은근 강요하고 있다. 그는 어느 모로 보나 소유욕과 독점욕, 질투심 강하고, 자존심이 센 사람이다. 심지어는 마음에 안 드는 나이 어린 아내를 없애 버리기 위한 "명령"을 내리는 잔인한 사람인 것이다. 커튼 뒤에 가려 있는 전처의 초상화조차 자신 이외의 사람은 열지 못하게 하고, 초상화도 하루 만에 그리게끔 하였으며, 지참금과 더불어 새로 결혼할 백작의 딸이 자신의 "목표"임을 서슴지 않고 말하는 사람이다. 그가 희귀품으로 자랑하는 넵튠의 청동상은 바다 말을 삼지창을 들고 길들이고 있는 모습으로, 억압적이고 폭력적이다. 브라우닝은 공작의 결혼생활을 전지적 작가 시점에서 "묘사"하는 것이 아니라, 초상화와 독자들 사이에 공작이라는 1인칭 주인공을 세우고, 모든 상황을 극화하여 보여줌으로써, 화자의 언행을 통하여 독자들이 사태를 직접 상상하고 판단하게 만든다. 그 결과, 공작부인의 이른 죽음이 공작의 자기중심적인 이기심, 공감과 소통 능력의 부재, 독재적 잔인함 때문이었음을 독자들은 확신하게 되는 것이다.

브라우닝의 이 시는 실제 초상화에 근거한 것은 아니지만, 시인 자신이 쓴 모노드라마를 통하여 가상의 초상화를 너무도 분명하게 우리 눈앞에 펼쳐 놓았다는 점에서 매우 독특하다. 한 여성의 초상화 앞에 선 자기중심적 남성의 소유욕과 명예욕, 굽히지 않는 뻣뻣한 자존심, 여성적 감수성에 대한 폭력적 억압 등을 극화시켜 독자들의 눈앞에 적나라하게 가져다 비판하고 있다는 점에서 브라우닝은 19세기 중반 매우 특이한 영국 남성 시인이다.

17. 분노의 메디아

첼시 래스번 (Chelsea Rathburn 1975-)[91]

첼시 래스번[92]

래스번의 첫 시집(2019)[93]·lviii

---

91 마이애미 출신의 시인, 조지아 주 머서 대학(Mercer University) 영문과 창작교수, 조지아 주
    계관시인으로 재직 중. 시집, 『어머니와 칼이 있는 정물화』(*Still Life with Mother and Knife*,
    2019)를 비롯, 세 권의 시집이 있다.
92 photo by Jeff Roffman, with permission from the photographer.
93 래스번의 첫 시집 중, Part III는 들라크루아의 〈분노의 메디아〉를 소재로 한 6편의 시를 담고
    있다.

유진 들라크루아
(Eugene Delacroix 1798-1863) 94 · lix

〈분노의 메디아 Medea Furious〉, 1838
릴미술관 95 · lx

---

94 19세기 프랑스 낭만주의를 대표하는 화가.

95 Palais des Beaux-Arts de Lille. 프랑스 북동부 도시 릴에 있으며 파리 루브르에 뒤이어 소장
    품이 많은 미술관이다.

Medee Furieuse, 1838[96]

Furious Medea, Delacroix called her,

but I can see no rage, unless we count

her breasts, twin weapons pointing fiercely

at us, or the hand clenching a dagger,

its shadow slicing her nearest child's leg.

There is disorder in her hair and robes,

but her face, caught in profile, reveals what we

might read as sadness, a jaw too soft for anger.

The painting's tension lies in the lack of fury,

in the illusion that she might be guarding the boys,

in our knowledge that she is not.

And the children in her arms — they know it, too.

The one half-hugged, half-throttled squirms away.

The other is folded in a pose so close

to the surrender of nursing he seems at peace

almost, but for his eye, open wide —

분노의 메디아, 1838

격분한 메디아, 들라크루아는 그녀를 그렇게 불렀지만,
분노는 보이지 않는다. 우리를 향해 사납게 겨눈
한 쌍의 무기들인 그녀의 젖가슴, 혹은
단도를 움켜쥔 그 손, 그녀에게 밀착된 아이의 다리를
저미는 그 단도의 그림자를 감안하지 않는다면.
그녀의 머리칼과 복색은 헝클어져 있으나, 측면으로 잡힌
그녀의 얼굴은 분노라 하기엔 너무나 부드러운
턱, 우리가 슬픔이라 할 것을 드러내고 있다.
분노는 보이지 않아 아마 그녀는 두 아들을
보호하려나 하는 착각을 주나 실제는
그게 아닌 것을 알기에 그림엔 긴장감이 서린다.
그녀 팔 안의 아이들 또한 그걸 알고 있다.
반은 안기우고 반은 목졸린 한 아이는 몸을
뒤틀어 벗어나려 하고, 다른 아이는 수유에 응하듯,
밀착되어 몸이 접혀진 채 평화로운 듯 보이나
거의 그렇게 보일 뿐, 그의 눈은 활짝 뜨여

and looking directly at us.

      How many times

have I seen that look, the flash of fear

on my young daughter's face when I have raged

at her or some small thing? It passes, the fury

and the terror — my daughter puts on socks;

the driver yields but I'm left shaken, a stranger.

Maybe all mothers murder their children's

innocence. In the painting, Medea holds

her boys so close they're one body again,

two cords she must cut. The children have no choice

but to love the hand that holds the knife.

(2019)

우릴 곧바로 쳐다보고 있다.

　　　　얼마나 여러 번

저 표정, 두려움의 스치움을

내 딸의 얼굴에서 보았던가, 그녀에게, 혹은

사소한 것에 내가 분노했을 때? 분노와

공포는 지나간다 — 딸은 입을 다물고, 운전자는

양보하나, 나는 동요된 채 이상한 사람이다.

아마도 모든 어머니는 그 아이들의 순수함을

살해하는지도 모른다. 메디아는 아들들을 꼭 끌어안아

그들은 다시 한몸이 되었는데, 그녀는 두 개의

탯줄을 잘라야만 하는 것이다. 아이들은

칼을 쥔 손을 사랑하는 것 외엔 달리 선택할 수 없다.

그림이 작게 실렸기에 망정이지, 들라크루아의 격분한 메디아는 자세히 볼수록 섬뜩한 그림이다. 자신의 아버지와 동생, 그리고 나라까지 저버리고, 여러 번의 마술과 살해를 서슴지 않으며 택한 연인 이아손에게 배신을 당한 후, 그에 대한 가눌 길 없는 분노와 복수로 이아손과의 사이에서 태어난 어린 아들들을 자신의 손으로 살해하려는 장면이 담긴 그림이기 때문이다. 마법과 속임수, 배신과 잔인한 살인으로 점철된 메디아의 사랑은 시간이 갈수록 비극적 파국을 향한 긴장감을 더해갔다고 할 수 있다. 그리스 비극작가 에우리피데스의 메디아에도 묘사되듯, 들라크루아는 그 막다른 극에 달한 메디아의 분노와 슬픔과 혼돈의 순간을 어두운 동굴 밖의 빛과 메디아 얼굴을 스치는 그림자의 대비로, 또 어두운 색과 붉은 옷의 대비로 극적인 효과를 꾀하고 있다.

시인 래스번은 그림에서 어머니로서의 메디아와 아이들에 초점을 맞추고 있다. 그림의 배후에 서린 끔찍한 마법과 배신, 격노의 사랑 이야기와, 래스번이 화폭에서 보는 메디아의 모습 사이엔 긴장이 있다. 그림의 메디아에는 사랑과 배신에 격노한 여성보다는 무엇엔가 쫓겨, 막다른 동굴로 아이들을 감싸안고 피신한 어머니의 모성이 강조되어 보이기 때문이다. 헝클어진 머리와 의복, 쫓긴 듯 뒤돌아보는 얼굴의 옆모습과 부둥켜안은 두 아이들은 마치 그녀가 위험으로부터 아이들을 지키려 급히 피신해 왔다는 인상을 준다. 그러나, 지나치게 강조되어 드러난 그녀의 가슴과, 손에 든 수직의 섬찟한 단도. 목 졸려 뒤틀린 아이들의 자세 등은 이미 알려진 신화상의 이야기에 중첩되어, 아이들을 살해하려는 메디아의 결심이 지나친 분노와 격정으로 왜곡된 모성임을 일깨우는 것이다.

래스번은 특히 그림의 두 아이 중, 큰 아이의 반쯤 파묻힌 얼굴에서 보이는 공포와 원망의 눈빛에 가책을 느끼고 있다. 그 눈빛은 사소한 일에 분노하고 조급했던 시인에게 자신의 딸이 보냈던 바로 그 두려움의 눈빛이기 때문이다. 순수한 아이를 겁에 질려 말을 잃게 만드는 자신의 순간적인 분노가 자신의 평상심을 흔들고, 자신을 어머니가 아닌 이상한 낯선 사람으로 만든다는 사실을 시인 래스번은 잘 알고 있다. 어머니들은 알게 모르게 조절되지 않은 분노로 아이들의 순수함을 살해하는 것이 아닌지, 아이들은 그러한 부모의 횡포마저도 어쩔 수 없이 사랑해야만 하는 연약한 존재들이 아닌지 시인은 자문하며 반성하고 있는 것이다. 그림의 이미지들은 화폭이라는 2차원의 세계에 갇혀져 있는 것이 아니라, 때로는 눈앞의 현실에서 재현되어, 살아 움직이는 활인화(tableau vivant)로 살아나, 특별한 깨우침을 주기도 한다. 래스번은 들라크루아의 메디아에서 격노보다는 아이들을 자신의 손으로 살해할 수밖에 없는 어머니의 비극적 슬픔을 읽고 있다. 그러면서도 아이들은 어머니나 어른들의 막강한 권력을 전적으로 수용하고 사랑할 수밖에 없기에 예민하고 상처받기 쉬운 존재들임을 일깨우고 있다. 신화 이야기를 그림으로 재현하고, 다시 그 그림으로부터 새로운 의미를 읽어 내는 일련의 해석과 재창조의 과정은 엑프라시스의 특징 중 하나라 할 수 있는 의미 덧쓰기 효과(palimpsest effect)를 낳는다. 이것은 서로 다른 장르 간의 융합효과라 할 수도 있는데, 이런 융합과 축적의 과정을 통하여 이미지는 풍성하게 중첩된 의미를 지니게 된다고 하겠다.

18. 장에서 돌아온 여인

에반 볼란드 (Eavan Boland 1944-2020) [97]

에반 볼란드 lxi

장 샤르댕 〈자화상〉 98 · lxii

---

97 20세기 후반 아일랜드의 대표적 여성 시인. 외교관 아버지를 따라 영국 런던에서 성장하고 더블린으로 돌아가 대학 졸업한 후, 트리니티 대학과 스탠포드대를 비롯, 미국 대학들에서 교수로 재직하였다. 아일랜드 민족중심, 영웅중심 역사관과 백인 남성중심의 가치에 대해, 역사 이면에 감추어진 일상과 여성들의 구체적인 일상 경험을 시에 담으려 노력한 시인이다. 아일랜드 왕립학회 회원이 되었다.

98 Jean Chardin(1699-1799) 정물화를 주로 그린 18세기 프랑스 화가, 하녀들과 아이들 등, 소소한 일상 생활 풍경을 그린 장르화(genre painting)로 잘 알려져 있다.

〈장에서 돌아온 여인 The Provider,
or Servant Returning from the Market〉
1739, 루브르 미술관 lxiii

〈무 깎는 여인 Woman Cleaning Turnips〉
1740, 알테 피나코텍 미술관(뮌헨) 99 · lxiv

---

99 Alte Pinakothek, Munich. 독일 뮌헨에 있는 미술관으로 주로 14세기에서 18세기까지의 그
림들을 소장하고 있다.

From the Painting 'Back from Market' by Chardin [100]

Dressed in the colours of a country day —

Grey-blue, blue-grey, the white of seagulls' bodies —

Chardin's peasant woman

Is to be found at all times in her short delay

Of dreams, her eyes mixed

Between love and market, empty flagons of wine

At her feet, bread under her arm. He has fixed

Her limbs in colour, and her heart in line.

In her right hand, the hindlegs of a hare

Peep from a cloth sack; through the door

Another woman moves

In painted daylight; nothing in this bare

Closet has been lost

Or changed. I think of what great art removes:

Hazard and death, the future and the past,

This woman's secret history and her loves —

---

100   from *Eavan Boland: New Collected Poems*, 2005, P. 17. the poem is reprinted and
      translated by permission of Carcanet Press, Manchester, UK.

샤르댕의 '장에서 돌아온' 그림에서

시골 일상 빛깔들 ─ 회청색, 청회색,
갈매기들 몸 같은 흰색 ─ 옷을 입은
샤르댕의 촌 아낙은
언제나 그 모습이다. 꿈에 잠겨 잠시 멈춘 채,
그녀의 눈동자엔 사랑과 시장이 섞이고,
발치에는 빈 포도주병들이, 팔 아래로는
빵이 놓여 있다. 그는 그녀의 팔과 다리를
색채 속에, 그녀의 마음을 선으로 고정시켰다.

그녀의 오른손엔 토끼의 뒷다리들이
헝겊 자루에서 비죽이 나와 있다; 문을 통해
또 다른 여성이 채색된 아침의 빛 속에서
움직인다; 이 조촐한 방에서
빠지거나 바뀐 것은 하나도 없다.
나는 위대한 예술이 제거한 것을 생각한다:
위험과 죽음, 미래와 과거,
이 여성의 은밀한 역사와 그녀의 사랑들 ─

And even the dawn market, from whose bargaining

She has just come back, where men and women

Congregate and go

Among the produce, learning to live from morning

To next day, linked

By common impulse to survive, although

In surging light they are single and distinct,

Like birds in the accumulating snow.

(1965)

또 새벽 시장까지, 그곳에서의 흥정에서
그녀는 이제 막 돌아온 것. 남자 여자들이
산물들 사이로 모였다 흩어지며
아침부터 다음날까지, 살아남으려는
공통된 본능으로 연결되어, 사는 법을 배우는 곳.
비록 떠오르는 아침 빛 속에서는 그들이
쌓이는 눈 속의 새들처럼
개별적이고 독특한 사람들이긴 하지만.

18세기 중반, 독특한 정물화와 풍속화(genre painting)로 이름을 얻은 장 시메옹 샤르댕은 기존의 정형화된 정물화나, 초상화 전통에서 벗어나, 실제 일상에 가까운 사물들과 하녀, 동물들과 아이들을 소재로 묘사하였다. 에반 볼란드가 보고 있는 그림에도 아침 장을 보고 돌아온 여성의 모습이 자세히 재현되어 있다. 샤르댕의 일상적 자세한 묘사에도 불구하고, 20세기 여성 시인 볼란드가 보기에 그림 속 여성은 음식의 "조달자"(a provider)로만 한정되어 있다. 볼란드는 첫 연과 둘째 연의 중반까지는 그림 속 촌 아낙의 의복 색깔과 그녀의 표정 등, 보이는 겉모습을 관찰하고 있다. 화폭에 있는 여성과 그녀가 장만한 빵과 발치의 포도주병, 또 자루 속에 발만 내민 채 죽어 있는 토끼 등의 식재료들, 또 아침 빛이 퍼지는 옆방의 또 다른 여성 등, 화면 속 공간은 그 상세함에도 불구하고 모든 것이 한순간에 고정되어 "죽어 있는" 정물(still life)에 지나지 않는다. 여성들의 손과 발은 칠해진 색깔 속에, 또 그녀의 마음들은 선들이 이룬 형상으로 고정되어 활기찬 생명을 잃고 있는 것이다.

볼란드는 이 그림의 평온해 보이는 한순간이 삶에 산재한 "위험과 죽음, 과거와 미래, 여성의 과거사와 마음속 사랑" 등, 현실의 복합성을 단순화시킨 결과임을 지적하고, 화면 이면의 일상을 그려 내어 생동감 넘치는 실상을 복원하고 있다. 마치 정지된 화면을 클릭하여, 화면 이미지 이전의 실공간, 사람들과 상품들이 북적이는 새벽시장의 활기와 생명력, 그 안에 흐르고 있는 인간의 보편성을 재생시키려는 것처럼. 이것은 화면의 여성을 늘 한결같은 복색의 식량의 조달자라는 한순간의 이미지로 화석화하기를 거부하고, 그녀를 한 사람의 독특한 개체이면서, 동시에 시장과 같은 삶의 현장에서 여러 사람들과 어깨를 부딪히며 살아남으려는 삶의 본능에 충실한 보편적 인간의 한 사람으로 파악하기를 요구하는 것이다.

어떻게 보면 화면을 넘어서 현실의 전모를 재현하기를 바라는 것은 한 화가에게 무리한 요구일 수도 있겠다. 하지만, "양육의 담당자"나 "베푸는 제공자"로서의 여성성에 대한 통념이 주로 남성들이 제시하여 소비된 그림이나 문학작품들을 통해 역사적으로 형성, 고착되어 왔음을 상기해 볼 때, 한 여성을 그의 독특한 개별성으로부터 이해하고, 더 나아가 인간 보편성에 근거하여 바라보려는 볼란드의 이러한 시도는 우리로 하여금 매체가 전달하는 이미지들에 대해 늘 반성적으로 깨어 있게 한다. 유색인종, 소수인종 출신의 작가들과 여성 작가들이 과거 그림들에 묘사된 대상들을 과거의 여러 편견에서 벗어나 새로운 시각에서 재해석하고 바라볼 것을 요구하는 것은 "보는 방식"에 있어서의 커다란 혁명 중 하나라고 할 수 있다.

19. 비너스의 탄생

로버트 캐시 워터스톤 (Robert Cassie Waterston 1812-1893) [101]

워터스톤 신부 lxv

---

101 미국 메인 주에서 태어나 하버드대에서 신학을 전공하고 보스톤의 유니테리언 교회들에서 목사로 봉직하며 당대의 교육에 힘썼다. 찬송가 작사를 비롯, R. C. W.라는 익명으로 시들을 발표하였고 당대의 롱펠로우(Henry Wadswarth Longfellow)와 윌리엄 컬렌 브라이언트(William Cullen Bryant)와 같은 시인들과도 교류하였다.

산드로 보티첼리(Sandro Botticelli 1445-1510) 102 · lxvi

〈비너스의 탄생〉, 1485, 플로렌스 우피치 미술관 lxvii

---

102 보티첼리의 유일한 자화상으로 알려진 이 초상화는 그의 작품, 〈동방박사들의 경배 Adoration of the Magi〉(1475, 우피치 미술관)의 일부이다.
https://commons.wikimedia.org/wiki/File:Botticelli_-_Adoration_of_the_Magi_(Zanobi_Altar)_-_Uffizi.jpg 참조.

The Birth of Venus [103]

— "from the deep
she sprung in all the melting pomp of charms." —
Thomson

The ocean stood like crystal. The soft air

Stirred not the glassy waves, but sweetly there

Had rocked itself to slummer. The blue sky

Leaned silently above, and all its high

And azure-circled roof, beneath the wave

Was imaged back, and seemed the deep to pave

With its transparent beauty. While between

The wave and sky, a few white clouds were seen

Foating upon their wings of feathery gold

As if they knew some charm the universe enrolled.

---

103 이 시의 13행부터 끝까지는 인터넷상에서 흔히 셸리(P. B. Shelley 1792-1822)의 시로 인용
되나, 1836년 보스톤에서 발행된 *American Monthly Magazine*, Vol. 7 (New Series -Vol.
1), P. 56에 워터스톤 신부가 R. C. W.라는 익명으로 실었다. (https://babel.hathitrust.org/c
gi/pt?id=njp.32101015921271&view=1up&seq=70).
R. C. W.가 워터스톤 신부임은 윌리엄 쿠싱(William Cushing)이 편찬한 『이니셜과 가명: 문
학적 위장 사전』(*Initials and Pseudonyms: A Dictionary of Literary Disguises*, Second
Series, (New York: Thomas Crowell & Co., 1888), p. 153 참조.

비너스의 탄생

— "깊은 곳으로부터
그녀는 감미로운 매력을 한껏 발산하며 솟아올랐다."—
톰슨104

바다는 수정처럼 잔잔했다. 부드러운 대기는
투명한 물결을 휘젓지 않고 살며시
스스로를 잠재웠다. 푸른 하늘은 고요히
위에서 드높이 푸른 반구의 천정을 기울이고,
물결은 그 아래서 반사하여 물속 깊은 곳을
투명한 아름다움으로 뒤덮은 듯했다.
물결과 하늘 사이엔 하얀 구름들 몇 점이
금빛 깃털을 날리며 떠 있었다.
마치 그들이 우주가 펼치는 어떤 아름다움을
알기라도 하듯이.

---

104 제임스 톰슨(James Thomson 1700-1748). 스코틀랜드 출신 시인. 주요 작품으로 "사계절" (The Seasons), "자유"(Liberty)가 있다. 위의 인용문은 "자유, Part IV"에서 "메디치의 비너스"를 묘사한 부분.

A holy stillness came, while in the ray

Of heaven's soft light, a delicate foam-wreath lay

Like silver on the sea. Look, look why shine

Those floating bubbles with such light divine?

They break, and from their mist a lily form

Rises from out the wave, in beauty warm.

The wave is by the blue-veined feet scarce press'd,

Her silky ringlets float about her breast,

Veiling its fairy loveliness, while her eye

Is soft and deep as the heaven is high.

The Beautiful is born; sea and earth

May well revere the hour of that mysterious *birth*.

(1836)

19세기 초, 보스톤의 목사였던 워터스톤은 보티첼리의 그림 〈비너스의 탄생〉에서 하늘과 바다 사이 아름다움의 탄생의 순간에 초점을 맞추고 있다. 화면의 중심을 차지한 여신 비너스를 "한 백합의 형상"과 같은 은유를 통해 간접적으로 묘사하고, 그녀의 신체에 대해서도 발과 가슴을 가린 곱슬머리, 또 깊고 부드러운 눈을 "요정"과 같은, 혹은 "신성한 빛"에 싸인 것으로 이상화하고 있다. 무엇보다도 그는 여신보다는 "아름다움"의 탄생을 전 우주적인 사건, 하늘과 바다와, 물결들, 구름들이 펼치는 전경 속의 한순간으로 이해하고 있다. 화면의 중앙을 차지한 인물들보다는 배경, 사건의 순간과 배후의 섭리에 대해 찬미를 바치는 것이다.

거룩한 고요함이 찾아들고 천구의 부드러운

빛줄기 속에 섬세한 거품 화환이

바다 위에 은빛으로 빛났다. 보라, 저들

떠오른 거품들은 어찌하여 저런 신성한

빛을 띠는가? 거품이 터지자 그 연무에서

한 백합 형상이 따스한 아름다움으로 물결 위로

솟는다. 푸른 정맥 서린 발은 물결을

거의 밟지도 않으며, 비단결 곱슬머리가

그녀 가슴을 휘감아 요정의 사랑스러움을 덮고

그녀의 눈은 부드럽고 깊어 하늘처럼 높구나.

아름다움이 탄생한다: 바다와 땅은

이 신비한 *탄생*의 순간을 경외할지어다.

시의 형식 또한 두 행씩 운이 맞는 영웅대련(heroic couplet)으로 워터스톤 신부는 비너스의 탄생을 신비한 아름다움이 탄생하는 서사적(epic) 순간으로 기록하고 있다. 그는 그림의 전경을 차지한 여러 인물들을 그리스 신화 속 "신"들로 주목하지 않고, 단지 하늘과 바다와 구름, 또 물결들 위에 서린 거품들 같은 자연 현상들이 배경의 어떤 섭리에 의해 중대한 사건에 "거룩하고 고요하며 맑고 따뜻한" 세계를 이루어 내고 있는 것으로 묘사하고 있다. 자연 현상들 속에 내재한 신성이나 섭리 속에서 추상적 아름다움(the beautiful)의 탄생를 말하고 있다는 점에서 워터스톤 신부는 유니테어리언 신학자, 혹은 이신론자(deist)의 시각으로 그림을 바라보고 있다고 할 수 있겠다.

20. 비너스의 탄생 2

뮤리엘 루케이저 (Muriel Rukeyser 1913-1980) [105]

뮤리엘 루케이저 106

---

105 미국 여성 시인이자 사회운동가. 1930년대부터 환경문제를 비롯, 인권, 여성주의, 유태인
     등 사회 정의 실현을 위해 시작 활동을 하였다. 1935년 시집, 『비행이론』(*Theory of Flight*)
     으로 예일대 주관 젊은 시인들에 추천되어 등단한 후, 60년대 베트남 반전, 여성해방 등을
     위해 활동하며, 자서전, 전기, 희곡들도 썼다. 1970년대 시인 김지하 석방을 위해 한국 방문
     을 시도하였으나 이루지 못하였다.

106 This photo is kindly provided by William Rukeyser, son of Muriel Rukeyser. copyright ©
     1976 by William Rukeyser.

조르주 바사리107
〈유레이너스를 거세하는 크로누스 The Mutilation of Uranus by Saturn(Cronus)〉,
1554-1556, 플로렌스 베키오 궁108 · lxviii

조르주 바사리 〈비너스의 탄생〉, 1556-1557, 플로렌스 베키오 궁 lxix

---

107 조르주 바사리(Giorgio Vasari 1511-1574)는 이탈리아의 화가이자 건축가, 저술가로 다빈치
     와 미켈란젤로 등 당대 여러 화가, 조각가들의 전기를 남김으로써 예술사의 바탕을 마련하
     였다.
108 Palazzo Vecchio. 이탈리아 플로렌스 시뇨리아 광장에 있는 플로렌스 시청 건물이자 미술
     관. 앞에 미켈란젤로의 다윗상(복제)이 서 있다.

The Birth of Venus [109]

Risen in a

welter of waters.

Not as he saw her

standing upon a frayed and lovely surf

clean-riding the graceful leafy breezes

clean-poised and easy. Not yet.

But born in a

tidal wave of the father's overthrow,

the old rule killed and its mutilated sex.

The testicles of the father-god, father of fathers,

sickled off by his son, the next god Time.*

Sickled off. Hurled into the ocean.

109   from *The Collected Poems of Muriel Rukeyser*, University of Pittsburgh Press, 2005. P. 356.
      poem reprinted and translated by permission of Muriel Rukeyser Estate. © copyright
      Muriel Rukeyser, 2005.

*   그리스 신화에서 아버지 유레이너스(Uranus)를 살해한 것은 아들 크로누스(Cronus)이다.
      루케이저는 Cronus를 시간의 신 Chronus와 혼동한 듯하다.

비너스의 탄생[110]

소용돌이 물속에서
솟았다.

그가 그녀를 보았던 것처럼,
실밥처럼 어여쁜 파도 위에 서서
우아하게 꽃잎 날리는 미풍을 산뜻이 타고서
말끔한 자세로 편안하게 온 것이 아니다. 아직은.

그녀는 아비를 쓰러뜨린
조류의 파랑 속에서 태어난 것이다.
살해된 옛 지배와 거세된 남성 속에서.
아버지 중 아버지, 아버지 신의 고환들이
뒤이을 그의 아들, 크로누스의 낫에 베였다.
낫에 써억 베여 바다로 흩뿌려졌다.

---

110 루케이저의 시는 보티첼리의 〈비너스의 탄생〉을 두고 쓴 시이지만, 하늘의 신 유레이너스의 거세를 다루고 있고, 바다의 소란한 소용돌이 속에서 태어난 비너스를 묘사하고 있기에, 조르주 바사리가 16세기에 그린 〈비너스의 탄생〉과 〈유레이너스를 거세하는 크로누스 The Mutilation of Uranus by Saturn(Cronus)〉를 참고하였다.

In all that blood and foam,

among raving and generation,

of semen and the sea born,

the great goddess rises.

    However, possibly,

on the long worldward voyage flowing,

horror gone down in birth, the curse, being changed,

being used, is translated far at the margin into

our rose and saving image, curling toward a shore

early and April, with certainly shells, certainly blossoms.

And the girl, the wellborn goddess, human love —

young-known, new-knowing, mouth flickering, sure eyes —

rides shoreward, from death to us as we are at this moment, on

the crisp delightful Botticellian wave.

(1958 from *Body of Waking*)

피와 거품이 뒤범벅된 채.
광포한 발생의 한가운데,
정액과 바다로부터 태어나
위대한 여신으로 서게 된 것이다.

　　　　하지만, 아마도
세계 속으로 흘러드는 기나긴 항해 속에서,
공포는 탄생으로 잦아들고, 저주는
변화되고, 사용되어, 끝 언저리에서 장미와
구원의 이미지로 번역되어 바닷가로
실려왔다. 이른 봄, 4월, 물론 조개껍질들, 물론 꽃들과 더불어.

그 소녀, 유복한 여신, 인간적 사랑 ―
이제 막 알려지고, 새로 알아가며, 입가를 종긋이며, 확신에 찬 눈들로
바닷가를 향해 온다. 죽음으로부터 지금 이 순간의 우리에게로,
신선하고 상쾌한 보티첼리의 파도를 타고서.

같은 보티첼리의 그림 앞에서라지만, 앞선 워터스톤 신부의 시와 이 루케이저의 시는 너무나도 큰 차이를 보인다. 100년 남짓의 시간 속에서, 남성과 여성의 시선의 차이가, 또 종교적인 세계관으로부터 사회 역사적인 시각으로의 전환이 이처럼 극적으로 드러나는 시들도 없을 것 같다. 하늘과 바다의 안정된 조화 속에서 아름다움의 탄생의 순간을 관찰했던 워터스톤 신부와는 달리, 1950년대의 여성 시인 루케이저는 부친 상해의 폭력과 공포의 소용돌이에서 생겨난 비너스의 역사적 근원과 탄생 과정에 주목하고 있다.

그리스 시인 헤시오도스(Hesiod)에 따르면 미와 사랑의 여신 아프로디테(로마신화에선 비너스)의 탄생은 부친 살해라는 무시무시한 사건에서 비롯한다. 곧 아들 크로누스(Cronus, 로마신화에선 새턴 Saturn)의 낫에 잘린 아버지 유레이너스(Uranus)의 고환이 흩뿌려진 바닷물과 피거품의 소용돌이 속에서 비너스는 탄생한 것이다.[111] 루케이저 역시 비너스 탄생을 새로운 시작의 역사적 순간으로 파악하고 있긴 하다. 그러나 루케이저에게 의미 있는 것은 아름다움의 거룩하고 신성한 탄생의 순간이 아니라, 유레이너스의 아내 가이아의 복수심과 저주, 아들의 패역에 의한 가부장적 질서의 전복이라는 광포한 사건이, 시간의 흐름 속에서 완화되고 "번역"되어 장미꽃이 흩날리는 4월, 유복한 한 소녀, 인간의 사랑을 상징하는 여신의 탄생으로 변모되었다는 사실이다. 아버지 살해라는 폭력적 사건이 인간적 사랑의 여신을 탄생시켰다는 것은 한편으로는 역사의 아이러니이면서, 다른 한편으로는 거대 신 티탄족의 시대가 끝나고 신과 인간들의 새로운 시대가 열림을 암시한다. 루케이저는 여성주의적 입장에서 여성의 아름다움과 남녀 간 사랑이 새로운 의미를 지니게 된 배경에 남성적 권위와 남성성의 전복이 있었음을

---

111 호머의 『일리아드』에 따르면 비너스는 제우스의 딸이라고도 알려져 있다.

기억하면서, 죽음으로부터 탄생한 비너스가 "지금 이 순간의 우리에게로, 물결에 실려 뭍으로 계속 다가오고 있음"에 중요한 의미를 부여하고 있다. 남성 중심 질서의 전복 이후 새롭게 태어난 여성성은 아직 미숙하고, 잘 알려져 있지도 않으며, 알아가야 할 것이 많으나, 보티첼리 그림 속 부드러운 물결을 타고 새로운 인간관과 그것이 펼쳐 보이는 새로운 세계의 가능성을 암시하며 우리에게로 다가오고 있는 것이다.

　　100년의 세월도 긴 시간이지만, 앞선 워터스톤 신부의 시와 비교해 볼 때 루케이저의 시는 행의 길이나 배치, 연의 길이 같은 형식면에서 상당히 자유롭고, 어투도 일상 회화에 가깝게 변화된 것을 볼 수 있다. 워터스톤 신부 시대, 두 행씩 각운을 이루는 정형적이고 인위적인 질서는 루케이저의 시대에 이르러 호흡과 생각의 흐름에 따르는 자연스러운 형식으로 변화하였다. 여성주의를 비롯, 많은 사회 운동들이 기본적으로 지니고 있는 것은 자유롭고 편안한 삶의 에너지의 해방을 향한 열망일 것이다. 루케이저는 아름다움이 탄생하였던 폭력적 근원을 잊지 않으면서도, 그것이 역사 속에서 새로운 시대의 시작이었음을 상기시키고 있다. 그녀에게 아름다움이란 늘 젊고, 알아가야 할 것이 많은 존재로 "죽음으로부터 지금 이 순간 우리에게" 새로운 실천을 요구하며 계속 다가오고 있는 존재인 것이다.

21. 검은 비너스의 항해

로빈 코스티 루이스 (Robin Coste Lewis 1964-) [112]

로빈 루이스[113]

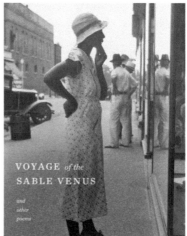
시집 표지[114]

---

112 아프리칸 아메리칸 여성 시인. 캘리포니아 콤튼에서 자라 비교문학을 전공하고, 하버드대
    에서 비교신학 석사를 받고, 남가주대학(USC)에서 창작 및 문학으로 박사학위를 받았다.
    2015년 첫 시집, 『검은 비너스의 항해』로 전미도서상을 수상하였다. 2017년에서 2019년까
    지 LA 계관시인이자 남가주대학의 상임작가(poet in residence) 역임.

113 This photo is provided by courtesy of Photographer Amanda Schwengel.

114 This cover image is provided by its creator, Stephanie Ross.

토마스 스토타드 115
〈검은 비너스의 항해: 앙골라에서
서인도제도까지〉lxx, ca. 1801

스키피오 무어헤드 116 〈필리스 휘틀리〉,
1773, 뉴욕 메트로폴리탄 미술관 lxxi

115　Thomas Stothard(1755-1834). 영국 화가, 삽화가, 동판화가. 존 번연(John Bunyan)의 『천
　　로역정』(Pilgrim's Progress), 알렉산더 포우프(Alexander Pope)의 시에 삽화를 그렸다. 위
　　의 〈검은 비너스의 항해: 앙골라에서 서인도제도까지 Voyage of the Sable Venus from
　　Angola to the West Indies〉는 스토타드의 그림을 1801년 W. 그레인저(W. Grainger)가 동
　　판화로 옮긴 것이다.

116　Scipio Moorhead(ca. 1773). 보스턴에 살았던 아프리카계 노예로, 미국 최초 아프리카계 여
　　성 시인 필리스 휘틀리(Phillis Whitley 1753-1784)의 시집 표지에 초상화를 그렸다고 알려
　　져 있다.

from "Voyage of the Sable Venus"[117]

At Auction Negro Man in Loincloth

serves liquor to Men Bidding

on The Slaves while A Slave Woman

attends Two Women Observing The Sale.

African Slave Encased in an Iron Mask

and Collar Slave Children starting out

to harvest coffee on an oxcart.

Negros under a date palm.

Negro Woman Seated

at a table, facing

left, writing

with a quill.

(2015)

「검은 비너스의 항해」 중에서 [118]

'경매'에서 '허리치마를 두른 검둥이'는
'노예 입찰하는 사람들'에게 술을 나른다.

다른 한편 '어느 여자 노예'는 그 '경매를
지켜보는 두 여성'의 시중을 들고 있다.

'쇠마스크를 찬 아프리카 노예'와
'목수갑을 찬 노예 아이들'은 소달구지를 타고
커피를 따러 떠난다.
'대추야자 아래 검둥이들.'

'검둥이 여성'이
탁자에 앉아
왼편을 보며
새털 깃으로 글을 쓰고 있다.

---

118   "Poem XIV," from *Voyage of the Sable Venus*, by Robin Coste Lewis. Copyright © 2015, Robin Coste Lewis, translated with permission of The Wylie Agency (UK) Limited.

2015년 전미도서상을 받은 루이스의 첫 시집 『검은 비너스의 항해』는 18세기 말 영국의 화가 토마스 스토타드가 그린, 〈검은 비너스의 항해: 앙골라에서 서인도제도까지〉에서 출발한다. 이 그림은 보티첼리나 바사리가 그린 〈비너스의 탄생〉의 중심에 백인 비너스가 아닌 흑인 여성을 그려 넣었다. 그림 속 흑인 비너스는 고래가 이끄는 조개를 몰아 아프리카에서 미국으로 건너가고 있다. 특이한 것은 이 흑인 여성은 그녀가 향하는 방향에도 불구하고(당시 아프리카에서 미국으로 가는 길은 노예선의 길일 것이다) 매우 건장한 모습으로 기꺼이 항해를 즐기고 있는 듯 보이며, 주변에선 바다의 신 트라이튼(Triton)과 넵튠(Neptune), 큐피드와 여섯 아기 천사 등, 백인 신화에 등장하는 신들이 환호하고 있다는 점이다. 이 그림에 대해서 흑인을 미의 여신으로 그렸다는 점을 높이 사는 반응도 있는 반면, 흑인을 노예선에 실어 나르던 백인들의 제국주의와, 여성 흑인 노예가 백인 여성 못지않게 (특히 밤에는) 아름답다는 인종차별적, 성차별적 인식을 암암리에 포장, 이상화시켰다는 맹렬한 비판이 있어 왔다.

루이스는 이 그림의 제목에 "검은"(sable)과 "비너스"(Venus)란 단어가 함께 쓰이고 있다는 사실에 주목하고, 아름다움(beauty)과 공존하는 어두움(darkness), 즉 미술품들에 구현된 아름다움이 어떠한 인종적 성적 차별의식을 담고 있는지, 흑인들, 특히 흑인 여성들의 몸에 행하여진 폭력과 편견들을 어떻게 드러내고 있는지를 밝혀보고자 흑인 비너스가 모는 배에 함께 올라타고 역사적인 항해를 시작한다. 이 항해는 기원전 38,000년부터 현재에 이르는 전 기간 동안, 각종 미술품들로부터 "해체되어 죽은 채 — 불에 타고, 부서지고, 썰려 — 토막난 흑인 여성들의 육체"들을 건져 올리는 서사적 항해이자, 자신을 발견하는 자전적 의미도 지닌 것이다.

이 시집의 중간, 80페이지를 차지하는 동명의 연작시 "검은 비너스의 항해"는 전 세계 110여 곳의 미술관과 박물관, 관공서를 돌며 그녀가 직접 채취한 흑인 소재 미술품들의 제목들과 설명들을 시대별로 정리, 조합하여 이루어진 시들로

구성되어 있다. 흑인이 등장하는 그림, 조각, 사진들뿐 아니라, 테이블 다리, 시계, 머리빗, 수저, 칼 손잡이 등 모든 종류의 예술품들의 제목들과 소개문들은, 쓰인 문자 그대로 서양 미술사, 역사의 이면에 숨겨진 폭력과 억압의 추악한 뒷면을 뒤집어 드러낸다. 이 점에서 루이스의 엑프라시스는 미술품의 제목들이 이룬 단어들로 흑인들 삶의 실제 현실을 역사적으로 그려 보이는, 즉 그림의 제목에 쓰인 말로써 현실을 환기, 재생시킨다는 특이함을 지닌다. 시의 단어들이 대문자로 표기되어 있는 것은 이들이 미술관에 있는 그림의 제목들을 그대로 가져온 것에 기인한다.

　위에 인용한 시는 중세, 식민지 시대 목록에 들어 있는 시로, 초기 식민지시대 노예들의 삶을 고발하고 있다. 끔찍한 것은 입에 쇠마스크를 쓰고, 목에 수갑을 찬 노예들의 모습이다. 노예 경매장에서 남성 노예가 술을 나르고, 그걸 구경하는 여자들의 시중을 드는 여성 노예들의 무력함, 목수갑을 찬 채, 소달구지에 실려 커피농장으로 보내지는 아이들은 그림이 아니라, 삶의 역사적 실상을 가리키고 있는 것이다. 마지막 부분의 글쓰는 흑인 여성은 미국 최초의 여성 흑인 노예 시인, 필리스 휘틀리(Phillis Wheatley 1753-1784)이다. 휘틀리의 초상화 역시, 당대 노예 출신 화가 스키피오 무어헤드가 1775년 경 그린 것이다. "흑인 노예 왼쪽 귀걸이를 잡아당기면 두 눈이 밀려나며 시간을 표시하고, 오른쪽 귀걸이를 당기면 음악이 나오게 고안된 시계"[119]가 일상 소품이었던 시대, 시나 그림을 낼 수 있었던 "최초의" 흑인 예술가들의 드물고도 예외적인 존재를 루이스는 빠트리지 않고 기록하고 있다. 미술관, 박물관, 관공서에서 사용하고 있는 제목들과 언어를 그대로 빌려와 사용함으로써 루이스는 자신의 언어가 아닌 공공 언어를 통하여 흑인에 대한 억압과 폭력이 얼마나 공공연하게 이루어지고 있었는지를 역사적으로, 매우 효과적으로 폭로하고 있다.

119　"poem XV," in *Voyage of the Sable Venus and Other Poems* (Alfred A. Knopf, 2021), p. 80.

22. 노예의 초상

허먼 멜빌 (Herman Melville 1819-1891)[120]

멜빌 lxxii

엘리후 베더121 · lxxiii

---

120 미국 19세기 전반, 뉴욕 출신 소설가. 고등학교 중퇴 후, 20세에 포경선을 타고 남태평양 여
러 섬의 원주민 문화를 경험하였다. 여러 해양 탐험 소설들을 통하여 백인 기독교 중심의 가
치체계에서 벗어난 다양한 관점을 제시하였다. 나다니엘 호손(Nathaniel Hawthorne)과 교
류하면서 당대 인종문제, 소비사회의 여러 경직된 문제들이 지닌 어둡고 회의적인 면들을
조명하였다. 장편소설 『백경』(*Moby Dick*)과 "필경사 바틀비"(Bartleby the Scrivener), "베
니토 세레노"(Benito Cereno), "빌리버드"(Billy Budd) 같은 단편소설로 유명하지만, 1860
년대 이후, 오랫동안 장편시 『클라렐』(*Clarel*)을 비롯, 시작활동에 전념하였다.

121 Elihu Vedder(1836-1923). 미국 뉴욕 출신 화가, 유럽에서 공부한 후, 1860년대 미국에서
활동, 오마르 하얌(Omar Khayaam)의 "루바이어트 시들"(Rubaiyat)에 그린 삽화로 유명.

A sketch for the painting Jane Jackson, *Formerly a Slave* by Elihu Vedder, which Melville viewed at the 1865 exhibition of the National Academy of Design. The painting inspired Melville's poem "Formerly a Slave."

베더 〈제인 잭슨의 초상: 노예였던 이〉, 1865 122

베더가 1866년에 채색한 그림

---

122 엘리후 베더가 1865년, 뉴욕의 미국 디자인 학교(American Academy of Design) 전시회에 제출한 스케치 〈제인 잭슨: 노예였던 이 Jane Jackson: Fomerly a Slave〉. 멜빌은 이 스케치를 보고 이 시를 지었다. 이 스케치는 *Battle Pieces and Aspects of the War: Civil War Poems by Herman Melville,* New York: Prometheus Books, 2001, p. 4에 실린 것이다. 베더는 1866년 이 스케치에 근거한 채색된 그림을 졸업작품으로 제출하였다.

Formerly A Slave [123]

an idealized portrait, by E. Vedder, in the spring exhibition of the National Academy, 1865

The sufferance of her race is shown,
    And retrospect of life,
Which now too late deliverance dawns upon;
    Yet is she not at strife.

Her children's children they shall know
    The good withheld from her;
And so her reverie takes prophetic cheer —
    In spirit she sees the stir.

Far down the depth of thousand years,
    And marks the revel shine;
Her dusky face is lit with sober light,
    Sibylline, yet benign.

(1866)

---

123 from *The Poems of Herman Melville*, Kent: The Kent Univ. Press, 2000, p. 129.

노예였던 이

E. 베더가 그린 이상화된 초상화, 1865년 국립 아카데미 봄 전시회에서

그녀가 속한 인종의 고난이,

　　　되돌아보는 인생이 보인다.

이제 너무 뒤늦은 해방이 빛을 비춘 것이다.

　　　그러나 지금 그녀는 다투지 않는다.

그녀 자손들의 자손들은 그녀에게 거절되었던

　　　좋은 것들을 알게 될 것이기에,

그녀의 몽상은 앞날의 활기를 예견한다. ―

　　　영혼으로 그녀는 그 술렁임을 간파한다.

수천 년 깊이의 저 먼 후대에

　　　그 축제의 빛남을 점찍는다.

어둑한 그녀의 얼굴은 침착한 빛으로 빛난다.

　　　예언가 시빌124 같이, 그러나 온화하게.

124　고대 그리스의 여성 예언자, 오비드(Ovid)에 따르면 시빌은 아폴로에게 영생을 청하면서 젊음을 청하지 않아 늙은 채 죽지 않는 고통을 겪음.

멜빌이 당대의 흑백 인종 갈등에서 어느 편을 지지하는지 명확한 견해를 밝힌 바는 없지만, 흑인 노예제가 개인과 사회 모두의 기억에 지울 수 없는 검은 그림자를 드리우고 있다는 인식은 그의 단편, "베니토 세레노"를 비롯, 여러 곳에서 발견된다. 1859년 존 브라운(John Brown)의 반란과 처형에서 멜빌은 노예 폐지를 위해 폭력으로 향할 수밖에 없었던 백인 목사 브라운의 내적 번민이 쉐난도 강(Shenandoah)[125]을 따라 남북전쟁의 심상찮은 "전조"(portent)를 드리우고 있음을 읽었다.[126] 남북전쟁시대 멜빌의 관심은 노예제 폐지 혹은 존속이라는 어느 한 편의 입장을 취하는 데 있기보다는 사회적 제도와 편견과 억압, 혹은 그를 바로잡으려는 여러 시도들에 필연적으로 따르는 인간적 고통과 번민, 희생들을 기리고 기록하는 데 있었던 것 같다. 이 시기의 시집, 『전투 소편들과 전쟁의 양상들』(*Battle Pieces and the Aspects of the War*, 1866)에서 그는 버지니아 전쟁터들을 방문하였던 경험들을 토대로, 전쟁을 하나의 커다란 비극으로 이해하고, 그 끔찍함(terror)과 연민(pity)을 통해, 체제의 긴장과 갈등이 해소되고 인간성이 회복되기를 기대하였다.[127]

　　앞에 소개한 "노예였던 이"는 남북 전쟁이 끝나갈 무렵 그려진 한 흑인 여성의 초상화를 소재로 하고 있다. 1864년, 화가 베더는 자신의 작업실 앞에서 땅콩을 파는 한 흑인 여성, 제인 잭슨(Jane Jackson)과 친해졌는데, 과거 남부 노예였던 그녀는 남부에서 전쟁을 치르고 있는 늠름한 아들을 둔 여인이었다. 베더

125　버지니아 주와 웨스트 버지니아 주 사이 남에서 북으로 흐르는 강, 쉐난도 계곡을 중심으로 1862년 치열한 남북전쟁이 본격화되었다. 존 브라운의 반란이 일어난 하퍼스페리는 이 강이 북쪽에서 포토막 강과 만나는 지점에 있다. 1864년 이 계곡에서 북군은 남군을 대패시켰다.

126　"Portent," in Douglas Robillard, ed., *The Poems of Herman Melville*, Kent: The Kent Univ. Press, 2000, p. 53.

127　Ibid., p. 187.

는 제인의 "온순하게 숙인 머리, 침착한 인내와 양보"의 모습에 감명받아 그녀와 친해졌고, 그녀의 초상을 그리게 되었다고 한다.[128] 멜빌은 그림 속 여성의 얼굴로부터 그녀 삶의 과거와 현재, 미래를 투영하고, 더 나아가 흑인종 전체의 수난과 미래를 조명해 보고 있다. 흑인들의 후세대가 보다 좋은 삶을 살 수 있으리라는 기대는 1865년 북부의 승리에 따른 노예 폐지 선언으로 가능케 된 일일 것이다. 서둘거나 분쟁의 기색 없는 그녀의 평온함과 온화함은 이제 자신의 자손들이 더 이상 "결핍"된(deprived) 삶을 살지 않을 것이며, 자신에게 거부되었던 모든 좋은 것들을 누릴 수 있으리라는 안도감에서 오는 것이라고 멜빌은 생각하고 있다. 미래에 대한 확신과 기대에 찬 그녀의 주름진 얼굴에 멜빌은 옛 그리스의 늙은 신녀, 시빌(Sibyl)의 모습을 중첩시키고 있다.

화가 베더가 그린 제인의 초상화에서 멜빌은 그녀의 침착함과 온화한 기색에, 또 과거 흑인들의 수난에 대한 감내와, 수천 년 후 자손들의 삶에는 축제가 있으리라는 "예언적인 기쁨"(prophetic cheer)에 주목하고 있다. 그러면서도 한편으로 이러한 온순하고도 평화로운 모습은 화가 베더에 의해 "이상화"(idealized)된 것이라는 점도 잊지 않고 이 시의 부제에 병기하고 있다. 늙은 예언자 시빌 같으면서도 온화한 표정의 제인은 화가 베더의 붓이 형상화한 하나의 이상화된 이미지일 뿐, 그녀의 실체는 여전히 규명되어야 할 수수께끼일 것이다. 멜빌은 『백경』의 흰 고래 모비 딕의 정체도 다중적이며 모호한 채 남겨 두었을 뿐 아니라, 백인 주인에게 마냥 헌신적인 듯 보이던 흑인 노예들의 선상반란을 다룬 "베니토 세레노"에서도 겉모습이나, 선입견으로는 재어질 수 없는 흑인 노예의 실상을 그리고 있어, 흑백문제를 포함, 사람과 사물의 정체는 하나로 규정되기 힘든 복잡성 속에 놓인 것임을 잊지 않았던 듯하다.

---

128 https://nationalacademy.emuseum.com/objects/1981 그림 설명 참조.

185

23. 체스텔로 수태고지

앤드루 허전스 (Andrew Hudgins 1951-)[129]

앤드루 허전스lxxiv

산드로 보티첼리(1445-1510)lxxv

---

129 텍사스에서 태어나 앨러배마 주립대 졸업. 아이오와 주립대 예술학 석사(MFA)를 받고, 『성
자들과 낯선 자들』(*Saints and Strangers*)로 1985년 퓰리처 상 후보에, 『패전 이후』(*Afte the
Lost War*)로 1988년 전미도서상 후보에 올랐다. 현재 오하이오 주립대 영문과 명예 석좌교
수.

보티첼리 〈수태고지 The Annunciation〉, 1489
플로렌스 우피치 미술관lxxvi

detail lxxvii

The Cestello Annunciation[130]

The angel has already said, Be not afraid.

He's said, The power of the Most High

will darken you. Her eyes are downcast and half closed.

And there's a long pause — a pause here of forever —

as the angel crowds her. She backs away,

her left side pressed against the picture frame.

He kneels. He's come in all unearthly innocence

to tell her of glory — not knowing, not remembering

how terrible it is. And Botticelli

gives her eternity to turn, look out the doorway, where

on a far hill floats a castle, and halfway across

the river toward it juts a bridge, not completed —

and neither is the touch, angel to virgin,

both her hands held up, both elegant, one raised

as if to say *stop*, while the other hand, the right one,

---

130 Reprinted and translated with permission from poet Andrew Hudgins. Also from *The Never-Ending,* by Andrew Hudgins. Copyright © 1991 by Andrew Hudgins. Used by permission of HarperCollins Publishers.

체스텔로 성당의 수태고지 [131]

천사가 이미 말하였다. 두려워 말라.

그는 말했다. 지극히 높으신 분의 권세가

네게 임할 것이다. 그녀의 눈은 아래로 향해 반은 감겼다.

오랜 멈춤 ─ 여기선 영원한 정지 ─ 이 있다.

천사가 그녀에게 다가가나, 그녀는 뒤로 물러서

그녀의 왼쪽 옆이 그림 가장자리까지 밀렸다.

그는 무릎을 꿇는다. 그는 온전히 지상과는 다른 순수함으로

그녀에게 영광을 알리려 왔다. 그것이 얼마나 무서운 것인지

알지도, 기억하지도 못한 채. 보티첼리는 그녀에게

몸을 돌려 창문을 내다볼 영원을 부여한다.

먼 언덕에 한 성이 떠 있고, 그곳으로

흐르는 강 중간에 다리가 걸려 있다. 완성되지 않은 채로 ─

천사에서 처녀에게, 손 또한 닿지 않는다.

그녀의 우아한 두 손은 올려졌다.

한 손은 멈추라고 말하는 듯 들어 올리고

---

131 1489년 산드로 보티첼리가 한 후원자의 요청으로 그렸다고 전해지는 "수태고지"는 1870년
     체스텔로 예배당(현재의 산타 마리아 막달레나 데파치 성당) 제단에서 발견되어 1872년 우
     피치 미술관으로 옮겨졌다.

189

reaches toward his; and, as it does, it parts her blue robe

and reveals the concealed red of her inner garment

to the red tiles of the floor and the red folds

of the angel's robe. But her whole body pulls away.

Only her head, already haloed, bows,

acquiescing. And though she will, she's not yet said,

Behold, I am the handmaiden of the Lord,

as Botticelli, in his great pity,

lets her refuse, accept, refuse, and think again.

(1990)

    게이브리얼 천사가 마리아에게 나타나, 하나님의 아들을 잉태하게 될 것을 알리는 "수태고지"의 순간은 세간의 이해를 뛰어넘는 불가해한 신비로움에 차 있다. 이 사건을 기록한 누가복음은 천사의 알림을 접한 마리아의 반응을 세 단계로 묘사하고 있다. 처음에 마리아는 주께서 너와 함께 하신다는 천사의 말을 듣고 놀라, 이런 인사가 어찌함인가 하였고, 예수를 잉태하게 됨을 듣고는 나는 남자를 알지 못하니 어찌 이런 일이 있을까 하고 반신반의하였다. 게이브리얼 천사가 지극히 높으신 이의 능력이 너를 덮으시리니⋯ 하나님의 모든 말씀은 능하지 못하심이 없느니라 하고 재차 알리자, 마리아는 마침내 주의 여종이오니 말씀대로 내게 이루어지이다.라며 주님의 뜻을 받아들였다.

    시인 허전스는 보티첼리의 수태고지 그림 앞에서, 신의 뜻이 전달되는 신비한 순간보다는 신의 섭리 앞에서 인간 마리아의 마음에 이는 두려움과 회의와 망설임의 순간을 보고 있다. 침묵과 영원한 휴지(pause), 그리고 뒤로 물러남, 지어지다 만 다리와, 영원히 닿지 않을 천사와 마리아의 손 끝 같은 한없는 "지연"의

다른 한쪽 오른손은 그의 손을 향해 뻗으려다 그녀의 푸른 옷자락을 젖혀,
그녀 속옷의 감추어진 붉은색을 드러낸다.
바닥 붉은 타일과 천사 의복의 붉은

주름들 색 비슷한. 그러나 그녀의 몸 전체는 비켜서고 있다.
이미 신성한 광채에 싸인 그녀의 머리만이 순종으로
드리운다. 마음엔 있어도 그녀는 아직 말하지 않았다.
보소서. 나는 주의 여종입니다, 라고.
보티첼리가 큰 연민에 차, 그녀로 하여금
거부하고, 받아들이고, 거부하고 다시 생각하게 하였기에.

모습들, 또 배경 세부들에로의 시선의 분산 등이 이 시의 흐름을 한순간에 계속 맴돌게 하고 있는 것은 그 때문일 것이다. 시인은 보티첼리 역시 신의 섭리를 전적으로 받아들이기 직전, 한 인간이 느꼈을 공포와 두려움을 매우 애처롭게(with great pity) 바라보았다고 적고 있다. 시인에게 화면의 마리아는 가능한 한 몸을 피하고, 손사래를 치면서, 신의 섭리 앞에서 "거부했다, 수긍했다, 다시 거부하고, 다시 생각하는" 것으로 보이지만, 그런 모습과는 달리, 이미 그녀는 성스러운 존재로 머리에 후광이 드리워져 변모해 있다. 시인의 시선은 그림 인물의 표정과 몸짓, 또 그림의 배경과 바다, 의상의 색채와 주름 같은 세부를 자세히 관찰하면서, 그 인물의 내면 느낌, 또 그림을 그린 화가의 입장까지도 깊은 공감으로 읽어내고 있다. 수태고지와 같은 성경의 신비한 순간에 신의 섭리보다는 한 여성의 내적인 두려움과 망설임으로 시선을 옮겼다는 점에서 허전스의 시는 보티첼리와 같은 르네상스 시대 인본주의가 반영된 그림들에 깊은 공감과 이해를 보이고 있다고 할 수 있겠다.

24. 이브의 고지

메리 쉬비스트 (Mary Szybist 1970-) [132]

메리 쉬비스트 lxxviii

---

132 미국 시인, 2003년 발표한 시집 『시인』(*Granted*)으로 오대호 대학협회 신인상을 수상하였
고, 2013년 시집 『선홍빛 살색』(*Incarnadine*)으로 전미도서상을 받았다. 오레곤 주 포틀랜
드의 루이스 앤 클라크 대학 영문과 부교수로 재직중, 사진은 2013년 전미도서 시상식에서
찍은 것이다. (photo with permission from the author)

주세페 베추올리133, 〈뱀에게 유혹되는 이브〉, 1855,
우피치 미술관 피티 궁134 · lxxix

〈뱀에게 유혹되는 이브〉, 『인류 구원의 거울』135,
14세기 독일 lxxx

---

133 Giuseppe Bezzuoli(1784-1855). 이탈리아 플로렌스 지방의 낭만주의 화가.

134 Pitti Palace. 우피치 미술관에 속한 갤러리 중 하나. 19세기 미술품들을 포함, 현대작품들을
소장.

135 『인류 구원의 거울』. 유럽에서 중세 말기 유행했던 신학을 삽화로 엮은 백과사전 형식의 책.
Speculum Humanae Salvationis, Augsburg, not after 1473. München, Bayerische
Staatsbibliothek 소장. (Munich DigitiZation Center BSB-Ink S-509-GW M43054), p. 25.

Annunciation: Eve to Ave [136]

The wings behind the man I never saw.

But often, afterward, I dreamed his lips,

remembered the slight angle of his hips,

his feet among the tulips and the straw.

I liked the way his voice deepened as he called.

As for the words, I liked the showmanship

with which he spoke them. Behind them, distant ships

went still, the water was smooth as his jaw —

And when I learned that he was not a man —

bullwhip, horsewhip, unzip, I could have crawled

through thorn and bee, the thick of hive, rosehip,

courtship, lordship, gossip and lavender.

(But I was quiet, quiet as

eagerness — that astonished, dutiful fall.)

(2013)

---

136 printed and translated with permission from the author. Copyright © 2013 by Mary Szybist, and also with permission of Graywolf Press, Minneapolis, Minnesota, USA, www.graywolfpr ess.org.

고지: 이브가 아베(마리아)에게

그이 뒤에 달린 날개들은 보지 못했어요.
하지만, 이후, 종종, 전 그이 입술을 그렸고,
그의 엉덩이의 살짝 기운 각도를 기억했고
튤립꽃들과 짚들 사이 그의 발들을 기억했죠.

부를 때 깊어지는 목소리가 좋았구요
단어들을 말할 때 보란 듯 꾸미는 모습도
좋았죠. 그가 한 말들 너머 뒤쪽으로
멀리 배들이 고요히 지나가고, 바닷물은 그의 턱선처럼 부드러웠죠.

그가 인간이 아님을 알았을 때 —
이리 휙, 저리 휙, 지퍼를 내리고, 나는 기었을 수도 있었겠죠.
가시와 벌, 농밀한 꿀집, 로즈힙.
구애와 주인 모심, 험담과 라벤더 사이로요.
(하지만 나는 조용했죠. 간절한만큼
조용했죠 — 저 놀랍고 의무감에 찬 타락이었죠.)

2013년 발간된 메리 쉬비스트의 시집, 『선홍빛 살색』에서 주요 모티프 중 하나는 성경의 "수태고지"의 순간이다. 시집 서두에서 "신앙의 신비는 긍정이나 부정되면 퇴색되기에 현실적으로 그것은 명상의 대상이 되어야 한다."는 시몬느 베이유의 발언을 인용한 그녀는, 이 시집에서 되풀이하여 성경의 수태고지의 신비를 현대의 여러 시각에서(심지어는 마리아의 발 아래 깔린 풀들의 시점에서도) 되돌아보며, 그 의미에 대해, 때로는 인간의 세속적 일상과의 거리감과 불일치로부터 오는 회의에 대해 생각하고 있다. "선홍빛 살색"(Incarnadine)이라는 시집 제목은 보티첼리의 그림 속 마리아의 진홍빛 속옷 색깔이면서, 동시에 인간 마리아를 통한 성육신(Incarnation) 사건에 성스러움과 육체의 모순과 갈등, 그리고 신비함이 얽혀 있음을 암시할 것이다. 보티첼리의 〈체스텔로 수태고지〉 그림을 책 표지에 실은 것도 그녀가 이 시집을 통하여 수태고지 사건에 서린 신성과 인성 간의 대치와 합일의 신비에 대해 여러 계기와 각도에서 명상하고 있음을 말해 준다.

　　이 시는 인간 이브가 인류 타락을 초래하게 된 순간을 마리아에게 고지(변명?)하는 것으로, 천사 게이브리얼이 마리아에게 신의 뜻을 고지하는 기존 프레임에 대비되는 또 다른 프레임을 생각하고 있다. 이 시에서의 고지(annunciation)는 타락 천사 루시퍼를 통한 모종의 고지에 "조용히, 기꺼이(eagerly) 의무적으로" 순응함으로써 인류 타락과 구원의 섭리에 자신도 참여하였다는 이브의 변명이다. 인류 구원의 섭리 시초에 마리아에게의 고지가 있었다면 인류 타락의 시초에도 이브에게 다른 형태의 고지가 있었음을, 이브 역시 그녀에게 고지된 뜻에 순응했던 것일 수도 있음을 쉬비스트는 이브의 입을 빌어 마리아에게 변명해 보는 것이다. 아베는 라틴어로 "평안"(Hail)을 기원하는 말로. 천사 게이브리얼이 마리아를 찾아와 발한 첫 인사말이기에, 이후 아베는 마리아를 지칭하는 것으로 사용되었다. 흥미로운 것은 이 "아베"(Ave)를 거꾸로 하면 "에바"(Eva)인데, 이는 라

턴어에서 이브(Eve)를 지칭한다는 사실이다. 흔히 마리아와 이브는 서로 대척점에 있는 여성들로 묘사되지만, 기독교 신학에서 구약의 이브가 초래한 인류의 타락이 신약 시대 마리아의 잉태로 인해 무화되고, 구원의 가능성을 얻는 것으로 간주되기에 이브와 마리아는 서로 동전의 양면처럼 연결된 존재이다. 시인 쉬비스트가 위의 시에서 시도하는 것은 일종의 "뒤집어 보기"이다. 이브 역시 인간 여성으로서의 세속적 욕망을 접어 두고, 인간 아닌 사탄의 획책에 순응함으로써, 결국엔 인간의 타락과 구원에 이르는 신의 대섭리 속 하나의 도구로 사용되었음을 생각해 보는 것이다.

이 시가 흥미로운 것은 "수태고지"라는 엄숙한 소재를 완전히 세속적이고 현대적인 목소리를 지닌 젊은 여성 이브의 시점에서 다루고 있다는 점이다. 타락한 대천사 루시퍼, 혹은 날개 달린 뱀이라는 외계적 존재에게 이브는 세속적인 이성적 매력으로 끌리고 있다. 1연과 2연은 이브의 설레는 감정을 각운이 있는 소네트 형식으로 쓰고 있다. 이브는 곧 '그'가 인간이 아님을 알게 되지만, 그럼에도 그녀는 하마터면, 남편 아담 아닌 그(뱀)와 함께 기었을 수도 있었음을 "could have crawled"라는 가정법을 사용함으로써 암시한다. 마지막 연에서 "bullwhip, horsewhip, unzip"으로 연속되는 성적인 암시를 지닌 단어들과 거친 동요를 암시하는 듯한 호흡, 뒤이은 "courtship, lordship, gossip" 등이 지칭하는 일련의 애정행로는 구애와, 예속관계, 그리고는 추문으로 이어지는 흔한 혼외관계의 행로를 묘사한 것이라 여겨진다. 그러나 이브에게도 선택의 여지가 있었다. 그녀는 세속적인 개인의 불륜 대신, 인류의 타락과 구원이라는 커다란 섭리의 시초에 서기를 선택한 것이다. 그녀는 "조용히, 간절한 만큼 조용히, 놀란 채 의무감에서 타락(선악과를 따먹음으로써)을 받아들였다"고 고백하고 있다. 동정녀 아베 마리아가 예수 잉태라는 신비의 섭리를 조용히 받아들였듯, 이브도 사탄의 획책에 조용히 순응함으로써 "행운의 타락"(felix culpa, fortunate fall)이라는 거대한 신의 섭리

속, 중요한 도구로써의 역할을 담당했음을 말하고 있는 것이다.

예수 잉태나 인간의 타락이나 모두 인간의 육체적 여건, 세속적 욕망과, 신비한 신의 섭리가 교차되는 지점에 있는 사건들이다. 두 여성과 천사들의 만남은 성경의 신비로운 이야기로 믿어지지만, 쉬비스트는 그러한 만남의 순간을 인간 이브의 시각에서 뒤집어 다시보기를 시도함으로써, 여성의 육체적 욕망과 한계, 신적 존재와의 간극과 만남, 회의와 망설임에 대하여 믿음도 부정도 아닌 끝없는 탐색을 이어가고 있다. 성경의 많은 이야기들은 중세부터 이해를 돕기 위한 그림들로 표현되었고, 특히 르네상스 시대 이후 성당, 벽화, 조각, 스테인드글라스 등 수많은 시각 예술품들을 낳게 하였다. 예술품들 앞에서 시인들은 감각적 요소들과, 성경의 텍스트를 겹쳐 생각하고, 또 그 의미를 각각의 시대와 시각으로부터 새로이 조명함으로써 엑프라시스의 끝없는 재해석의 과정을 이어가고 있다.

25. 백조 촛대

매리안 무어 (Marianne Moore 1887-1972) [137]

매리안 무어 [138] · lxxxi   크리스티 경매 백조 촛대(1930) lxxxii

---

137 20세기 전반 미국 모더니스트 여성 시인. 매우 정확하고 독창적인 언어를 사용하였고, 한 행에서 액센트 숫자가 아닌 음절 숫자에 의한 운율 형식(syllabic verse)을 시도하였다. 1920년대 뉴욕 공립도서관 사서를 지냈고, 1925년부터 29년까지 『다이얼』 잡지를 편집하며 당대 해리엇 먼로, T. S. 엘리엇, 힐다 둘리틀 등 모더니스트들과 교류하였다. 엘리자베스 비숍을 비롯 많은 후대 시인들에게 영향을 미쳤다. 1951년 『시전집』으로 전미도서상, 퓰리처 상, 볼링겐 상을 수상하였다.

138 This is a part of a photo provided by courtesy of The UNC Greensboro Library: Photograph of Wallace Stevens, Marianne Moore, Murien Rukeyser, Allen Tate and Randall Jarrell. Series 2, Subseries 1, Box 7, Folder 4, Randall Jarrell Papers, MSS 0009, Martha Blakeney Hodges Special Collections and University Archives, University Libraries, The University of North Carolina at Greensboro.

무어의 스케치 lxxxiii

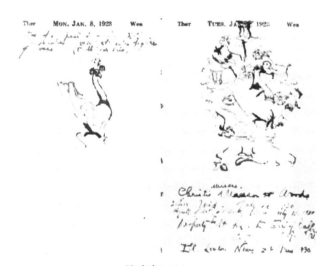

무어의 노트 lxxxiv

No Swan So Fine [139]

"No water so still as the

dead fountains of Versailles." No swan,

with swart blind look askance

and gondoliering legs, so fine

as the chinz china one with fawn-

brown eyes and toothed gold

collar on to show whose bird it was.

Lodged in the Louis Fifteenth

candelabrum-tree of cockscomb-

tinted buttons, dahlias,

sea-urchins, and everlastings,

it perches on the branching foam

of polished sculptured

flowers — at ease and tall. The king is dead.

(1932)

_____

139   Permission for the translation of "No Swan So Fine," for the use of the Marianne Moore
       sketch of the Louis XV candelabra, and of the picture of "the Swan Sold at Christie's" is
       granted by the Estate of Marianne C. Moore, David M. Moore, Esq., Executor. All rights
       reserved.

그렇게 아름다운 백조는 없네

"그 어떤 물도 베르사이유 궁의 죽어 버린
분수만큼 고요하지 않다."[140] 먹같이 먼 눈을
흘기며 곤돌라를 젓는 다리를 지닌
그 어떤 백조도
연갈색 눈에 톱니 달린 금빛 목걸이로
누구 소유의 새인지를 과시하는
빛나는 백자 백조만큼 아름답지 못하다.

루이 15세의 가지 달린 촛대 나무 안에
자리한 그 백조는 맨드라미빛
수레국화들, 다알리아들,
성게들과 상록수들로 장식되어
빛나게 세공된 꽃들 달린
가지 거품 위에 올라 앉아 있다 ─
편안하고도 당당하게. 왕은 죽었다.

---

140 1931년 5월 10일자 뉴욕타임즈 잡지에 실린 퍼시 필립(Percy Phillip)의 기사에서 인용한
    것. 1928년 리모델링한 베르사이유 궁의 텅 빈 느낌을 주는 사진과 기사의 일부를 무어는
    노트에 적어 두었다.
    https://moorearchive.org/app/site/media/MM%20Newsletter%20-%20Spring%201978_Ve
    rsai lle_Fountains.PNG (at) https://moorearchive.org/workshop/newsletters/marianne-
    moore-ne wsletter-volume-2-number-1-spring-1978 참조.

매리안 무어는 적확하고 독창적인 묘사로 사물들의 특성을 드러내는 시인으로 알려져 있다. 그녀는 "시"(Poetry)에서, 소재의 "생경함"(rawness)을 상상력을 통하여 "진짜"(genuine)로 만드는 데 시의 묘미가 있다고 하고, 시인의 작업을 "진짜 두꺼비가 있는 상상의 정원들"(imaginary gardens with real toads in them)을 제시하는 일에 비유하였다. 실제 사물들을 중시하는 무어의 이러한 견해는 그녀가 타조, 사슴, 해파리, 낙지 등 동물들이나 특정 장소들, 또 신문 기사, 통계, 교과서 등 일상생활의 문구들을 시의 소재로 사용하는 데에도 반영되어 있다. 그녀의 노트들에는 거북, 얼룩말, 베짱이, 바다고둥 등 생물들을 자세히 그려 놓은 스케치들이 여럿 있는데, 이는 그녀가 사물들에 애정을 갖고, 그 특성을 매우 자세히 관찰하고 있었음을 말해 준다.

루이 15세 왕궁 유품인 백조 촛대를 묘사한 이 시도 길이는 짧지만, 하나의 사물을 자세히 그려 보일 뿐 아니라, 그것을 둘러싼 삶의 몇몇 이야기들(contexts)을 환기, 병치시킴으로써, 작은 예술품이 삶에 지니는 의미를 조명하고 있다. 시의 소재는 1930년 크리스티 경매에 나왔던 루이 15세의 가지 달린 촛대이다. 무어는 노트에 이 촛대를 베껴 그린 후, 이 소품이 밸포어(Arthus Balfour) 전 영국 수상 소유였음을 아래에 적어 놓았다.[141] 존 키츠가 그리스 단지를 베껴 그렸듯, 무어도 아마 아름답고 정교한 촛대가 기억해 둘 만하다고 생각했던 것 같다.

인용부호로 시작하는 이 시의 첫 문장은 1931년 뉴욕타임지 한 기자가,

---

[141] 1930년 무어는 *Illustrated London News* 잡지에서 크리스티 경매에 나온 루이 15세의 촛대 사진을 보고 노트에 그대로 스케치한 후, 그것이 고 발포어 경(late Lord Balfour)의 소유였다고 아래에 적어 놓았다. 2년 후, 1932년 그녀는 *Poetry* 잡지의 해리엇 먼로로부터 시 청탁을 받은 후, 이 시를 짓고, 자신의 오빠에게 보낸 편지에서 이 시가 자신이 스케치했던 루이 15세의 촛대에 근거하였음을 밝혔다. *Marianne Moore Newsletter*, Vol II, No. 2, Spring 1978, page 4.

1928년 리모델링을 거친 베르사이유 궁의 분수들이 멈춘 것을 보고 "그 어떤 물보다도 고요하다"고 관찰한 것으로, 왕이 사라진 궁에 생기가 없음을 암시하는 기사였을 것이다. 무어는 이 문장에 뒤이어, 똑같은 구조의 대구로 베르사이유 궁 테이블을 장식했던 촛대의 백조가 "그 어떤 백조보다 훌륭하다"라고 응수하여, "인생은 짧고(왕은 죽었어도) 예술은 영원하다"는 옛 격언을 일깨운다. 왕들이 떠난 궁이 죽음의 적막으로 고요하기보다는 오히려 왕의 권력으로부터 풀려난 아름다운 예술품을 자유로이 바깥세상으로 내보내게 되었음에 무어는 주목한다.

무어는 백조 촛대의 정교한 아름다움을 독창적이고 정확한 단어들로 스케치한다. "꺼멓게 먼 눈으로 흘겨보며(ascance) 발로는 열심히 곤돌라를 젓는(gondoliering)" 실제의 생경한 백조와는 달리, "연갈색 눈에 톱니 달린 금목띠(toothed gold collar)를 찬" 우아하고 세련된 모습을 부각시킨다. 왕궁 문화는 억압적이고 독점적인 것이었음도 무어는 잊지 않고 있다. 촛대의 백조는 그것을 소유했던 주군의 표시로 백조의 목에 금목띠를 채워 놓았기 때문이다. 2연에서 무어는 촛대의 화려한 장식을 그에 못지않은 섬세한 단어들로 자세히 묘사한다. 촛대의 백조는 "맨드라미빛 수레국화와 다알리아, 성게, 상록수"들의 빛나는 채색 도자 꽃으로 장식된 거품같이 흰 도자 나뭇가지들 위에 "편안하고 당당한" 모습으로 올라앉아 있다. 소유자였던 왕은 이제 사라지고 백조는 자유를 얻은 것이다. "왕은 죽었다."는 말은 유럽에서 새 왕이 즉위할 때, "만세를 누리소서"(Long live the King)라는 말 앞에 붙는 관용구의 일부이다. "선왕은 죽었으니, 이제 즉위하는 새 왕은 오래 살라"는 축하의 인사인데, 무어는 이 구절의 앞부분만을 가져와 시를 맺음으로써, 이 세공 예술품이 정치적 구질서에서 벗어나, 영원한 예술품이 되었음을 선포하는 것이다.

무어는 이 시를 당대 해리엇 먼로(Harriet Monroe)가 편집하던 『시』(Poetry) 잡지의 20주년 기념호(1932)를 위해 부탁받아 썼다. 당시 이 잡지는 곧 폐간을 앞

두고 있었다. 다행히 잡지는 폐간을 면하였지만, "그렇게도 아름다운 백조는 없다"는 제목은 죽기 전 처음이자 마지막으로 발한다는 "백조의 노래"라는 함축적 의미와 함께, 시를 비롯한 모든 예술적 노력들의 아름다움과 영원함을 기리려 한 것인지도 모른다. 작지만 섬세한 세공품에 대한 무어의 자세하고도 독창적인 글 묘사는 루이 15세의 베르사이유 궁 유품 못지않게 귀하고 독특한 가치를 지닌다.

26. 청금석

W. B. 예이츠 (W. B. Yeats 1865-1939) [142]

W. B. 예이츠 lxxxv

예이츠가 지녔던 라피스 라줄리 143
더블린 아일랜드 국립도서관
(붉은 원 안이 사람들-저자 표시)

---

142 20세기 아일랜드 시인, 극작가. 더블린 애비 극장(Abbey Theater)을 건립하고 아일랜드 독
립운동과 문예부흥을 꾀하였다. 1923년 노벨 문학상 수상.

143 Photos 143 and 144 are provided by courtesy of the the National Library of Ireland.

뒷면에 적힌 한시 144

에이드리언 버그 (Adrian Berg 1929-2011)
〈예이츠의 라피스 라줄리〉, 1987 145

---

144 Jerusha McCormack은 예이츠가 받은 청금석 뒷면에 쓰인 시가 청대 건륭제 것임을 밝혔
다. "The Poem on the Mountain: A Chinese Reading of Yeats's 'Lapis Lazuli'," 2013.
(https://books.openedition.org/obp/1430)

145 Adrian Berg, "W. B. Yeats' "Lapis Lazuli." © Image; Crown Copyright: UK Government
Art Collection.

Lapis Lazuli [146]

– For Harry Clifton

I have heard that hysterical women say
They are sick of the palette and fiddle-bow,
Of poets that are always gay,
For everybody knows or else should know
That if nothing drastic is done
Aeroplane and Zeppelin will come out,
Pitch like King Billy bomb-balls in
Until the town lie beaten flat.

All perform their tragic play,
There struts Hamlet, there is Lear,
That's Ophelia, that Cordelia;
Yet they, should the last scene be there,
The great stage curtain about to drop,
If worthy their prominent part in the play,
Do not break up their lines to weep.

---

146   from *Collected Poems of W. B. Yeats*, Macmillan & Co Ltd, 1961, pp. 338-339.

청금석(靑金石)

– 해리 클리프턴에게

신경과민 여성들이 말하는 걸 들었다.

물감 팔레트도 깡깡이도,

언제나 즐거운 시인들도 지겹다고.

누구나 알고, 또 알아야 하듯,

급격한 무언가가 없으면

비행기와 체펠린 폭격기[147]가 떠올라

빌리 왕 폭격탄[148] 같이 퍼부어

온 마을을 납작히 부술거라고.

모두 저마다의 비극을 상연한다.

저기 햄릿이 으스대며, 저기는 리어 왕

저기는 오필리아. 저기는 코델리아;

하지만 저들, 마지막 장면에 이르러

무대 막이 내리게 되었더라도, 극 중

저들의 훌륭한 역할에 필적하려면

흐느끼느라 자신들의 대사를 멈추지 않는다.

---

147 1차 대전 때 독일이 사용한 폭격용 비행선.

148 1690년 Boyne 전투에서 King William 3세는 우세한 총기력(bomb-balls)으로 축출된 왕 제임스 2세를 이겼다. 또는 1차 대전 때 zeppellin 폭격기를 사용한 Kaiser Wilhelm을 뜻하기도 한다.

They know that Hamlet and Lear are gay;

Gaiety transfiguring all that dread.

All men have aimed at, found and lost;

Black out; Heaven blazing into the head:

Tragedy wrought to its uttermost.

Though Hamlet rambles and Lear rages,

And all the drop-scenes drop at once

Upon a hundred thousand stages,

It cannot grow by an inch or an ounce.

On their own feet they came, or on shipboard,

Camel-back, horse-back, ass-back, mule-back,

Old civilisations put to the sword.

Then they and their wisdom went to rack:

No handiwork of Callimachus,

Who handled marble as if it were bronze,

Made draperies that seemed to rise

When sea-wind swept the corner, stands;

His long lamp-chimney shaped like a stem

Of a slender palm, stood but a day;

All things fall and are built again,

And those that build them again are gay.

햄릿과 리어 왕은 초연하다는 것을 알기에.

그 모든 두려움을 승화시키는 초연함.

누구나 목적하고, 이루며 또 패한다.

암전; 하늘이 머리 안으로 불타며 들어오고

비극은 그 절정에 달한다.

햄릿은 두서없고, 리어 왕은 광분하며

수십만 무대에서 마지막 장면들이

일시에 떨어져 내려도, 비극은 한 치도,

아니 한 돈쭝도 더 늘거나 더해지지 않는다.

걸어서, 혹은 배로, 낙타, 말이나,

나귀, 노새를 타고 그들은 왔다.

옛 문명들이 칼끝에 놓이고

그들과 그들의 지혜는 황폐케 되었다.

대리석을 청동인 양 다루어

바닷바람이 모서리를 휩쓸 때면

주름 장식들이 날아오를 것만 같던 조각가,

컬리마커스[149]의 어떤 작품도 남지 않았다.

그가 만든 날렵한 종려나무 줄기 모양의

늘씬한 램프 등피도 오직 하루 만 버텼을 뿐.

모든 것은 무너지고, 다시 지어지며.

그것들을 다시 짓는 이들은 초연하다.

---

149 BC 5세기 후반 고대 그리스 조각가, 세부의 섬세한 장식이 많은 코린트 양식을 고안했다고
     알려져 있다.

Two Chinamen, behind them a third,
Are carved in lapis lazuli,
Over them flies a long-legged bird,
A symbol of longevity;
The third, doubtless a serving-man,
Carries a musical instrument.

Every discoloration of the stone,
Every accidental crack or dent,
Seems a water-course or an avalanche,
Or lofty slope where it still snows
Though doubtless plum or cherry-branch
Sweetens the little half-way house
Those Chinamen climb towards, and I
Delight to imagine them seated there;
There, on the mountain and the sky,
On all the tragic scene they stare.
One asks for mournful melodies;
Accomplished fingers begin to play.
Their eyes mid many wrinkles, their eyes,
Their ancient, glittering eyes, are gay.

(1936)

두 명의 중국인, 그 뒤에 세 번째 사람,
청금석 속에 새겨졌다.
그들 머리 위에 장생의 상징,
한 마리 학이 날고 있다.
세 번째 사람은, 분명 하인일 터.
악기를 지니고 있다.

돌의 모든 빛바랜 구석,
모든 갈라지거나 패인 곳은
물길이든지, 눈사태가 난 것이리라.
높은 산등성이엔 여전히 눈 내리고 있을 듯.
하지만 저들 중국인들이 향해 오르는
산 중턱 정자엔 분명 살구꽃, 벚꽃 향기가
그윽하겠지, 그리하여 나는 저들이
그 정자에 앉은 것을 상상하고 흐뭇하다.
그곳, 산과 하늘 위에서
저들은 모든 비극적 광경을 굽어본다.
한 사람이 애조 띤 가락을 청하고,
조예 깊은 손가락들은 현을 뜯기 시작한다.
그들의 눈들, 주름들 사이 그들의 눈들,
고색창연하게 빛나는 그들의 눈들은 초연하다.

1935년 70회 생일에 예이츠는 젊은 시인 해리 클리프튼으로부터 동양 산수가 새겨진 청금석(lapis lazuli)을 선물로 받았다. 이 시는 이 푸른 돌에 새겨진 정자와 소나무와 학, 또 폭포와 산을 오르는 두 노인, 그리고 고금(古琴) 악기를 들고 따라가는 한 사람의 그림을 보고 지은 시이다. 이 선물은 예이츠 가문 소장이었다가 2006년 더블린 아일랜드 국립도서관에 전시되면서 세상에 알려지게 되었다.[150] 청금석 그림의 내용에 대해서 중국미술에 조예가 있었던 친구 에드먼드 듀랙(Edmund Dulac)이 예이츠에게 설명해 주었을 것이라 추측된다. 예이츠는 히틀러와 무솔리니, 스탈린, 또 스페인 내란 등 암운이 드리웠던 당대의 현실 속에서 예술과 삶의 관계에 대해 동양과 서양을, 또 역사적 삶의 현실을 대비시켜 생각하고 있다. 예이츠의 결론은 삶의 모든 부침과 비극에 대해 "초연"(gaiety)[151]의 지혜를 알려 주는 것이 예술의 핵심이라는 것이다.

이 시는 네 가지 종류의 "초연"을 말하고 있다. 첫 부분은 전쟁 폭탄의 현실 앞에서 늘 즐겁기만 한(혹은 초연하기만한) 화가, 시인, 음악가들로, 전쟁 위험에 불안한 여성들은 이들이 천하태평이라고 비난한다. 이어 둘째 부분은 모든 이들의 인생을 비극 배우의 연기에 비유하여, 비극 배우가 주인공의 비극적 삶에 대해 지니는 "초연"에 주목한다. 슬픔으로 대사를 멈추지 않고 주인공의 비극에 끝까지 충실할 수 있는 것은, 배우가 주인공의 비극적 삶을 직접 사는 것이 아니라,

---

150 Jerusha McCormack, "The Poem on the Mountain: A Chinese Reading of Yeats's 'Lapis Lazuli,'" at https://www.jstor.org/stable/j.ctt5vjtxj.19.

151 "gay"는 근래에는 동성애자를 뜻하지만, 이전에는 "쾌활," "명랑" "가벼움" "근심 없음" 등의 의미로 사용되었다. 필자는 이 시의 전반적인 뜻을 고려하여 죽음과 파괴 등, 자연 현상을 뛰어넘는다는 의미로 "초연"(超然)으로 번역하였다. 비극성을 뛰어넘는다는 뜻으로 니이체의 "비극적 희열"(tragic joy)에 흡사한 의미로 이해하면 좋을 것 같다. 예이츠는 말년에 영웅들의 비극적 결말에서 우리가 느끼는 tragic joy란, 열정(혹은 수난 passion)을 가능케 했던 "근원의 하나"(primal oneness)로 되돌아가는 데서 온다고 관찰하였다. (https://english.byu.edu/what-is-joy에서 재인용, accessed August 1, 2023)

"연기"(혹은 모방)하는 "초연함" 속에 있기 때문이다. 모든 이들의 인생은 어찌 보면 언제나 죽음이라는 패배로 끝나는 비극이지만, 그 엄중한 결말을 알더라도 끝까지 맡은 임무를 수행해야 하는 비극 배우들이라 할 수 있다. 마지막 순간 비극적 영웅들은 절규(heroic cry)하지만, 예이츠는 비극 배우들의 절규들이 아무리 많이 일시에 일어나도, 인생 전체 비극이 더 심화되는 것은 아니라고 말한다. 오히려 비극의 절규들은 비극의 참상을 뛰어넘어, 두려움(dread)을 정화시키고, 인생에 달관의 지혜를 선사하는 비극적 희열(tragic joy, pleasure)로 변모시키기에[152] 인생의 비극에 대해 "초연"의 지혜를 전한다고 할 수 있다. 세 번째 연은 역사상의 "초연"을 말하고 있다. 즉 역사상, 모든 질서들과 문화들, 컬리마커스 같은 뛰어난 예술가들의 업적들은 무너지고 사라지나, 새로운 질서와 노력은 끊임없이 계속되는데, 이 새로운 시도들은 시간의 파괴를 넘어서는 "초연함"을 매개로 이어진다는 것이다. "다시 짓는 이들은 (시간의 파괴에 대해) 초연하다."

마지막 연에서 예이츠는 청금석에 새겨진 조각으로부터 네 번째 "초연"을 읽어 내고 있다. 예이츠가 생일선물로 받은 청금석의 뒷면에는 청대 건륭제(Quanlong 1735-1796)가 지은 7언 절구[153]가 새겨져 있다. 이 한시를 온전히 이해했던 것은 아닌 듯 보이나, 예이츠는 돌 표면에 조각된 그림과 친구 듀럭의 설명으로부터 서양의 비극적 절규에 대비되는 동양의 "말없는" 초연을 읽어 내고

---

152 아리스토텔레스가 『시학』(*Poetics*)에서 비극의 효용으로 말한 "catharsis"(감정의 정화)도 tragic joy의 일부라 할 수 있을 것이다.

153 이 시는 2013년, 앞서 소개한 Jerusha McCormack의 논문을 통해 청대 건륭제가 지은 "春山訪友"(봄 산에 친구를 방문함)로 밝혀졌다. 綠雲紅雨向淸和, 寂寂深山幽事多; 曲徑苔封人跡絕, 抱琴高士許相過(음력 4월 1일이 가까우니 초록 잎 구름에 붉은 꽃비가 내리는구나. 고요하고 깊은 산중엔 그윽한 일들이 많다. 굽은 오솔길엔 이끼가 덮여 인적이 끊겨, 거문고(琴)를 품은 귀한 선비들만 오가게 하네. (Fu Hao, "'Lapis Lazuli': A Chinese Reading," 한국 예이츠 저널, 66 (2021), p. 50을 참조하여 필자 재번역). Hao에 따르면 이 시의 내용은 중국 산수화에 붙이는 제화시(題畵詩)의 전통에 따른 것으로, 유사한 주제의 시들이 이백이나 도연명, 백거이의 시들에서도 발견된다고 한다.

있다. 골이 많이 패인 이 청금석의 앞면엔 깊은 산 계곡 중턱에 오래된 나무들과 정자가 있고, 그리로 향하는 오솔길을 따라 두 명의 중국인들이 오르고, 그 보다 뒤에 또 한 사람이 악기를 들고 따르고 있는 모습이 새겨져 있다. 예이츠는 돌의 뒷면에 새겨진 "긴 다리 새"(학)가 장생의 상징이란 점에 주목하여, 이 그림의 무대가 동양 산수화의 이상향인 태고의 산속이며, 정자로 향하는 중국인들은 불로장생의 신선들인 듯 상상하고 있다. 산꼭대기엔 눈이 덮이고, 계곡엔 물길이 있으며, 정자를 둘러싼 나무들에는 무릉도원을 연상케 하는 살구꽃과 벚꽃이 만발해 있는 것이다.[154] 하지만, 이 태고의 노인들은 속세와의 인연을 끊고 자연에 귀의한 은둔자들이나 신선들이 아니다. 이들은 깊은 산속 정자로부터, 속세의 모든 비극적 인생사를 굽어보며 그에 어울리는 "구슬픈(mournful)" 곡을 거문고의 현을 뜯어 연주하고 청해 듣고 있다. 봄꽃이 한창인 깊은 산속에서 이들은 비극으로 가득한 세상을 잊지 않고 내려다보며, 비극의 보편성과 영속성에 대한 한없는 연민을 담은 곡조를 영원한 푸른 바위 속에 새겨 놓는 것이다. 이 애조 띤 현의 울림은 물과 산, 나무와 하늘, 꽃과 나무, 마음 통하는 벗들 사이 오래고 빛나는 눈빛, 모두를 둘러싼 청금석의 푸른 바위 결, 세간의 고통과 슬픔 모두에 공명한다는 점에서, 한순간의 비극적 절규를 뛰어넘어, 해묵은 관음(觀音)의 즐거움을 지닌 것이다. 청금석에 새겨진 무음 단색의 조각으로부터 삶에 편만한 패배와 비극적 절규뿐 아니라 정중동의 산수 공간을 펼쳐 보이고, 옛 거문고의 깊고 애잔한 음률까지 울려내는 예이츠의 상상력은 동서양의 시공을 가로지르며 삶의 비극성과 예술의 즐거움에 대해 생각하고 있다는 점에서, 매우 방대하고 또 깊이 있는 엑프라시스를 보이고 있다.

---

154 흔히 이 조각에 새겨진 풍경을 도교적 이상세계와 연결시켜 논하는 데 대해, Hao는 뒤에 새겨진 건륭제의 시가 중국 유교전통 속 제화시들에 흔히 등장하는 세속을 벗어난 초사들의 이야기란 점을 강조하고 있다. Hao, "Lapis Lazuli," PP. 49-59.

218

27. 마치 여기 이미 있는 것처럼

로버트 핀스키 (Robert Pinsky 1940-) [155]

로버트 핀스키 [156]   재닛 에클먼 [157]

---

155 뉴저지 출신 미국 시인. 스탠포드 대학에서 철학 전공으로 석사, 박사 받음. 1997년에서
     2000년까지 미국 계관 시인 역임. 단테의 『신곡』 중 "지옥"편을 번역. 현재 보스톤 대학원
     창작 담당 교수.

156 Photo is provided by courtesy of Robert Pinsky.

157 Janet Echelman(1966-) 미국의 조각가, 섬유예술가, 하버드대 졸업 후 인도 여행 중, 어부들
     의 그물에 착안하여 가볍고 강한 섬유로 특수제작한 색 그물망을 인근 고층 건물들에 높이
     고정시켜, 공중에 뜬 조각을 시도하였다. 2005년 포르투갈 포르투를 비롯, 시드니, 암스테
     르담, 싱가폴, 몬트리올, 산티아고, 영국 더럼 등 세계 각 도시에 설치하였으며, 밴쿠버, 보
     스톤, 시애틀, 스미소니언 박물관, 샌프란시스코 국제공항 청사, 웨스트 할리우드 등에서도
     작품들을 전시하였다. 2020년 수원 광교의 앨리웨이에서도 〈어스타임 코리아 Earthtime
     Korea〉를 설치한 바 있다. 2005년 이후, 여러 회에 걸쳐 "올해의 공공예술 네트워크"(Public
     Art Network's Year in Review) 상을 수상하였다.

〈마치 여기 이미 있는 것처럼 As If It Were Already Here〉, 보스톤, 2015 158

---

158 All photos of Janet Echelman's works are made by Melissa Henry, and are provided by courtesy Studio Echelman.

The Sky Sculpture [159]

on Janet Echelman's "As If It Were Already Here"

Plural, restless at their knots,

Anchored to towers higher

Than the three hills long ago

Levelled to fill the harbor

That's buried under the street

And the Greenway, these bright

Confluences of color are

Spirited into one being, and —

Like the trees, unlike windows —

It doen't bewilder the birds.

(ca. 2015)

---

159   This poem is printed and translated with permission from the author, Robert Pinsky.

하늘 조각

재닛 에클먼의 〈마치 여기 이미 있는 것처럼〉에 대해

여럿이, 매듭들에서 흔들리며,
고층 빌딩들에 고정되어

(보스톤) 항구를 메우려 오래 전 깎아내렸던
세 봉우리들보다 높이 솟아

(보스톤 옛) 항구는 거리와
그린웨이 아래 묻혀 있고, 이들 색색의

밝은 합류체들은
하나의 존재로 영혼을 얻는다.

유리창들과는 달리 나무들 같아
그 조각은 새들을 혼란케 하진 않는다.

재닛 에클먼의 공중 조각은 두 가지 특징을 지닌다. 조각이란 단어에서 흔히 연상되는 것과 달리, 그것은 단단히 고정된 물체가 아니다. 에클먼 작품의 또 다른 특징은 중력을 거부하고 공중에 떠 있다는 점이다. 그녀가 2015년 5월에서 10월에 걸쳐, 보스톤 로즈 케네디 그린웨이 위에 설치해 놓았던 작품, 〈마치 여기 이미 있는 것처럼〉은 흡사 도심을 배경으로 한 가상현실의 일부같이 공중에 투명하게 걸려 있어 바람결을 따라 해파리처럼 유동한다. 인도 어부들의 그물에서 착안한 에클먼의 작품은 초고분자량 폴리에틸렌(Ultra high molecular weight polyethylene/ UHMWPE) 특수 섬유로 된 테두리 밧줄에 고강도의 폴리에스터사와 LED 색등들을 꼬아 50만 개가 넘는 그물망들을 짜서 인근 고층건물들에 고정시킨 것이다. 강하지만 아주 가벼운 소재로 된 이 그물망은 서로 연결되어 있으며, 작품 중앙과 곳곳에 빈 부분이 있어 지상 100m 상공에 떠서 바람을 타고 자유롭게 움직인다. 밤이면 특수 조명을 받아 그물은 주황색으로 물들어 큰 횃불처럼 흔들리는데, 에클먼은 1660년대 옛 보스톤에 있었던 산, 비콘힐(Beacon Hill)을, 또 그 산 정상에 있었던 봉화대와 그 불빛을 상징하려 한 듯하다.

시인 핀스키가 이 시의 처음에 주목하고 있는 것은 바로 그물의 매듭들을 중심으로 기류를 따라 유동하는 조각의 다면성이다. 하나로 연결된 가변체의 조각이기에 핀스키는 "여럿"의 모양으로 잠시도 정지됨 없이 움직이는 모습에 초점을 맞추고, 이어 이 움직이는 조각이 주변 높은 건물에 고정되어 있음도 관찰한다. 핀스키는 이 조각의 의미를 보스톤의 역사와 관련하여 이해하고 있다. 에클먼의 조각 중, 가운데 세 개의 빈 공간은 17세기 보스톤 서쪽에 있었던 세 개의 봉우리를 상징하는 것이다. 1775년 경부터 시작된 보스톤 확장공사는 이 세 개의 산을 깎아내린 흙으로 기존 보스톤 항구 주변을 매립하여, 기존 보스톤의 75배 넓이에 이르는 넓은 땅을 탄생시켰다. 1991년, 이 확장된 매립지 위를 세로로 가로지르던 93번 고속도로를 지하터널로 들여보내는 공사가 시작된 후, 그 위로 2008년에 조성된 공원이 보스톤 그린웨이이다. 에클먼의 조각은 주변 고층 빌딩들에 고정된 채, 그린웨이 위에 떠서, 보스턴의 과거와 현재를 상기시키며 바람과 빛의 움직임을 통해 현대의 삭막한 도심에 부드럽게 살아 움직이고 있는 자연의 존재를 일깨운다고 할 수 있다.

핀스키는 그물망의 "수많은 움직임들과 색채들의 합류가 하나의 존재로 영혼을 지니게 되었다"고 표현하고 있다. "여럿이 모인 하나"(*e pluribus unum*)라는 미국 건국이념처럼, 오랜 시간의 흐름 속, 수많은 사람들의 수많은 노력들이 합쳐 조성된 하나의 거대한 망이 오늘날의 보스턴이라는 도시에 생명을 부여하고 있는 것이다. 핀스키는 에클먼의 조각이 딱딱한 유리가 아닌 성긴 망으로 되어 있고, 빈 공간을 허락한다는 점에서, 나무들처럼 새들에게 안전할 것이라고 낙관하고 있다. 하지만 최근 플로리다에 설치된 에클먼의 또 다른 하늘조각에 대해 환경단체들이 해변의 물새들에게 위해가 되지 않을지 염려하고 있다는 소식도 들린다. 에클먼은 어부들이 사용하는 그물이라는 소재에 공중의 바람 같은 자연의 힘과, 오늘날의 섬유기술, 3-D 디자인, LED 불빛의 합성, 또 설치방식에서뿐 아니라, 관객들이 휴대폰으로 공중 조각에 저마다의 문양을 비출 수 있게 하는 테크놀로지를 결합시켜, 늘 다양한 모습으로 움직이는 새로운 조각을 시도하였다는 점에서 그 독창력과 종합적 실행력이 돋보이는 미술가라 할 수 있다. 시인 핀스키는 여러 시 행들을 계속 이어나가 시 전체를 하나의 문장으로 이끄는 기법(run-on lines)을 사용하여 문장의 여러 요소들이 하나의 그물망으로 상호 직조되는 효과를 내고 있다. 자연의 움직임 속에 조각을 풀어놓은 에클먼도 훌륭하지만, 그 조각을 하나의 영혼을 지닌 역사적 존재로 읽어 내는 핀스키의 시적 관찰도 상당히 깊이 있다. 핀스키가 보스턴 대학에서 오랫동안 창작을 가르치고 있다는 사실은 보스턴에 대한 그의 관심과 이해가 깊을 것이라는 추측을 하게 하여, 짧은 이 시를 더욱 정감있게 만든다. 2023년 보스턴 건축가협회는 에클먼의 〈마치 여기 이미 있는 것처럼〉을 과거 10년 동안 보스턴에서 가장 아름다운 구조물로 선정하였다.

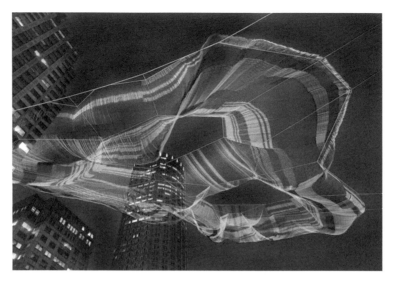

재닛 에클먼이 2015년 보스톤 그린웨이 위에 설치한
〈마치 여기 이미 있는 것처럼 As If It Were Already Here〉은 밤에 특히 보스톤
옛 비콘힐(Beacon Hill) 산봉우리에 있었던 봉화대의 불빛을 상기시킨다.
(Photo by Melissa Henry, courtesy of Studio Echelman)

28. 옥수수 추수

윌리엄 카를로스 윌리엄스 (William Carlos Williams 1883-1963) [160]

윌리엄 카를로스 윌리엄스[161]

---

160 미국 뉴저지 출신 모더니스트 시인. 펜실베이니아 의대 졸업 후, 러더포드(Rutherford, New Jersey)에서 소아과 의사로 지내며 시를 썼다. 서양문학 전통에 기반한 지적인 모더니즘을 추구하였던 T. S. 엘리엇에 맞서, 한 지역의 구체적인 일상과 사물을 구어체 리듬에 담은 새로운 모더니즘을 시도하였다. "사물로써만 생각을 전한다"(No ideas but in things)는 그의 모토는 짧은 그의 초기 시들을 이미지즘에 가깝게 만들었다. 구체적 일상을 중시한 윌리엄스는 16세기 네덜란드의 화가 피터 브뤼겔(Pieter Brueghel ca.1530-1569)의 그림에 주목하여 마지막 시집 『브뤼겔의 그림들과 다른 시들』(*Pictures from Brueghel and Other Poems*)(1962)에 브뤼겔의 그림 10편에 대한 시를 실었다. 그의 사후, 1963년에 이 시집에 퓰리처상이 수여되었다.

161 photo by courtesy of University Archives and Records Center, University of Pennsylvania.

피터 브뤼겔, 〈추수꾼들 The Harvesters〉, 1565, 뉴욕 메트로폴리탄 미술관 lxxxvi

그림의 일부 lxxxvii

The Corn Harvest[162]

Summer!

the painting is organized

about a young

reaper enjoying his

noonday rest

completely

relaxed

from his morning labors

sprawled

in fact sleeping

unbuttoned

on his back

옥수수 추수

여름!
그림은
한낮의 휴식을 즐기고 있는

한 젊은 추수꾼을 중심으로
구성된다
오전의 노동에서

완전히
풀려나
쭉 뻗고

아예 곯아떨어졌다
앞섶을 풀어젖힌 채
벌러덩 누워

the women

have brought him his lunch

perhaps

a spot of wine

they gather gossiping

under a tree

whose shade

carelessly

he does not share the

resting

center of

their workaday world

(1962)

여성들은
그를 위한 점심을 가져왔다
아마도

와인 한 조끼
그들은 나무 아래 모여
얘기하고 있다

그 나무 그늘엔
관심도 없이
그 젊은 추수꾼은

일상적 노동 세계의
쉬어 가는 중심에
함께하지 않는다

구체적 일상과 사물들에 주목하였던 윌리엄스는 소박하고 건장한 농부들의 일상을 자세히 그렸던 16세기 네덜란드 화가 피터 브뤼겔(Pieter Bruegel ca. 1530-1569)의 그림에 공감하였다. 그의 마지막 시집 『브뤼겔 그림들과 다른 시들』 (*Pictures from Brueghel and Other Poems*, 1962)의 처음 열 편의 시들은 브뤼겔의 그림들을 대상으로 하고 있다. 추락한 이카루스보다 봄볕 속에서 밭을 가는 빨간 블라우스의 농부와 그 주변 풍경에 초점을 맞춘 시, "이카루스 추락이 있는 풍경"(Landscape with the Fall of Icarus)도 이 열 편의 시 중 하나이다.

시에서 추상적 생각들보다는 "코앞의 사물들"을 직접 다룰 것을 주장하였던 윌리엄스는, 브뤼겔 그림들의 세부를 자세히 관찰하여 그 특징들을 사실적인 언어로 묘사하였다. 윌리엄스가 브뤼겔의 그림에서 좋아했던 것은 농부들의 소박한 일상모습들 뿐 아니라, 르네상스 미술에서 요구되었던 진부한 이상들을 거부하고, 친숙한 주변의 삶과 사물을 독창적으로 자세히 그려 낸 브뤼겔의 "깨어 있는 마음"(alert mind)[163]이었다. 윌리엄스는 영시의 전통적인 연(stanza)의 형식과, 약강 오보격(iambic pentameter)의 규칙적 리듬에서 벗어나, 일상 회화체의 리듬을 따라 세 개의 어구(phrases)를 계단식으로 배열하는 "변형 음보"(variable foot)를 시도하여, 시가 일상의 실제 언어에 밀착되게 하였다. 이 시에서도, 시행들이 내려오는 세 개의 계단으로 배열되어 있진 않으나, 짧은 세 개의 행들이 한 연을 이루며, 시의 첫 글자만 대문자이고, 시 전체가 마침표 없이 연속적(enjambment)으로 이어지고 있어, 시인의 시선이 눈앞 그림 속에 머물러 있음을 말해 준다.

브뤼겔의 〈추수꾼들〉 그림에서 윌리엄스가 주목한 것은 들판 길과 낫가리들이 이룬 대각선들과 나무줄기의 수직선이 교차하는 중심점에 누워 있는 한 젊은 추수꾼이다. 그는 오전의 고된 추수 일에서 풀려나, 나무 아래 되는대로 누워

163　"The Adoration of the Kings," in *William Carlos Williams: Selected Poems*, ed. by Chares Tomlinson (New York: A New Directions Book, 1976), P. 240.

완전히 깊은 잠에 빠졌다. 날씨는 아직 8월 늦여름의 더위 속에 있고 사람 키를 넘는 옥수수들은 빽빽하여 추수하는 사람들은 몹시 지친 모습들이다. 나무 아래 아무렇게나 곯아떨어진 젊은 추수꾼은, 그의 등 뒤 나무 그늘 속에서 새참과 수다를 즐기는 아낙네들의 "일상 노동 세계 휴식의 중심"에서 벗어나 있다. 여름 이른 아침부터의 고된 노동의 끝에 찾아든 단잠은, 거친 인생 끝에 찾아드는 영원한 안식에 대한 은유적 의미를 지닌다는 점을 생각하면, 그늘과 식사, 수다들이 제공하는 일상의 휴식과는 분명 다른 차원의 휴식이다. 브뤼겔의 그림 속에서 거친 노동의 열매인 단잠은 마을로 통하는 길과 교회로부터 내려오는 길의 중심에, 너른 벌판 가운데 놓여 있으면서, 화면 중심을 수직으로 가르는 나무줄기를 경계로, 그늘 속 담화나 규칙적 식사 같은 일상적 질서와 공존할 수 없는 "무심"(carelesness)의 세계 속으로 열려 있기도 한 것이다.

　　암시적이고 추상적 의미가 코앞에 펼쳐진 직접 접촉 가능한 사물들과 현상들을 통하여서만 전달될 수 있다고 믿었던 윌리엄스가 이미지즘이나 물질주의만을 추구한 것은 아니다.[164] 그는 이미지즘의 시도에서 더 나아가, 자신이 사는 뉴저지 주 특정 지역의 역사와 풍경 같은 구체적 사실들로부터 현대 도시의 서사시를 시도하여, 장시 『패터슨』을 남기었다. 2017년에 개봉된 영화 "패터슨"은 윌리엄스를 모델로 하여 도시 패터슨에서 버스 운전을 하면서 시를 쓰는 패터슨을 주인공으로 하였다. 그림은 시각을 통해 대상을 직접 경험, 구체화한다는 점에서 개별적 구체성이 중요한 장르라 할 수 있다. 그림 앞의 시인들은 구체적 사물들로부터 보이지 않는 생각들을 읽어 내어 말로 바꿈으로써 감각적이고 구체적인 것들을 보다 넓고 깊은 의미 속으로 확장한다.

164　정신적인 것보다 구체적인 것, 물질(물리)적인 것을 중시하는 윌리엄스의 견해는 50년대 그가 공산주의 조직에 가담했다는 근거 없는 오해를 낳았고, 그로 인해 그는 1952-1953년도 미 의회 시 고문(consultantship with the Library of Congress, 오늘날의 계관시인) 직을 온전히 수행할 수 없었다. 다행히 1953년에는 예일대가 주관하는 볼링겐 상을 받았다.

29. 이카루스의 추락

메리 조 뱅 (Mary Jo Bang 1946-) [165]

메리 조 뱅 [166]

---

165 미주리 주 출신 미국 여류 시인. 노스웨스턴 대학에서 사회학을 전공하였다. 10여년 후, 런던 폴리테크닉 대학에서 사진학을 전공하고 프린스턴대에서 예술석사(MFA)를 받았다. 2009년 다섯 번째 시집 『비가』(*Elegy*)로 전미도서 비평가협회상을 받았다. 2012년 단테의 "지옥"편을 번역하였고 1995년부터 2005년까지 〈보스턴 리뷰〉 잡지를 편집했으며 현재 세인트루이스 워싱턴 대학에서 창작을 가르치고 있다.

166 Photo by Matt Valentine. with permission from the photographer and provided by courtesy of the author

피터 브뤼겔, 〈이카루스 추락이 있는 풍경〉, 1560, lxxxviii
벨기에 왕립미술관(Royal Museum of Fine Arts of Belgium)

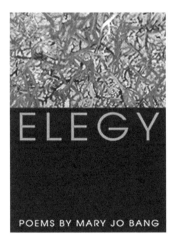

『비가』(2007)167

_____

167 The cover image of *Elegy*, Published by Graywolf Press, 2007. with courtesy of Mary Jo Bang.

Landscape with the Fall of Icarus
[168]

How could I have failed you like this?

The narrator asks

The object. The object is a box

Of ashes. How could I not have saved you,

A boy made of bone and blood. A boy

Made of a mind. Of years. A hand

And paint on canvas. A marble carving.

How can I not reach where you are

And pull you back. How can I be

And you not. You're forever on the platform

Seeing the pattern of the train door closing.

Then the silver streak of me leaving.

What train was it? The number six.

What day was it? Wednesday.

We had both admired the miniature mosaics

이카루스 추락이 있는 풍경

어떻게 내가 너를 이처럼 잃을 수 있을까?
화자는 그 물건에 대고 묻는다.
그 물건이란 재를 담은 상자 하나.
어떻게 내가 너를 구하지 못했을까?
피와 살로 된 아이, 마음이
지은 아이. 세월이 이룬 아이. 손과
화폭 위 물감. 대리석 새김.
어찌하여 나는 네가 있는 곳에 손을 뻗어
너를 끌어낼 수 없는지? 어떻게 나는 존재하고
너는 없는지. 너는 영원히 그 기차역에 있다.
기차 문이 닫히는 모양을 바라보고 이어
은빛 한 줄기로 떠나는 나를 바라보면서.
무슨 열차였더라? 6번 열차.
무슨 요일이었지? 수요일.
우리 둘 다 메트로 미술관 벽에 박힌

Stuck on the wall of the Met.

That car should be forever sealed in amber.

That dolorous day should be forever

Embedded in amber.

In garnet. In amber. In opal. In order

To keep going on. And how can it be

That this means nothing to anyone but me now.

(2007)

　　피터 브뤼겔의 〈이카루스 추락이 있는 풍경〉은 이카루스의 추락이라는 신화의 비극적 소재에 비해, 따사로운 봄에 주홍빛 블라우스 차림으로 밭을 갈고, 고기를 잡고, 또 배들이 오가는 평범한 일상이 부각되어 있다는 점에서 시인들의 주목을 받는 그림이다. W. H. 오든은 브뤼겔의 그림에서 소소한 일상의 한 귀퉁이, 평범하게 존재하는 고난(suffering)을 읽어 내었고[169], 윌리엄 카를로스 윌리엄스는 같은 그림에서 "날개의 밀납을/아무렇지도 않게/녹여 버린/(봄의) 태양"에 초점을 맞추고, 이카루스의 추락은 그런 봄날, "눈에 뜨이지도 않는 첨벙 소리"에 불과함을 말하였다.[170]

　　메리 조 뱅은 위의 작가들과는 다르게, 이 그림에서 추락한 아들 이카루스에게 초점을 맞추고 그림 제목 전체를 자신의 삶에 일어난 커다란 비극에 대한 은유로 사용하고 있다. 2004년 조 뱅은 서른일곱 살 난 아들을 약물 중독으로 잃었다. 그가 자살을 했는지, 의료 사고인지는 분명하지 않지만, 아들을 잃은 후 조 뱅

169　W. H. Auden, "Musée des Beaux Arts" 참조.
170　William Carlos Williams, "Landscape with the Fall of Icarus" 참조.

자그마한 모자이크들에 감탄했었지.

그 열차는 영원히 호박(琥珀) 속에 봉해져야 해.

그 애달픈 날은 영원히 호박 속에

안치되어야 해.

석류석 속에. 호박 안에. 오팔 안에. 영원히

지속되게끔. 대체 어떻게 이것이 이제 나 이외

다른 이들에겐 아무것도 아닐 수 있을까.

은 자신의 내적 비탄을 종이에 적기 시작했는데, 뜻하지 않게 출간된 시집 『비가』는 호평을 받았다. "이카루스 추락이 있는 풍경"이라는 그림의 제목은 아들을 잃은 이후, 조 뱅의 내적 고통과 스산한 삶의 풍경에 대한 은유일 것이다.

이 시에서 조 뱅은 아들의 죽음 앞에서 속수무책일 수밖에 없는 자신을 탓한다. 그녀는 뼈와 피로 살아 움직이며, 오랜 세월 동안 마음을 나누고, 무엇보다 그림을 그리고 조각을 하였던 미술가 아들의 부재를 이해하고 시인하기도 힘들다. 더구나 어머니인 나에게는 지극히 통렬한 고통인 아들의 죽음이 다른 이들의 일상에서는 별 의미가 없는 것이다. 시에 되풀이 되는 수사의문문들은 이러한 그녀의 고뇌의 되뇌임을 반영한 것일 것이다. 아들을 죽음으로부터 되돌릴 수 없는 그녀의 기억은 뉴욕에 사는 아들을 방문하였던 마지막 날에 멈추어, 그날의 모든 것을 되풀이해 반추한다. 그녀는 뉴욕 메츠 미술관의 방문과 기차역에서의 헤어지던 아들과의 마지막 순간들을 "호박 속에, 석류석 속에, 오팔 속에" 새겨넣어

놓아 그 순간이 영원히 지속되어야 한다고 되뇌이는 것이다.

　　여러 가지 일을 전전하다 뒤늦게 사진학을 다시 전공한 조 뱅은 자전적인 이야기를 썼던 『비가』 이전과 이후에는 영화, 비디오 아트, 현대 미술들이 제시하는 추상적이고 초현실적인 이미지들과 삶의 세계의 관계에 대한 시들을 썼다는 점에서 현대의 대표적 엑프라시스 시인 중의 한 사람이다. 『비가』에 실린 조 뱅의 시들은 자기 고백적이고 감정적인 시라고 여기기 쉬우나, 위의 시에서도 브뤼겔의 그림을 이용하여 자신의 상황을 객관화시키고 있는 점이나, 아들과의 마지막 만남이나 헤어지는 순간들을 모자이크 같은 미술품과 더불어 회상하거나, 기차 문이 열리고 닫히는 패턴, 또 떠나가는 기차 창문 위에 은빛 줄기로 그어질 자신의 모습 등 시각적 이미지들 통해 환기한다는 점, 또 시의 마지막 부분에서 그 순간들을 투명한 보석들에 양각시키고 있다는 점은 조 뱅이 자신의 내적 감정들을 여러 이미지들을 통하여 객관화하고 있음을 알 수 있다. 시집 『비가』의 표지 그림은 추상화가였던 그녀의 아들이 신경세포들이 물질을 전달하는 순간을 그린 것이다. 비디오 아트나 사진들에 대한 조 뱅의 관심과 메시지들은 보다 깊이 연구할 필요가 있을 것 같다.[171]

171　『비가』 전후 조 뱅의 시집들, 『눈은 이상한 풍선처럼』(*The Eye like a Strange Balloon*, 2004) 과 『던지기 인형』(*A Doll for Throwing*, 2017)에 실린 시들은 거의 모두 현대 추상화, 비디오아트, 영화, 사진들을 대상으로 하고 있다.

30. 램브란트의 자화상

엘리자베스 제닝스 (Elizabeth Jennings 1926-2001) [172]

엘리자베스 제닝스 lxxxix

램브란트 173 〈자화상〉, 1659, xc
워싱턴 D. C., 국립미술관

---

172 영국 링컨셔 출신 여류 시인. 옥스퍼드에서 주로 자라고 거하였다. 전통적인 시 형식을 중요
시 하는 서정시를 썼으며, 단순한 언어와 운율을 사용한다는 점에서, 1950년대 "운동파"
(The Movement School) 시인들과 비슷하나, 깊은 카톨릭 신앙심을 보인다는 특징을 지닌
다. 두 번째 시집, 『보는 방식』(*A Way of Looking*)으로 1956년 서머셋 모옴 상을 받았다.

173 Rembrandt van Rijn(1606-1669). 17세기 네덜란드 그림의 황금기를 이끈 화가, 스케치와
동판화도 제작하였다. 초상화를 비롯한 여러 장르를 시도하였고, 100점 가까운 자화상을 남
긴 것으로 유명하다.

〈웃고 있는 죽시스로 분한 자화상   〈자화상〉, 1669, xcii 런던, 국립미술관
Self-Portrait as Zeuxis Laughing〉, xci *
1662, 발라프 리하르츠 미술관 174

---

174 Wallraf-Richartz-Museum & Fondation Corboud, Cologne, Germany 쾰른에 있는 오래된
    미술관. 중세 미술품들을 많이 소장하고 있다.
*   Zeuxis는 BC 5세기 경 그리스의 화가. 현실에 충실한 그림을 그렸으며, 자신이 그린 추한
    늙은 여성 그림을 보고 웃으며 죽었다는 일화가 있다.

Rembrandt's Late Self-Portraits[175]

You are confronted with yourself. Each year
The pouches fill, the skin is uglier.
You give it all unflinchingly. You stare
Into yourself, beyond. Your brush's care
Runs with self-knowledge. Here

Is a humility at one with craft.
There is no arrogance. Pride is apart
From this self-scrutiny. You make light drift
The way you want. Your face is bruised and hurt
But there is still love left.

Love of the art and others. To the last
Experiment went on. You stared beyond
Your age, the times. You also plucked the past
And tempered it. Self-portraits understand
And old age can divest,

175   from *The Collected Poems of Elizabeth Jennings*, Carcanet Press, 2012. Copyright © 2012
The Estate of Elizabeth Jennings. Printed and translated with permission from David
Higham Associates Ltd.

램브란트의 후기 자화상들

그대, 자신에 마주했네요. 해마다
주름 주머니들이 불룩해지고 피부는 흉해지네요
당신은 놀람 없이 그것을 모두 내보이고, 당신
자신의 내부, 그 너머를 응시하네요. 당신의
붓은 조심스레 자신에 대한 앎과 더불어 움직이네요. 여기

겸손이 기교와 함께하네요. 거만함이 없고
자만은 여기 자기성찰과는 거리가 멀군요.
당신은 원하는 대로 빛이 흐르게 하네요.
그대 얼굴 흠집 있고 상처 있어도
여전히 사랑이 남아 있군요.

예술과 다른 이들에 대한 사랑. 마지막까지
실험은 계속되었네요. 당신은 당신 나이와
시간 너머를 응시했네요. 또한
지난날들을 떠와서 순화시켰네요.
자화상들은 이해하며, 나이 듦은.

With truthful changes, us of fear of death.

Look, a new anguish. There, the bloated nose,

The sadness and the joy. To paint's to breathe,

And all the darknesses are dared. You chose

What each must reckon with.

(1975)

    17세기 네덜란드의 화가 렘브란트는 40여 년 동안 무려 100점에 달하는 자화상을 남겼다. 전 작품의 10%에 해당하는 자화상들을 남긴 예는 드물다고 한다. 20대 후반에서 60대까지 그의 전 생애에 걸쳐 그려졌기에 렘브란트의 자화상들은 변화하는 그의 모습과 기교를 기록하고 있다. 학자들은 그가 자화상에 몰두한 이유를 여러 가지로 추측하고 있는데, 주로 그의 내적 감정을 표현하기 위해, 혹은 자신의 기교를 실험하고 더욱 발전시키는 수단으로, 그리고 말년에는 자신의 성찰을 위해 그렸다고 추측한다. 어떤 경우이든 자화상들은 거울에 비쳐 객관화된 자신을 보여주면서도, 내면에서 알고 있는 작가 자신의 투영이라는 점에서 관람자들에게 매우 친밀한 방식으로 자신의 탐색을 전달한다고 할 수 있다.

    렘브란트의 자화상들에서 가장 눈에 뜨이는 것은 명암의 대비(chiaroscuro)이다. 대개는 어두운 배경 속에서 얼굴에 집중되는 빛은 콧등을 중심으로 명암이 나뉘어 한쪽 얼굴 표정을 뚜렷이 강조하는 동시에 다른 반쪽의 얼굴에 잠긴 어두움으로는 보다 깊은 내면을 표현하는 듯 보이는 것이다. 젊은 시절의 자화상들은 모자나 털 망또 등으로 한껏 멋을 부리고, 표정도 밝고 얼굴 피부도 균일하게 칠하여져 있는 반면, 1640년 이후 초상화들은 배경과 의상이 더 어두워지고, 여러 색의 물감을 두껍게 덧바르는 임파스토(impasto) 기법을 사용하여 주름진 거친 얼굴의 굴곡과 표정에 삶의 풍상과 연륜을 반영하고 있다. 렘브란트는 1640년을 진솔한 변화와 더불어, 우리들에게서 죽음에 대한 두려움을 가시게 하죠.

보세요. 새로운 고뇌를. 저기, 부푼 코,

슬픔과 기쁨을요. 그리는 것은 숨을 쉬는 것.

그리하여 모든 어둠들을 용감히 대하죠.

당신은 우리 모두가 늘 염두에 두어야 할 것을 택하셨네요.

전후하여, 네 명의 자식들과 아내를 모두 떠나보내는 아픔을 겪으며, 부채에 쫓기는 어려움을 겪었다. 1659년 이후, 그의 말년의 초상화들, 특히 그가 작고하던 1669년의 작품들은 주름진 얼굴에 그가 겪은 신산의 아픔도 새겨져 있지만, 동시에 그 어려움들을 지켜보며 수용하는 너그러움도 담고 있는 것으로 보인다.

위의 시에서 제닝스 역시, 나이든 렘브란트의 자화상들이 지닌 솔직한 자아성찰에 주목하고 있다. 그녀는 자화상이 전하는 친근감을 바로 옆에 서 있는 사람에게 말하는 형식에 담아 표현한다. 제닝스는 노년의 렘브란트가 주름지고 고뇌에 찬 자신의 모습을 있는 그대로 담아낸 진솔함(truthfulness)과 겸손에, 또 그를 전달하는 렘브란트의 화법(craft)에 주목하고 있다. 1669년, 죽기 직전까지 그린 마지막 자화상들에서 제닝스는 화가의 예술에 대한 사랑과 다른 이들에 대한 사랑을 읽어 낸다. 특히 1669년 그린 마우리츠 미술관의 자화상[176]에는 오히려 이전보다 더 젊어 보이는 여린 미소까지 서려 있으며, 얼굴 윤곽과 피부, 은빛 웨이브진 머리칼 등에는 힘찬 붓놀림이 엿보인다. 이전 16세기의 의상들, 모자, 터번

---

176 The Mauritshuis Museum. Maurice House라는 뜻을 지니며 네덜란드 헤이그에 있다. 요하네스 베르메르(Johannes Vermeer 1632-1675)의 〈진주 귀걸이를 한 소녀〉 등, 유명 작품들을 소장. 이곳에 소장된 렘브란트의 1669년 자화상은 https://commons.wikimedia.org/wiki/File:Rembrandt_Self_ portrait_(Mauritshuis).jpg 참조.

들을 걸친 렘브란트의 자화상들은 제닝스로 하여금 그가 자신의 시대를 넘어, 과거를 가져와 순화시켰다는 관찰을 하게 한다. 무엇보다도 말년의 렘브란트의 초상화들에서 제닝스가 읽고 있는 것은 죽음을 앞둔 노인의 초연함이다. 1659년 거울 속 자신을 직시하는 렘브란트의 눈빛은, 제닝스가 보기에, 삶의 고초와 슬픔, 곧 다가올 죽음 등의 "어두움"을 그림을 통해 "무릅쓴"(dared) 모습이기 때문이다. 제닝스는 그림 그리기가 말년의 렘브란트에게 곧 숨을 이어가는 수단이었으리라고 생각하고 있다. 각운 있는 5행 연의 시 형식이 제닝스의 느낌에 규율을 부여하고 있다.

31. 승선장 사진

나타샤 트레스웨이 (Natasha Trethewey 1966-) [177]

나타샤 트레스웨이 [178]

---

177 미시시피 주 걸프포트 출신의 여성 시인. 고향으로 되돌아가 과거 흑백 혼혈 가족사와 남북
    전쟁에서 북군에 가담한 루이지애나 흑인 민병대 일기를 토대로 걸프포트 지역의 역사를 재
    조명한 『흑인 민병대』(*Native Guard*)로 2007년 퓰리처 상을 받았다. 2012년에서 2014년까
    지 미국 국회도서관 시 자문 계관시인을 지냈다. 2001년에서 2017년까지 조지아 주 에모리
    대학 영문과 교수를 지냈으며 현재는 일리노이 주 노스웨스턴대 영문과 교수로 재직 중.
178 Photo by courtesy of the author, and with kind permission from the photographer Joel
    Benjamin.

배에 오르기 전 기념사진 찍기179

트레스웨이 어머니와 아버지(ca. 1966)180

179   Photo by courtesy of the author
180   Photo by courtesy of the author

Theories of Time and Space [181]

You can get there from here, though
there's no going home.

Everywhere you go will be somewhere
you've never been. Try this:

head south on Mississippi 49, one-
by-one mile markers ticking off

another minute of your life. Follow this
to its natural conclusion — dead end

at the coast, the pier at Gulfport where
riggings of shrimp boats are loose stitches

181   from *Native Guard*, Houghton Mifflin, 2007, p. 1. reprinted and translated with
      permission from the author. Copyright © 2006 by Natasha Trethewey. Used by
      permission of HarperCollins Publishers.

시간과 공간 이론들

너 여기서 그곳으로 갈 수 있다. 비록
고향 가는 것은 불가능하지만.

네가 가는 모든 곳은 한 번도
가 본 적 없는 어떤 곳일 거다. 이렇게 해보라:

미시시피 49번 국도[182]를 타고 남쪽으로 향하라. 하나씩 ―
하나씩 ― 마일 표지판들은 너의 인생의

또 다른 일 분을 똑딱인다. 이 길을 죽 따라
자연스런 종착점에 이르라. ― 해변의 끝자락,

걸프포트 부둣가, 새우잡이 배들의
삭구들이 비를 위협하는 하늘에

182　미국 아칸소 주 Piggott에서 미시시피 주 Gulfport까지 남북으로 난 국도.

in a sky threatening rain. Cross over

the man-made beach, 26 miles of sand

dumped on a mangrove swamp — buried

terrain of the past. Bring only

what you must carry — tome of memory

its random blank pages. On the dock

where you board the boat for Ship Island,

someone will take your picture:

the photograph — who you were —

will be waiting when you return.

(2006)

드문드문 땀을 뜨는 곳. 인공으로 만든 바닷가,
맹그로브 습지 위를 메운 26마일의 모래밭을

건너라 — 묻혀 버린 과거의
지형. 지녀야 할 것만을

가져가거라. 기억의 책, 띄엄띄엄
비어 있는 페이지들을. 쉽아일랜드[183] 로 가는

배에 승선하는 선착장에서
누군가 너의 사진을 찍을 것이니:

과거의 너를 담은 사진이
돌아올 때 너를 기다리고 있을 것이다.

---

183 Ship Island. 미시시피 주 걸프만의 섬, 배 모양으로 길게 생겼으며 옆 앨러배마 주와의 경계
선에 있다.

트레스웨이는 2006년 시집 『흑인 민병대』에서 미시시피 남부 도시 걸프포트에서의 자신의 가족사와, 남북전쟁에서 북군에 가담하였지만 잊혀진 루이지애나 흑인 민병대의 삶을 재조명하였다. 서두에 실린 이 시는, 이 시집의 시들이 과거 고향으로의 공간 여행이자 자신과 미국 역사 속으로의 시간 여행의 결과물일 것을 암시한다. 그녀는 시간을 거슬러 어릴 때 자라던 곳을 찾지만, 언제나 고향이란 갈 수 없는 곳이다. 한 공간의 의미는 시간에 따라 변하고, 과거와 현재의 의미 또한 공간이 바뀌면 변화하기 때문이다. "시간과 공간 이론들"이라는 이 시의 제목은 시간과 공간은 하나이며, 가까이 있는 물체의 운동량과 질량에 따라 확장, 수축한다는 아인슈타인의 이론에 자신의 옛 고향으로의 여행을 빗댄 듯 보인다. 다시 찾은 그곳엔 예전의 자신이 미처 기억하지 못했던 사실들과 새로운 의미들이 기다리고 있다. 걸프포트에서 흑백 혼혈가족과 그녀가 겪었던 개인적 삶의 경험들이, 남북전쟁 이후 미국 역사를 이루었던 정치, 경제, 인종, 성차별, 인권 등 여러 사회적 문제들에 긴밀히 연결되어 있었던 것임을 그녀는 새로이 깨닫는 것이다.

이 시는 특정 미술품에 대한 시는 아니나, 한 장의 사진에 대한 중요한 통찰을 담고 있다. 화가들의 자화상은 특정한 순간 거울 속에 비친 상을 잡는다는 점에서 자아의 의미는 그 순간에 고정되어 있다. 반면, 고향으로 가는 배를 타기 전에 찍은 사진은 돌아와 볼 때 "과거의 자신"(who you were)을 담고 있다고 트레스웨이는 말한다. 새로이 깨달은 의미를 결여하고 있었다는 점에서 고향 방문 이전의 사진은 다소 무지했던 과거의 자신일 수도 있다. 그러나 새로 이해한 과거는 자신이 누구였는지를 보다 정확히 말해 준다는 점에서, 떠나기 전의 모습에 자신이 과거로부터 어떤 사람이었는지, 그 역사적 정체성을 부여해 주는 것일 수도 있겠다.

과거의 잊혀진 개인사와 역사적 사실을 다룬다는 점에서 이 시집의 시들은

"비가"(elegiac)의 정서를 지니고 있다. 그러나 과학 이론을 상기시키는 이 시의 제목이 그러하듯, 트레스웨이는 간결한 시 형식과 명료한 언어들을 통해, 또 남북 전쟁 당시 쉽아일랜드에서 북군에 가담하였던 흑인 민병대의 실상을 적은 일기문들로부터 정확한 사실들을 기록함으로써 감상적 회고가 아닌, 역사적 사실을 충실히 전해 주고 있다. 이 시에서도 고향 걸프포트로 가는 도로명을 명시한다든지, 고향으로 향하는 한 마일, 한 마일이 "삶의 매 순간을 똑딱인다"는 시간과 공간의 결합에 대한 인식, 미시시피 해안이 "인공으로" 조성된 모래밭이라는 땅의 성립에 대한 역사적 인식들이 그녀의 시를 단단하게 만들고 있다. 트레스웨이는 2005년 허리케인 카트리나 이후 미시시피 남부의 삶을 재조명한 작품(2010)[184]과, 총격으로 숨진 자신의 어머니의 삶을 재구성한 최근의 작품(2020)[185]을 통하여 끊임없이 미시시피 남부의 삶을 재조명함으로써 기억의 빈 페이지들을 채워 가고 있다.

---

184 『카트리나 너머』(*Beyond Katrina: A Meditation on the Mississippi Gulf Coast*), Athens: of Georgia Press, 2010.

185 『메모리얼 가(街)』(*Memorial Drive: A Daughter's Memoir*), NY: Ecco, 2020.

32. 낙신부(洛神賦)

조식 (曹植 Cao Zhi 192-232) [186]

조식의 초상화(청대) xciii

조식(왼쪽에서 두번째).
고개지 〈낙신부도 洛神賦圖〉 [187] 일부 xciv
베이징, 국립고궁박물관

---

186 중국 삼국시대 위나라 조조의 아들, 조비의 동생. 자는 자건(子建). 당대의 뛰어난 문인. 권력다툼 속에 왕궁에서 밀려나 여러 지방의 봉왕으로 전전하다 41세에 요절하였다.

187 조식보다 약 150년 후, 동진의 고개지가 조식의 "낙신부"를 그림으로 형상화한 것이 〈낙신부도〉이다.

〈낙신부 洛神賦〉, 정수령(程壽齡) 석각 188, 1852(19-20 c 탁본),
프린스턴 대학 미술관 189 · xcv

---

188 청대의 화가이자 서예가 정수령이 〈낙신부〉를 돌에 새긴 것을 19세기 말 20세기 초에 탁본
한 것이다.

189 "Godess of Luo River", 1852 (stone); late 19th to first half of 20th century (rubbing),
Princeton University Art Museum. Gift of George Rowley.

from The Goddess of the Lo (Luo Shen Fu)[190]

Leaving the capital

To return to my fief in the east,

.

The sun had already dipped in the west,

The carriage unsteady, the horses fatigued,

And so I halted my rig in the spikenard marshes,

Grazed my team of four at Lichen Fields,

Idling a while by Willow Wood,

Letting my eyes wander over the Luo.

Then my mood seemed to change, my spirit grew restless;

Suddenly my thoughts had scattered.

I looked down, hardly noticing what was there,

Looked up to see a different sight,

To spy a lovely lady by the slopes of the riverbank.

I took hold of the coachman's arm and asked, Can you see her? Who could she

---

190   Burton Watson, *Chinese Rhyme-Prose* (New York: New York Review Boooks), 2015
(1971): 66-73; https://artmuseum.princeton.edu/collections/objects/57660(open source).

낙신부(洛神賦)[191] (발췌)

도성을 떠나

동쪽, 나의 봉국으로 되돌아갈 때

•

해는 이미 서쪽으로 기울었고

수레는 덜컹이며 말들이 지쳤기에

나는 우리 행차를 풀[192] 습지에 세우고

네 마리 말들을 땅 위 풀을 뜯게 하며

낙수를 바라보면서

버드나무숲가에서 쉬고 있었다.

그때 이상한 느낌이 들면서

정신이 산란해지고, 갑자기 생각들이 흩어졌다.

밑을 보니 별로 눈에 뜨이는 것이 없었는데

위를 보니 색다른 광경을 보게 된 바,

강둑 언덕에 아름다운 여인을 감지하였다.

나는 마부의 팔을 잡고 물었다. 자네도 그녀가 보이는가? 저리도 아름답다니

---

191 "낙신부"는 조식이 220년, 낙양(洛陽 뤄양 Luoyang) 조비의 궁에 들렀다가 견성(鄄城 주안청 Juancheng)으로 돌아오는 길에 낙수(洛水 Luo River)에서 아름다운 낙수 여신(洛神) 복비(宓妃)와 조우했던 일을 그린 부(賦: 운율 있는 산문시)이다. 한글 번역은 Watson의 영역과 한문을 참조하여 기존 번역(https://ppullan.tistory.com/235)에 수정을 가하였다.

192 한문 원문으로 "蘅"(형)은 족두리풀을 지칭.

be — a woman so beautiful! The coachman replied, I have heard of the goddess of the River Luo, whose name is Fufei. What you see, my prince — is it not she? But what does she look like? I beg you to tell me! And I answered.

Her body soars lightly like a startled swan,

Gracefully, like a dragon in flight,

In splendor brighter than the autumn chrysanthemum,

In bloom more flourishing than the pine in spring;

Dim as the moon mantled in filmy clouds,

Restless as snow whirled by the driving wind.

Gaze far off from a distance:

She sparkles like the sun rising from morning mists;

Press closer to examine:

She flames like the lotus flower topping the green wave.

　　•

Cloud-bank coiffure rising steeply,

Long eyebrows delicately arched,

Red lips that shed their light abroad,

White teeth gleaming within,

Bright eyes skilled at glances,

A dimple to round off the base of the cheek.

그녀는 누구란 말인가? 마부가 답하길, 낙수 여신에 대해 들은 적이 있죠.
복비라 하던데요. 공께서 보신 것이 그녀가 아닐까요? 어떻게 생겼는지 말씀해
보셔요. 하길래 나는 답하였다.

그녀의 몸은 놀란 백조[193]와 같이 가벼이 날아오르며
하늘을 나는 용처럼 우아하구나.
가을 국화보다 더 밝은 광채로 빛나며
봄 소나무보다 더 싱싱하게 피어나는도다.
엷은 구름에 싸인 달처럼 아스라하고, 몰아치는
바람에 흩날리는 눈송이들처럼 나부낀다.
좀 떨어져 바라보면 아침 안개 사이로
떠오르는 태양처럼 빛나며
좀 더 가까이 살펴보면 그녀는 초록 물결 위에
떠 있는 연꽃같이 타오르는구나.

●

구름 언덕인 양 머리를 높이 틀어 올리고
눈썹들은 길고 섬세하게 굽었고.
붉은 입술은 빛을 반짝이며
하얀 이들은 안에서 빛나는구나.
밝은 눈들은 살피는 데 능하고
보조개가 뺨 아래 쪽을 감싸고 있구나.

---

193 원문에서는 "기러기". 이후 "편약경홍"(翩若驚鴻)이란 단어는 아름다운 여성의 자태를 묘사
     하는 단어로 자리잡았다.

Her rare form wonderfully enchanting,

Her manner quiet, her pose demure.

Gentle-hearted, broad of mind,

She entrances with every word she speaks;

Her robes are of a strangeness seldom seen,

Her face and figure live up to her paintings.

Wrapped in the soft rustle of silken garments,

She decks herself with flowery earrings of jasper and jade,

Gold and kingfisher hairpins adorning her head,

Strings of bright pearls to make her body shine.

She treads in figured slippers fashioned for distant wandering,

Airy trains of mistlike gauze in tow,

Dimmed by the odorous haze of unseen orchids,

Pacing uncertainly beside the corner of the hill.

Then suddenly she puts on a freer air,

Ready for rambling, for pleasant diversion.

To the left planting her colored pennants,

To the right spreading the shade of cassia flags,

She dips pale wrists into the holy river's brink,

Plucks dark iris from the rippling shallows.

My fancy is charmed by her modest beauty,

But my heart, uneasy, stirs with distress:

Without a skilled go-between to join us in bliss,

보기 드문 그녀의 자태는 훌륭하여 사람 눈을 매혹하고
그녀의 행색은 고요하고 몸가짐은 얌전하다.
마음은 상냥하고 생각은 너그러워
발하는 말 한마디 한마디가 사람 마음을 움직인다.
그녀의 의상은 거의 본 일 없는 신기한 것이고
그녀의 얼굴과 형체는 그림에서 보던 것이라,
비단 의상의 부드러이 스치는 소리 가득하구나.
그녀는 백옥과 옥 꽃모양 귀걸이로
장식하고 머리엔 금과 옥잠들로 장식하고
밝은 진주 목걸이들을 몸에 걸쳐 빛난다.
먼 여행을 위해 제작된
문양신을 신고 안개 같은 명주치마 자락들을 끌며
숨은 난초 향기가 서려 아련한 채
언덕 모퉁이 옆으로 살며시 걸음을 옮긴다.

그리곤 갑자기 몸을 자유로이 풀고서
이리 저리 움직이며 즐거운 유희를 벌인다.
왼편에는 색색의 꼬리 깃발을 들고
오른편에는 계수나무 깃발 그늘을 펼치고
그녀는 여린 손목을 신성한 강가에 담그어.
잔물결 지는 얕은 곳에서 짙은 난초를 꺾어 낸다.
내 생각은 그녀의 준수한 아름다움에 끌리나
내 마음은 불안하여 걱정이 인다:
우리를 축복하여 맺어줄 노련한 중매자가 없어

I must trust these little waves to bear my message.

Desiring that my sincerity first of all be known,

I undo a girdle-jade to offer as pledge.

Ah, the pure trust of that lovely lady,

Trained in ritual, acquainted with the Songs;

She holds up a garnet stone to match my gift,

Pointing down into the depths to show where we should meet.

Clinging to a lover's passionate faith,

Yet I fear that this spirit may deceive me;

Warned by tales of how Jiaofu was abandoned,

I pause, uncertain and despairing;

Then, stilling such thoughts, I turn a gentler face toward her,

Signaling that for my part I abide by the rules of ritual.

The spirit of the Luo, moved by my action,

Paces to and fro uncertainly,

The holy light deserting her, then reappearing,

Now darkening, now shining again;

She lifts her light body in the posture of a crane,

As though about to fly but not yet taking wing.

She walks the heady perfume of pepper-scented roads,

나의 뜻을 작은 물결들에 실어 보내며

무엇보다 내 진실함이 전해지길 바라야 하다니.

나는 나의 옥패를 풀어 정표로 전한다.

아 그 아리따운 여성의 순수한 믿음이여.

예를 갖추어 세련되었고, 옛 시가에 정통하구나.

그녀는 내 정표에 답례로 호박돌을 들어 보이고.

깊은 물속에서 만나자고 가리킨다.

연인의 열정에 찬 신의를 고수하면서도

정교보[194]가 버림받았던 이야기를 생각하고

이 수신이 나를 속일지도 몰라 두려워

나는 망설이며 낙심하여 멈칫한다. 그리고는

생각들을 잠재우며 정색하여

나로서는 예를 따른다는 표시를 한다.

낙수 여신은 나의 행동에 느낀 바 있어

불안하게 이리 저리 헤매이는데

광채가 사라졌다 다시 살아나고

어두워지다 다시 밝아진다.

그녀는 학처럼 자신의 몸을 가볍게 들어올려

날아가려는 듯하나 아직 나래를 펴진 않는다.

그녀는 계피향 짙게 나는 길을 걸어

---

194 열녀전에 나오는 이야기. 정교보(鄭交甫)라는 이가 양쯔강에서 두 여성 수신(水神)에게서 보물을 받았으나, 그 보물을 품안에 넣자 보물도 여인들도 사라져 버렸다고 전해진다.

Strides through clumps of spikenard, scattering their fragrance.

Wailing distractedly, a sign of endless longing,

Her voice, sharp with sorrow, growing more prolonged.

•

Lifting the rare fabric of her thin jacket,

She makes a shield of her long sleeve, pausing in hesitation,

Body nimbler than a winging duck,

Swift, as befits the spirit she is;

Traversing the waves in tiny steps,

Her gauze slippers seem to stir a dust

Her movements have no constant pattern,

Now unsteady, now sedate;

Hard to predict are her starts and hesitations,

Now advancing, now turning back.

Her roving glance flashes fire;

A radiant warmth shines from her jadelike face

Her words, held back, remain unvoiced,

Her breath scented as though with hidden orchids;

Her fair face all loveliness —

She makes me forget my hunger!

Then the god Bingyi calls in his winds,

The River Lord stills the waves,

풀숲으로 들어가 향을 퍼뜨린다.

흐느끼며 한없는 아쉬움을 표한다.

그녀의 소리는 슬픔으로 날카로워 길게 울린다.

●

엷은 웃옷의 귀한 자락을 들어올려 긴 소매로

가리고 머뭇거리며 멈추더니,

날아오르는 기러기보다 더 날렵하고

여신답게 나는구나.

잰 발걸음으로 파도를 가르니

명주 버선은 먼지를 날리는 듯,

그녀의 움직임은 변화무쌍하여.

움직이다 잠잠하다 한다.

나아가고 멈춤을 예측하기 어려우니,

앞으로 나아갔다 또 뒤돌아보며

움직이는 시선은 불꽃을 비추이는구나.

옥 같은 얼굴에선 눈부신 다사로움이 빛나고

말을 머금어 소리 내지 않는구나.

그녀의 숨결은 숨은 난초처럼 향기롭고

아리따운 얼굴은 사랑스러움 그 자체라

허기조차 잊게 만드는구나!

그러자 병예[195] 가 바람들을 불러들이고

강의 황제가 물결을 잠재우며

---

195 병예(屏翳). 바람신을 뜻한다.

While Pingyi beats a drum,

And Nu Wa offers simple songs

Speckled fish are sent aloft to clear the way for her carriage,

Jade bells are jangled for accompaniment;

Six dragon-steeds, solemn, pulling neck to neck,

She rides the swift passage of her cloudy chariot.

Whales dance at the hubs on either side,

Water birds flying in front to be her guard.

And when she has gone beyond the northern sandbars,

When she has crossed the southern ridges,

She bends her white neck,

Clear eyes cast down,

Moves her red lips,

Speaking slowly;

Discussing the great principles that govern friendship,

She complains that men and gods must follow separate ways,

Voices anger that we cannot fulfill the hopes of youth,

Holding up her gauze sleeve to hide her weeping,

Torrents of teardrops drowning her lapels

She laments that our happy meeting must end forever,

Grieves that, once separated, we go to different lands.

빙이[196]가 북을 울리고

여와[197]는 맑은 노래를 부른다.

점박이 물고기들이 그녀가 탄

가마의 길을 내고, 옥으로 된 종들이 더불어 울린다.

여섯 용들이 장중히 머릴 맞대어 가마를 끌고

그녀는 구름 가마를 타고 빠르게 나아간다.

양쪽 옆 가마 바퀴엔 고래들이 춤추고

물새들이 앞에서 날며 그녀를 비호한다.

북쪽 모래톱을 넘고

남쪽 구릉을 넘을 때

그녀는 흰 목을 굽혀

맑은 눈의 시선을 아래로 향하고

붉은 입술을 움직여

천천히 말한다.

친구 간 우정의 큰 원리를 논하여

인간과 신들은 각기 다른 길을 따라야 하기에

우리는 젊음의 희망을 이룰 수 없다고

억울함을 표하고, 얇은 명주 소매를 들어

흐느낌을 가리나 쏟아지는 눈물이 옷깃을 적신다.

그녀는 우리의 행복한 만남은 영원히 끝났다고 한탄하며,

일단 헤어지면 우리는 서로 다른 땅으로 간다고 슬퍼한다.

---

196   빙이(馮夷) 황하의 신 하백(河伯). 용을 데리고 다닌다.
197   여와(女媧) 중국 신화에서 창조의 여신.

"No way to express my unworthy love,

I give you this bright earring from south of the Yangtze.

Though I dwell in the Great Shadow down under the waters,

My heart will forever belong to you, my prince!"

Then suddenly I could not tell where she had gone;

To my sorrow the spirit vanished in darkness, veiling her light.

With this I turned my back on the lowland, climbed the height;

My feet went forward but my soul remained behind

Thoughts taken up with the memory of her image,

I turned to look back, a heart full of despair.

Hoping that the spirit form might show itself again,

I embarked in a small boat to journey upstream,

Drifting over the long river, forgetting to return,

Wrapped in endless remembrances that made my longing greater.

Night found me fretful, unable to sleep;

Heavy frosts soaked me until the break of day

I ordered the groom to ready the carriage,

Thinking to return to my eastern road,

But though I seized the reins and lifted up my whip,

I stayed lost in hesitation and could not break away.

(AD 220)

버튼 왓슨 영역

"보잘것 없는 사랑을 표현할 길

없어 양쯔강 남쪽에서 난 밝은

귀걸이를 드립니다. 비록 나는 물속 깊은 그늘

속에 거하지만 제 마음은 영원히 공의 것입니다."

그리곤 갑자기 그녀가 어디로 사라졌는지 난 알 수가 없었다.

슬프게도 수신은 어둠 속으로

사라져, 그 빛이 가려졌다.

나는 물가에서 몸을 돌려 언덕으로 올랐다.

발은 앞으로 향했으나, 내 정신은 뒤에 남아

그녀 모습에 대한 기억이 생각을 채웠다. 나는

절망에 가득 찬 마음으로 뒤돌아보았다.

수신의 형상이 다시 나타나길 바라면서. 작은

조각배를 띄워 강을 거슬러 오르며, 돌아가길

잊은 채, 긴 강을 헤매었다.

끝없는 기억들에 쌓여 그리움만을 더할 뿐

밤새 잠 못 이루고 안절부절못했다. 동틀 무렵

서리가 옷깃을 파고들자. 나는 마부에게 가마를

대령하라 명하였다. 동쪽 가던 길을 재촉하려고

말고삐를 잡고 채찍을 들었으나 주저하는

마음이 가득하여 발을 뗄 수 없었다.

서기 220년, 중국 위나라시대, 조비의 아우 조식이 지은 "낙신부 洛神賦"는 낙수(Lo/Luo River)에서 아름다운 여신, 복비(宓妃)와의 짧은 만남과 헤어짐을 그리고 있다. 부(賦)라는 형식은 행 구분이 없는 산문의 형태이나, 운율이 있기에 영어로는 "랩소디"(rhapsody), 혹은 "운문"(韻文, rhyme-prose)이라 번역된다. 낙신부는 미술작품에 대한 시는 아니지만, 낙수의 여신을 생생하게 묘사하여 독자들에게 호소력 있게 제시하고 있기에, 대상을 생생하고(vivid), 선명하게(clear) 묘사함으로써 독자들을 설득하고 감명시켜야 한다는 그리스 시대 넓은 의미의 엑프라시스[198]에 속한다고 할 수 있다. 호머는 아킬레스의 방패라는 하나의 물리적 제조물을 자세히 묘사했다면, 조식은 여신의 아름다움을 여러 비유를 통하여 생생한 이미지로 제시한다. "놀란 기러기처럼 날며"(편약경홍 翩若驚鴻), "노니는 용처럼 아름답다"(완약유룡 婉若遊龍)든지, "길고 가는 눈썹," "붉은 입술," 또 "하얀 이"와 같은 여신에 대한 조식의 묘사는 이후 시인들에게 여성의 아름다움을 그리는 전통적 상용구를 제공하였다.

　　여기 발췌, 소개한 "낙신부"는 1인칭 주인공의 경험담으로, 크게 네 부분으로 나뉜다. 처음 도입부에 이어 낙수에서 조우한 아름다운 낙신의 묘사(기), 둘의 교류(승)와 헤어짐(전), 그리고 마무리(결) 부분이다. 낙양의 궁을 방문하였다가 동쪽 자신의 지방으로 돌아오는 저녁, 잠시 일행이 쉬게 된 낙수 물가에서 주인공은 지상의 여인이 아닌 낙수의 아름다운 여신과 조우한다. 주인공과 낙수의 여신은 서로의 마음을 통하여 서로 정표를 주고받으나, 물속으로 가자는 여신의 암시에 주인공은 정신을 가다듬고 예를 차려야 함을 알리자, 여신은 인간과의 사랑이 이루어질 수 없음을 깨닫고, 방황하다 물속에서 나온 용들과 물고기들이 이끄는 가마를 타고 사라져 버린다. 조식은 아름다운 여신과의 짧았던 만남을 아쉬워하

198　이러한 의미의 엑프라시스는 본래 웅변술이나 수사법의 하나였다.

며 떨어지지 않는 발길을 돌리는 것으로 이 시는 끝나고 있다.

호머의 방패는 전쟁을 배경으로 하여, 천체를 묘사한 중심을 빼면, 모두 현세의 도시와 농촌, 그리고 자연의 삶을 묘사하고 있다는 점에서 정치적이며, 현실적이다. 반면 조식의 "낙신부"는 남녀 간의 못 이룬 사랑을 주제로, 인간세에서 벗어난 여신의 아름다움을 매우 섬세한 비유로 그려 내는 데 많은 부분을 할애하고 있다는 점에서 보다 추상적이며 또 몽환적이기까지 하다. 호머는 천체를 중심으로 하여 동심원을 그리며 지상의 표면으로 퍼져 나가는 공간적인 구성을 하였고 이 전체의 그림은 방패라는 하나의 물체 속에 완결되었다. 이에 비해 조식은 한 저녁의 사건을 시간에 따라 기술하지만, 그 사건 속 아름다운 이미지는 물속인지 어디로인지 모르는 곳으로 사라져 신비한 몽환의 세계로 열린다고 할 수 있다. 이렇게 호머와 조식의 엑프라시스를 비교하는 것은 별 의미가 없는 것일지도 모른다. 그러나 엑프라시스가 결국에는 이미지들의 창조와 그에 대한 묘사와 반응을 다루는 것이라면, 이미지에 대한 서양과 동양의 관점의 유사점과 차이점에 대해 생각해 볼 수 있는 계기가 될 수도 있겠다. 실제 중국을 위시한 동양 전통에서 시서화는 하나로 움직이며 이미지와 언어의 합일 속에서 어떤 정신세계를 암시하여 문화의 중요한 일부를 이루어 왔다. 이에 비해 서양에서 이미지들은 신화나 성경의 내용에 대한 예시(illustration)나 설명의 역할이 강한 것 같다. 기독교에서는 신에 대한 이미지의 형상화를 반대하는 경향이 있고(aniconism), 플라톤 역시 그림과 시들을 이데아로부터 두 번이나 멀리 떨어진 허상으로 규정한 것들로 미루어 볼 때, 서양에서는 이미지와 형이상의 세계 사이 초월적 간극이 있지 않나 생각하게 된다.

그리스 단지의 문양이나 조각들뿐 아니라, 그리스 로마 신화들에서 각 신들은 인간에 흡사한 존재로 형상화된다. 이들은 신체적 특성이나 소지품 등을 통해 상징화되어 있고, 용맹함이나, 정의감, 혹은 사랑이나 복수심 같은 성격들도 대개는 한두 문장으로 묘사되며, 심리보다는 행동의 묘사에 초점이 맞춰져 있다. 낙신에 대한 섬세하고 다양한 묘사나 그러한 형상에 대한 인간의 동경과 단절감, 혹은 태극이나 매난국죽, 십장생과 같은 자연의 이미지들이 지닌 정신적 함축성 등을 생각할 때, 동양의 이미지들은 형상과 형이상의 세계를 중첩해 지닌 일종의 상징에 유사하다고 할 수 있을 것 같다. 또한 서양의 그림들은 벤야민의 말을 빌어, 수직의 시선을 요구하는 데 비해, 동양의 두루마리 그림들은 수평의 시선을 요구한다고 볼 수 있다. 서양의 그림이나 조각들이 일정 공간에 한정된 의미를 지닌다면, 동양의 그림들은 시간의 흐름을 따라 하나의 전통을 이루어 움직이며, 시간을 넘어서는 이상향을 지향하고 있다는 점도 특징이라 할 수 있겠다. 특히 한자가 사물의 형상과 이미지로부터 형성되었음을 생각할 때, 중국 문화의 근원에 이미지를 언어화하는 엑프라시스가 들어 있다는 사실은 매우 흥미롭다.

33. 낙신부도(洛神賦圖)

고개지 (顧愷之 Gu Kaizhi 344-406) 199

고개지 xcvi

---

199 중국 동진(東晋 317-420)시대의 화가. 강소성(江蘇省) 우시(無錫) 출신. 호는 장강(長康). 중
    국의 시성(詩聖) 두보와, 서성(書聖) 왕희지와 더불어 화성(畵聖)으로 언급된다. 366년 군의
    참모직을 거쳐 후에 왕에게 조언 역할을 하는 신하로 일하였다고 한다. 육조시대 삼대 화가
    의 한 사람으로 인물화에 뛰어났으며, 『화론 畵論』, 『위진승류화찬 魏晉勝流畫贊』 등의 그
    림이론 책이 있다. 전해지는 그림으로, 궁중 여인들의 행동을 훈육한 〈여사잠도 女史箴圖〉,
    낙수에서 여신과의 해후를 그린 〈낙신부도 洛神賦圖〉가 후대 송대의 모사품으로 전해진다.

280

고개지 〈낙신부도〉 부분, 송대(960-1279)의 복사본, 베이징 고궁미술관 200 · xcvii

---

200   Gu Kaizhi 顧愷之, 〈Nymph of the Luo River 洛神賦圖〉 (detail), 960-1279, ink and
       colours on silk handscroll, 27.1 x 572.8 cm, Palace Museum, Beijing, China. Wikimedia
       Commons.

낙신부도(洛神賦圖)[201]

1. 집으로 돌아가는 중 저녁이 되어 쉼

2. 낙신의 출현

---

201 위나라 조식(曹植)의 "낙신부(洛神賦)"에 동진시대 고개지가 그린 그림. 총 6m에 이르는 두
루마리로 되어 있으며, 송대에 그려진 세 편의 그림들이 베이징 고궁박물관, 워싱턴 D. C.
프리어 아시아 갤러리, 중국 랴오닝성 선양의 랴오닝성 박물관에 각각 전한다. 여기 소개한
것은 베이징 고궁박물관에 있는 그림의 세부들이다.

3-1 아름다운 낙신의 모습

3-2 아름다운 낙신과 다른 여신들의 등장
(화자와 정표를 나누는 장면은 생략되었고, 화자가 물속으로 갈 수 없다는
뜻을 밝힌 뒤 여러 여신들이 등장한 장면)

4. 예를 차리자고 한 후, 낙신이 실망함

5-1 빙이의 등장

5-2 낙신의 하직

6. 육룡마차를 타고 낙신이 떠나감

284

7. 작은 배를 띄우고 강을 찾았으나 낙신은 찾을 수 없고
마부에게 마차 준비를 명함

8. 떨어지지 않는 발걸음을 재촉

동진의 고개지가 그렸다고 전해지는 〈낙신부도〉는 앞서 소개한 조식의 "낙신부"를 형상화한 그림이다. 혹자는 고개지보다 반세기쯤 앞서, 동진의 명제(사마소 司馬紹 298-325, 322-325 재위)가 그렸다고 추정하기도 한다.[202] 고개지나 명제가 그렸다는 낙신부도는 현전하는 것은 없고, 위에 소개한 그림은 북경 고궁박물관에 있는 것으로 훨씬 후대인 송대(960-1276)에 이루어진 모사본이다. 앞선 시대 쓰인 조식의 시를 그림으로 표현하였다는 점에서, 낙신부도는 그림에 대한 시라는 엑프라시스의 관계를 뒤집은 것으로 보인다. 그러나 중국을 비롯, 동아시아에서 그림과 시와 글씨는 항상 같은 평면에 존재해 왔음을 생각해 볼 때, 낙신부도에서 엑프라시스는 조금 더 넓은 의미로 확대되어야 할 것 같다. 사실 서양의 많은 명화들도 그리스 로마 신화, 혹은 성경의 각 장면들을 형상화한 것이라는 점에서, 텍스트와 이미지는 좁은 의미의 엑프라시스를 뛰어넘어 서로 긴밀히 작용해 왔다. 특히 현재의 게임들이나 웹툰, 가상현실의 디지털문화 속에서, 스토리와 이미지는 하나로 움직일 뿐 아니라, 디지털 매체들을 통하여 사람의 감각과 신체까지도 하나로 움직이게 하기에, 이제 엑프라시스는 인식과 문화 전반에 걸쳐 동시에 광범위하게 일어나는 현상 속에서 이해하고 논의할 필요가 있겠다.

　　낙신부도는 단순한 한 장면의 설명이나 예시가 아니라, 전체 길이 6m에 달하는 두루마리 형식의 상상화로 낙신부 이야기 전체를 각 장면별로 연속하여 담고 있어, 한 편의 영화에 더 가깝다고 할 수 있다. 낙신부가 인간이 아닌 낙수의 여신과의 만남과 헤어짐을 다루고 있기에, 낙신부도에서 복비의 형상과 배경은 현실의 모사라기보다는 보이지 않는 영혼과 마음의 세계를 투사한 것이라 할 수 있다. 이 점에서 낙신부도는 고개지가 그의 화론의 핵심으로 삼았던 "전신"(傳神, 정신을 전달함)의 개념을 실현하고 있는 것이라 할 수 있겠다. 정신적인 것을 표현하는 방식으로 고개지가 중요시하였던 것은 형상으로써 정신을 표현해야 한다

202　조향진(趙香眞), "명제(明帝)의 〈낙신부도(洛神賦圖)〉를 통해 재조명한 고개지(顧愷之)," 『중국사연구』, 39(2005): 1-39.

는 이형사신(以形寫神)으로, 위의 그림에서도 아름다운 색채는 물론, 주름까지 섬세하게 묘사된 복색과 날리는 옷자락과 고름 등으로 공중을 떠다니는 복비의 모습을 묘사한다든지, 구름과 바람 신들의 상상된 형상들, 여섯 마리의 용들이 이끄는 마차와 고래, 사람보다도 작게 묘사되었으나 섬세히 이파리들을 그려 넣은 버드나무들과 물결의 모습, 신비로운 산세들, 그 외에도 주인공 조식을 위시한 사신들의 점잖은 복색과 마구의 자세한 묘사 등을 통하여 낙신부의 신비로운 사건과 배경이 형상화되고 있다. 또한 형체들의 채색된 면보다는 윤곽선들이 매우 또렷하면서도 부드럽게 이어지고 있는데, 이 또한 누에의 입에서 실이 나오듯, 일정한 가늘기로 부드럽게 붓 선을 이어가야 한다(춘잠토사 春蠶吐絲)는 고개지의 이론에 부합한다 하겠다.

전신의 방법으로 고개지가 중시하였던 것 중 하나는 사람의 얼굴에서 눈동자와 그 표정으로 정신을 전해야 한다는 생각이었다. 〈낙신부도〉에서도 주인공 조식과 복비의 눈들이 장면마다 조금씩 다르게 그려져 저들의 심정을 잘 전달하고 있다. 눈에 보이지 않는 여신과의 만남과 헤어짐에서 느끼는 감정의 굴곡을 매우 정치한 비유의 언어로써 형상화한 조식의 상상력도 놀랍지만, 그 섬세한 감정의 흐름과 아름다운 낙신의 생동감 넘치는 비상을 화폭으로 옮겨 눈으로 체험할 수 있는 감각적 형상으로 그려 낸 고개지의 화필 또한 경이롭다. 시와 그림은 언제나 서로에게 열려 있어 상호 교감 속에 우리의 인지를 돕고, 또 배가된 아름다움으로 우리의 심미적 갈망을 채워준다. 2021년 6월 12일, 단오절을 기념하여 허난 위성방송국에서 방영한 "기원"(祈 prayer)이라는 낙신수부의 춤은 수면 아래 4.5m 깊이에서 낙신의 움직임을 아름다운 의상과 무용으로 형상화하였다.[203] 시에서 그림으로, 또 다시 무용으로 이어지는 다양한 엑프라시스 속에서 문화는 풍요로움을 축적해 가는 것 같다.

---

203 https://youtu.be/2kg3N-Kz0qI 참조.

34. 왕주부소화절지

소동파 (蘇東坡, Su Tung P'o/ 蘇軾 Su Shi, 1036-1101)[204]

소동파 xcviii 대만 국립고궁박물관

---

204 중국 송대(북송 960-1127)의 문필가. 자는 자첨(子瞻). 쓰촨성에서 출생. 아버지 소순(蘇洵),
동생 소철(蘇轍)과 더불어 당송 팔대가의 한 사람으로 시서화 모두에 능하였다. 사실묘사에
충실하던 당대 그림들에 대해, 사물의 이치와 핵심, 또 작가의 감정과 생각을 중시하는 이론
을 제시하였다. 과거시험을 통해 관직에 올랐으나 왕안석의 신법에 반대하여 유배길에 올라
전전하다 사망하였다. 미식가여서 동파육의 창시자로 알려져 있다. 유배지 황저우 인근 양
쯔강가 적벽에서 쓴 "적벽부"(赤壁賦)가 그의 대표작이다.

변란(邊鸞), 〈봉형요순도 棒荊鷄鶉圖 가시나무풀과 메추라기〉, 8-9th century xcix

조창(趙昌), 〈살구꽃 寫生杏花〉, c 대만 국립고궁박물관

Written on A Painting of a Broken Branch
by Registrar Wang of Yen-ling

〔First poem〕

Anyone who judges painting by resemblance to life

Has the understanding of a child.

Anyone who insists on writing the poem assigned,

Is certainly not a man who knows poetry.

Poetry and painting have one basic rule:

Inspired techniue and freshness.

Though Pien Luan painted the liveliness of sparrows,

And Chao Ch'ang transmitted the spirit of flowers,

How could either match these two paintings

서언릉왕주부소화절지 2수(書鄢陵王主簿所畵折枝二首)

언릉에 사는 왕주부의 절지화에 쓴 두 편의 시

[제 1 수] [205]

유사함을 잣대로 그림을 판단하는 사람은
어린아이의 견해를 지닌 것이다.
정해진 시를 따라 쓰기를 고집하는 사람은
시를 진정 아는 사람이 아니다.
시와 그림은 한 가지 근본 법칙이 있으니
자연스러운 솜씨와 청신함이 함께하는 것이다. [206]

변란은 참새들을 살아 움직이듯 그렸고
조창은 꽃의 정신을 전하였지만, [207]
이들이 어찌 정수와 느낌을 고루 머금은

---

205 번역은 영문 번역에 한문 원문을 참조하였다: 論畵以形似, 見與兒童鄰. 賦詩必此詩, 定非知
詩人. 詩畵本一律, 天工與淸新. 邊鸞雀寫生, 趙昌花傳神. 何如此兩幅, 疎澹含精勻. 誰言一
點紅, 解寄無邊春.

206 天工與淸新은 여러 번역이 있으나, 여기선 Egan의 "Inspired technique and freshness"보
다 Murck의 "Natural skill and pure freshness"가 소식의 "天工"의 개념에 가깝다고 판단되
어 Murck의 번역을 택하였다. Christian Murck, "Su Shih's Reading of the Chung yung," in
Theories of the Arts in China, ed. Susan Bush and Christian Murck (Princeton: Princeton
Univ. Press, 1983), p. 267; Ronald C. Egan, "Poems on Paintings: Su Shih and Huang
T'ing-Chien," *Harvard Journal of Asiatic Studies*, Dec., 1983, p. 426.

207 변란(邊鸞 785-802)은 당, 조창(趙昌 959-1016)은 북송의 화가로, 위에서 말하는 특성을 지
녔다.

Which capture essence and overtone in quiet plainness?

Who would have thought that a single spot of red

Could evoke a boundless spring scene?

로널드 C. 이건 영역 208

〔Second poem〕

The slender bamboo is like a hermit.

The simple flower is like a maiden.

The sparrow tilts on the branch.

A gust of rain sprinkles the flowers.

He spreads his wings to fly

And shakes all the leaves.

The bees gathering honey

Are trapped in the nectar.

What a wonderful talent

That can create an entire Spring

With a brush and a sheet of paper.

If he would try poetry

I know he would be a master of words.

케네스 렉스로스 영역 209

---

208   reprint from *Harvard Journal of Asiatic Studies*, Dec., 1983, p. 426. tranlated with
      permission of Professor Ronald Egan.

209   from *Flower Wreath Hill*, copyright © 1979 by Kenneth Rexroth. Reprinted with
      permission of New Directions Publishing Corp.

이 두 폭의 그림을 따를 수 있으랴.
붉은 점 하나가 끝없는 봄을
풀어내어 전할 줄 그 누가 생각했겠는가?

〔제 2 수〕²¹⁰

여위었던 대나무 그윽해 지고
보드라운 꽃은 낭자 같구나.
참새 앉은 가지 낭창히 휘었다.
흐드러진 꽃잎들을 흔들어 꽃비가 내리니
새는 얼른 깃을 세워 날아오르고
그 결에 나뭇잎들 일제히 흔들린다.
꿀 모으는 꿀벌들 가련하구나.
꽃 꿀이 양 다리를 휘어감았네.
이 사람은 자연스러운 기교가 넘쳐나기에
종이와 붓에 봄빛이 스며들었도다.
그대가 시에도 능하리라 짐작하여,
뛰어난 시어(詩語) 또한 기대한다는
말을 전하노라.

---

210 제 2수의 원문: 瘦竹如幽人, 幽花如處女. 低昻枝上雀, 搖蕩花間雨. 雙翎決將起, 衆葉紛自
    擧. 可憐採花蜂, 淸蜜寄兩股. 若人富天巧, 春色入毫楮. 懸知君能詩, 寄聲求妙語.

이 두 편의 시는 동양화에서 그림의 여백 등에 그림의 내용이나 감상을 적는 제화시(題畵詩)이다. 제목에서 알 수 있듯, 동파가 언릉(지금의 옌링)에 사는 왕씨 성을 지닌 사무관이 그린 그림을 두고 그린 것이라 추측된다. 아쉽게도 왕주부가 어떤 사람인지, 그가 그렸다는 두 폭의 그림은 지금 알려진 바 없지만, 시의 내용으로 미루어 봄의 대나무와 새, 그리고 붉은 꽃과 벌들을 그린 두 폭의 화조도(花鳥圖)였으리라 추측할 수 있다. 소동파의 이 두 편의 시가 자주 언급되는 것은 제 1수에 시와 그림에 대한 그의 화론이 밝혀져 있고, 뒤 이은 제 2수는 1수의 이론에 대한 예화를 제시함으로써 그의 시화론을 잘 요약하고 있기 때문이다. 이 시에 들어 있는 동파의 견해는 두 가지로 요약할 수 있다. 하나는 시화에서 사물 외양을 사실적으로 똑같이 그리는 것보다, 사물에 내재한 상리(常理, principle 본질적인 법칙)[211]를 담아내야 한다는 것이고, 이러한 특성으로 인해 그림과 시는 서로 중첩되어 하나로 존재한다는 화중유시, 시중유화(畵中有詩, 詩中有畵)[212] 생각이 다른 하나이다.

송대의 궁정화원을 중심으로 하는 화가들은 사물의 모습을 정확하게 묘사하는 사실주의를 따르고 있었다. 소동파를 비롯한 문인화가들은 이전 궁정화가들의 형사(形似)와 사생(寫生)의 사실주의 경향에 대하여, 신사(神似)와 사의(寫意)를 주장하여, 형상의 모사보다는 형태를 성립시키는 이치(상리)를 파악하고 자연의 총체적 진실을 그릴 것을 주장하였다. 예를 들어 대나무를 그릴 때, 이전 궁정화가들은 대나무의 외형을 따라, 마디를 나누어 분절화하여 그렸지만, 소식은 "죽순으로부터 칼을 뽑은 듯한 열 길의 큰 대나무로 자라기까지,"[213] "뿌리는 뾰

---

211   갈로(葛路), 『중국회화 이론사』, 강관식 옮김, 돌베개, 2010, pp. 221-229 참조.
212   같은 책, pp. 235-239.
213   같은 책, p. 228.

족하고 줄기는 단단하며 마디는 맥이 통하고 잎은 무수해 천 가지 만 가지로 변화하는"[214] 대나무 성장과정 전체 법칙을 관찰하고 이해하기에, 대나무 줄기를 한 붓으로 이어 그리고 나중에 점으로써 마디를 표현하였다. 이렇게 하는 것이 자연의 법칙에도 합치되고, 또 사람의 뜻도 만족시킨다는 것이다.

왕주부 그림에 대한 두 번째 시에서도 대나무와 꽃과 새 각각에 대한 사실적인 묘사보다는 대나무와 꽃의 대비와 어우러짐, 떨어지는 꽃잎 사이로 날아오르는 새와 그로 인한 대나무 잎의 떨림, 꽃 꿀에 빠져든 벌 등, 자연 사물들의 유기적인 관계를 묘사함으로써 봄 한순간의 전체적 움직임을 그려 내고 있다. 동파에게 시와 그림을 관통하는 하나의 근본 법칙은, 자연의 이치에 닿은 자연스러운 기교(천공 天工, 또는 천교 天巧)로, 사물들을 새롭게(淸新) 묘사한다는 점에 있었다(天工與淸新). 그리하여 사물과 자연의 이치를 신선하게 담아낸 그림을 그린 왕주부는 틀림없이 훌륭한 시인이기도 할 것을 그는 확신하고 있는 것이다. 사물의 상세한 세부묘사에 갇혀 있기보다는 사물들을 통해 그들을 둘러싼 환경과 전체의 원리를 가늠하게 하는 것, 이것이 시와 그림이 지닌 이미지들의 공통된 역할임에는 틀림없을 것 같다.

동파의 시화본일률(詩畫本一律)은 흔히 로마의 시인 호레이스(Horace 65-8 BC)가 시와 그림에 대하여 한 관찰, "시에서 그렇듯, 그림에서도"(*Ut Pictura Poesis*)라는 귀절에 비견되기도 하고, 고대 그리스 시대, "그림은 소리 없는 시요, 시는 보이지 않는 그림"이라는 시모니데스의 생각과 함께 흔히 언급된다. 그러나 호레이스는 떨어져 보아 좋은 그림이 있고, 가까이 보아 좋은 그림이 있듯, 글도 한순간에 이해되는 것과, 여러 번 되풀이해 읽을 때 더 좋은 것이 있다는 감상자의 입장을 말하였고, 시모니데스는 단순히 그림과 시가 서로 통한다는 점을 말한

---

214 같은 책, p. 225.

조창(趙昌, Chao Chang, Zhao Chang 959-1016), 〈봉화도권 蜂花圖卷(일부) Yellow Roses and Bees, Pink Roses and Wasps (part)〉, 조창이 그린 것으로 추정, (청대의 모방작), 뉴욕 메트로폴리탄 미술관 ci

데 비해, 동파는 자연의 이치를 늘 새로운 형상에 담아낸다는 시와 그림의 핵심적 공통점을 구체적인 이론으로 제시하였다는 점에서, 두 장르에 대한 깊은 통찰과 이해를 보이고 있다.

35. 소상팔경(瀟湘八景)

에즈라 파운드 (Ezra Pound 1885-1972)[215]

에즈라 파운드 216 · cii

215 아이다호 출신 미국 시인. 런던으로 건너가, 제임스 조이스, 어네스트 헤밍웨이, 로버트 프로스트, T. S. 엘리엇 등의 작품 편찬을 도왔다. 1910년 그가 주창한 이미지즘 선언은 근대 모더니즘의 효시를 이루었다. 그가 지닌 독특한 정치, 경제 이론으로 2차 세계대전 때, 라디오 공영방송에서 미국을 공격하고 무솔리니의 전체주의를 옹호하여 전후, 전쟁포로로 잡혀 피사에서 노천 감옥 생활을 하였다. 1930년부터 1969년에 이르는 긴 기간 동안 동, 서양 신화와 예술 · 정치 · 사회 · 경제 · 역사를 포괄하는 거대한 서사시 『캔토스』(*The Cantos*) 120편을 남기고 이탈리아에서 영면하였다.

216 photo by David Lee (cannot be traced further)

〈소상팔경 수감 手鑑 Sho Sho Hakkei Tekagami〉중〈어촌석조〉부분 ciii
가운데: 그림(일본 화가); 오른쪽: 겐류(Genryu)가 쓴 한시; 왼쪽: 일본 서예체 연도 미상,
메리 드 레이처빌츠, 브루넨버그, 이탈리아 소장 217

---

217 Mark Byron, "In a Station of the Cantos: Ezra Pound's 'Seven Lakes' Canto and the Sho-
     Sho Hakkei Tekagami," *Literature and Aesthetics* 22(2) December 2012, p. 146에서 재인
     용. 메리 드 레이처빌츠(Mary de Rachewiltz, 1925-)는 올가 러지(Olga Rudge, 1895-1996)
     와 파운드의 딸로 브루넨버그 성에 거주하며 파운드 센터를 운영하고 있다.

Canto XLIX (49)[218]

For the seven lakes, and by no man these verses:

Rain; empty river; a voyage,

Fire from frozen cloud, heavy rain in the twilight

Under the cabin roof was one lantern.

The reeds are heavy; bent;

and the bamboos speak as if weeping.

Autumn moon; hills rise about lakes

against sunset

Evening is like a curtain of cloud,

a blurr above ripples; and through it

sharp long spikes of the cinnamon,

a cold tune amid reeds.

Behind hill the monk's bell

borne on the wind.

Sail passed here in April; may return in October

---

218   from *THE CANTOS OF EZRA POUND*, copyright ©1937 by Ezra Pound. Reprinted and
translated with permission of New Directions Publishing Corp.

캔토[219] 49

일곱 호수에 대한, 작자미상의 시들:

비; 인적 없는 강; 배 저어 가니

얼어붙은 구름 사이 번개, 저녁의 폭우

선상 지붕 아래 등불 하나

무성한 갈대들 일제히 몸 굽히고

대나무들 소리 내어 흐느낀다.

가을 달. 노을을 뒤에 이고

산들이 호숫가에 섰구나.

저녁은 구름 장막 같아

물결 위에 서렸다; 그 사이로

계수나무 뾰족이 길게 뻗고

갈대숲 사이 추운 바람 소리.

언덕 너머 산승이 울린 종소리

바람에 실려 오네.

4월에 지났던 배 10월이면 돌아오리.

---

219 캔토(canto)는 이탈리아어로 노래를 뜻하나 긴 시의 한 섹션을 지칭하기도 한다. 단테의 『신곡』도 100편의 캔토스로 이루어져 있다. 『신곡』의 캔토는 "곡"으로 번역되어 있으나, 파운드의 경우, 익숙한 대로 캔토 몇 번으로 번역하기로 한다.

Boat fades in silver; slowly;

Sun blaze alone on the river.

Where wine flag catches the sunset

Sparse chimneys smoke in the cross light

Comes then snow scur on the river

And a world is covered with jade

Small boat floats like a lanthorn,

The flowing water clots as with cold. And at San Yin

they are a people of leisure.

Wild geese swoop to the sand-bar,

Clouds gather about the hole of the window

Broad water; geese line out with the autumn

Rooks clatter over the fishermen's lanthorns,

A light moves on the north sky line;

where the young boys prod stones for shrimp.

In seventeen hundred came Tsing to these hill lakes.

A light moves on the South sky line.

배는 은빛 속에 서서히 사라지고
강 위로 태양 홀로 빛난다.

주막 깃발에 석양이 빗겨 들고
반짝 빛 속 외딴 굴뚝들엔 연기 피어오른다.

그러고 나면 강 위엔 눈발 날리고
세상은 옥같이 희게 덮인다.
작은 어선은 등불처럼 강 위에 떠다니고,
흐르던 물이 추운 듯 엉겨붙으면
산인 사람들은 농한기에 든다.
기러기들 모래톱으로 날아 앉고.
창호지 구멍가엔 구름이 모여든다.
펼쳐진 호수, 기러기들 가을 철새들과 줄지어
사공들의 등불 위로 퍼덕이며 날아간다.

빛이 북쪽 하늘가를 따라 움직여 간다.
어린 소년들 돌들을 들추고 새우를 찾는다.
1700년 칭왕[220]이 이 구릉 호수로 왔다.
빛이 남쪽 하늘가를 따라 움직인다.

---

220 청대 4대 황제, 강희제(康熙帝 1654-1722)를 지칭. 청대의 태평성대의 기초를 닦은 황제.

State by creating riches shd. thereby get into debt?

This is infamy; this is Geryon.

This canal goes still to TenShi

Though the old king built it for pleasure.

KEI MEN RAN KEI

KIU MAN MAN KEI

JITSU GETSU KOKWA

TAN FUKU TAN KAI

Sun up; work

sundown; to rest

dig well and drink of the water

dig field; eat of the grain

Imperial power is? and to us what is it?

The fourth; the dimension of stillness.

And the power over wild beasts.

(1937)

국가가 빚을 내어 부를 창출한다고?

이는 수치, 이는 괴물 지리언[221].

옛 왕[222]은 운치로 운하를 건설하였지만

이 운하는 여전히 텐시[223]로 흐른다.

상서로운 구름이 찬란하구나 (卿雲爛兮)[224]

합치면서 서서히 흐르도다 (糺縵縵兮)

해와 달의 밝은 빛이여, (日月光華)

오늘도 내일도 환하도다 (旦復旦兮)

해뜨면 밭 갈고 (日出而作)[225]

해지면 쉰다네. (日入而息)

우물 파 물 마시고 (鑿井而飮)

밭 갈아 밥 먹으니, (耕田而食)

제왕의 권력이 내게 무슨 소용이랴 (帝力於我何有哉)

네 번째, 고요의 차원.

야생 짐승들을 다스리는 힘.

---

221 단테의 『신곡』 "지옥"편에 나오는 괴물로 사기의 화신이다. Dante, *Inferno,* Inf XVII: 1-3; 7-12.
222 수양제가 대운하를 건설한 것을 말함.
223 흔히 지명으로 알려졌으나, 일부 학자들은 天子(Son of Heaven)의 일본어 발음이며 천자의
      자리로 흐른다는 것은 도성으로 흘러든다는 뜻이라고 보고 있다.
      (The Cantos Project: https://ezrapoundcantos.org/canto-xlix/xlix-companion 참조)
224 경운가(卿雲歌)를 일본 발음으로 적은 것이다. 경운가는 상서로운 구름의 노래란 뜻으로 순
      왕이 우왕에게 순조로이 왕위를 물려주며 부른 노래로 알려져 있다.
225 擊壤歌(격양가). 농부가 땅(壤)을 두드리며 부르는 노래란 뜻으로 요나라의 태평성대 시절을
      뜻한다.

총 120편의 시들로 이루어진 『캔토스』 중 49번째인 이 시는 동아시아 산수화의 전통 주제 중 하나인 소상팔경(瀟湘八景)의 여덟 가지 경치를 소재로 하고 있다. 소상팔경이란 중국 후난성 동정호(洞庭湖)로 흘러드는 소수(瀟水)와 상강(湘江)이 만나는 지역의 여덟 가지 풍경으로, "소상야우(瀟湘夜雨 소강과 상강 지역에 내리는 밤비)," "동정추월(洞庭秋月 동정호에 비친 가을 달)," "연사만종(烟寺晚鐘 안개 덮인 절의 저녁 종소리)," "원포귀범(遠浦歸帆 포구 멀리서 돌아오는 배)," "산시청람(山市靑嵐 산 마을에 서린 운무)," "강천모설(江天暮雪 강에 내리는 저녁 눈)," "평사낙안(平沙落雁 평평한 강변 모래밭에 내려앉는 기러기들)," "어촌석조(漁村夕照 어촌의 저녁노을)"로 이루어진다. 소상팔경은 북송시대 송적(宋迪 ca.1015-1080)이 처음 그린 것으로 알려져 있고, 이후 중국, 일본, 한국 산수화와 시의 중요 주제가 되었다.

파운드가 소상팔경에 직접 접하게 된 것은 1925년 그의 부모님들로부터 받은 일본 화첩(Sho Sho Hakkei Tekagami 소상팔경 수감 手鑑)을 통해서였다. 세 면이 한 쌍을 이루어 소상팔경을 하나씩 소개하는 스물네 쪽의 이 화첩은, 소상팔경 그림 중 하나를 가운데 두고, 한쪽엔 겐류라는 일본인이 쓴 한시를, 다른 쪽에는 그 시를 일본식 서예체로 흘려 쓴 글씨를 담고 있었다. 1928년 4월 파운드가 머물고 있었던 이탈리아 라팔로(Rapallo)를 찾았던 소상 지역 출신 중국 여성 바오선 증(Baosun Zeng) 씨는 이 수첩에 담긴 시의 내용과 배경을 그에게 소개하면서, 소상 지역을 그 지방 사람들은 "일곱 호수"(七澤 The Seven Lakes)라 부른다는 사실도 알려 주었다.[226] 49번이 "일곱 호수 캔토"(Seven Lake Canto)라고 불리는 것은 이러한 연유에서 이다. 파운드는 이 시의 처음 32행에 걸쳐 소상팔경 시

---

226 Zhaoming Qian, "Why Is Canto 49 Called The "Seven Lakes Canto"?" *Paideuma: Modern and Contemporary Poetry and Poetics*, 2016, Vol. 43 (2016), pp. 191-198.

와 그림을 나름대로 영역, 편집하고 있는데, 그 순서는 소상야우, 동정추월, 산시청람, 연사만종, 원포귀범, 어촌석조, 강천모설, 평사낙안으로 되어 있고, 주로 늦가을에서 겨울로 이어지는 한적하고 고요한 강가 마을 풍경과 삶을 담았다.

파운드는 소상팔경 시화의 전통을 가능하게 한 소상 지역의 조용하고도 소박한 삶의 전통에 주목하였고, 이는 곧 중국 요순시대 이래 여러 현명한 왕들의 어진 도덕적 정치질서에 대한 인식으로 확대되었다. 그에게 훌륭한 이미지란 도덕적 질서가 구현된 균형잡힌 삶의 바탕으로부터 가능해지는 것이었기 때문이다. 그는 이 시를 쓰던 1920년대 말부터 1930년대에 걸쳐 공자의 대학과 논어, 중용을 영역하면서, 중국의 역사와 왕을 중심으로 하는 정치질서, 또 인문주의적 도덕에 감화되었고, 이는 당대 2차 대전 직전 서양의 정치, 경제 질서들에 대한 하나의 비판적 시각이자 귀감을 제공해 주는 것이었다. 이 시의 뒷부분에 인용되는 청대의 강희제나 수나라 양제, 더 거슬러 올라가 요순시대 평화로운 정권교체를 우주의 질서에 비유한 경운가 등은 모두 백성의 평안과 안정, 번영을 가능케 하였던 훌륭한 치세의 예들이다. 파운드는 이들 왕들이 펼쳤던 치수정책이나 곡식분배 등의 경제정책 같은 현실적이고 유용한 정책들이 격양가를 부르는 백성들의 태평성대를 가능케 한 바탕이었음을 캔토스 여러 곳에서 언급하고 있다. 파운드의 캔토스에서 13번과 49번, 그리고 52번에서 61번까지의 시들은 모두 중국의 역사와, 대학이나 논어에 언급되는 공자의 사상들을 다룬 "중국 캔토스"라 불리는데, 이들은 서양 르네상스 시대나 미국 건국 초기의 역사, 정치, 경제 사상들을 다루는 다른 캔토스들과 함께, 이상적 삶을 가능케 하는 정치, 경제, 도덕적 질서에 대한 모색의 일부를 이룬다.

위에 인용된 49번의 시에서 파운드가 특히 대립시키고 있는 것은 왕의 권세를 생각할 필요 없이 땅을 갈아 먹고 마시는 농민들의 태평성대의 삶과, 빚을 내어서 더 많은 부를 창출한다는 서양 자본주의의 무한 팽창에 대한 탐욕이다. 파운드는 앞선 45번 캔토에서 서양의 고금리 대업(usury)이 문화를 병들게 하는 가장 큰 병폐임을 맹비난한 바 있지만, 위의 시에서도 국가가 채권발행이나 차관 같은 빚을 통해, 더 많은 부를 만들어 내겠다는 인위적인 경제체제를 "수치스런" "괴물"로 묘사하고 있는 것이다.

끝을 모르는 탐욕의 추구에 대해 소상팔경의 고요하고 소박한 자연일체의 삶은 파운드에게 전혀 다른 "고요"(stillness)의 차원을 드러내 보이는 것이었다. 이 고요함의 경지는 도교에서 말하는 물아일체나 무위의 상태로, 혹은 모든 세속적 욕망들의 흔들림이 멈춘(止) 중용(파운드는 이를 unwobbling state라 영역하였다)의 상태를 의미하는 것으로도 해석되지만[227], 무엇보다 파운드에게는 자연적 환경과 원리에 충실한 순치의 지점이었고, 이는 곧 야성을 순화하는 인문주의적 전통의 핵심을 이루는 것으로 보였던 것 같다. 물을 다스리고, 곡식을 나누어 백성의 삶을 보살폈던 요순임금의 덕치는 17세기 청나라 강희제의 운하건설을 비롯한 번영 시대로 이어지는 것인데, 파운드 생각에 그러한 전통의 핵심은 자연의 이치를 깨닫고 몸과 마음을 다스려(수신) 날마다 새로이 한다는(일신우일신) 자기수양의 윤리였다. 파운드에게 소상팔경의 이미지들은 단순한 심미적 향수물이 아니라, "후세대에 전승될 뿐 아니라, 당대의 모든 생각과 행동을 활발히 결정짓는 사상의 복합체"[228]인 "파이데우마"(paideuma)의 중요한 일부였다.

파운드는 동양의 이미지들과 언어를 영어로 옮기면서, 소상팔경의 이미지들을 영역, 짜깁기할 뿐 아니라, 그 이미지들과 중국의 정치, 역사, 그리고 당대 서양의 문제들을 병치시켜 영어로 된 새로운 이데오그램(ideogram)을 시도하였

---

227 Zhaoming Qian, "Canto 49," in *Readings in the Cantos*, vol 2, ed. by Richard Parker (Clemson: Clemson Univ. Press, 2022), P. 53.

228 Ezra Pound and Maria Luisa Ardizzone, *Machine Art and Other Writings*, Duke Univ. Press, 1996, p. 44에서 재인용.

던 것으로 보인다. 이는 시각적인 것을 언어로 옮기는 엑프라시스에서 상당히 독특한 것이라 할 수 있는데, 그 스스로 언어적 조합을 통하여 여러 이질적 소재들을 병치시켜 또 다른 하나의 그림–언어를 만들어 냄으로써, 그것으로부터 한 시대, 혹은 시대를 뛰어넘는 새로운 문화의 씨앗을 찾으려는 긴 탐험을 시작하고 있기 때문이다. 49번 캔토 이후, 파운드는 본격적으로 중국의 역사와 사상, 미 건국 초기 워싱턴과 애덤스의 사상과 시도들, 또 르네상스 시대의 문화와 역사들을 병치시켜 검토하여, 이상적 정치, 경제, 문화의 체제란 무엇인가를 탐구하고 있다.

36. 계산무진(溪山無盡)[229]

게리 스나이더 (Gary Snyder, 1930-)[230]

게리 스나이더 [231]

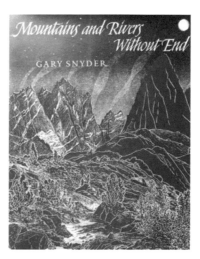

『산하무한』 표지(1996) [232]

---

229 "계산무진(溪山無盡)"은 산(mountains)과 물(streams or rivers)이 다함없이 무궁하다는 동양 산수화의 핵심 주제이다. 산수화는 13세기 송대에 이르러 범관(范寬 c. 960-1030), 곽희(郭熙 c. 1020-1090), 마원(馬遠 c. 1160-1225) 등을 중심으로 번성하였고, 한국, 일본에서도 같은 주제의 그림들이 다수 전한다.

230 1960년대 미국 비트 시인들 중 한 사람. 뉴욕 대도시 출신의 다른 비트 시인들과는 달리 불교적 수행, 생태계의 조화, 명상, 육체적 노동 등을 중시하였다. 샌프란시스코 출신으로 리드 대학에서 하이다(Haida) 섬 원주민들 신화에 대한 논문을 쓴 후, 바다선원, 산불감시인, 벌목 등 자연 속 노동을 통해, 원시적 자연을 경험하였다. 캘리포니아 버클리 대학원에서 아시아 문화와 언어를 공부하며 불교와 중국 시화에 심취하였고, 일본으로 가, 선승 수행도 하였다. 시집 『거북섬』(*Turtle Island*, 1974)으로 1975년 퓰리처 상을 받았고, 『산하무한』 (*Mountains and Rivers without End*, 1996)으로 1997년에 볼링겐 상을 받았다. 캘리포니아 네바다 시티 인근 산 속에 킷키디즈(kitkitdizze)라는 집을 짓고 자연 친화적 생활을 하고 있다. 캘리포니아 주립대(at Davis) 영문과 명예교수.

231 Photo provided by courtesy of the photographer and editor, Giuseppe Moretti.

232 Jacket image, "Isosceles Peak," a woodcut print provided by courtesy of the artist, Tom Killion.

〈계산무진 *Streams and Mountains without End*〉, 1110-1150, 북송 후기 (35.1*213cm)
오하이오 주 클리블랜드 미술관[233]

---

233 https://www.clevelandart.org/art/1953.126에서 그림을 확대 감상할 수 있다.

Endless Streams and Mountains[234]

Ch'i Shan Wu Chin

Clearing the mind and sliding in

    to that created space,

a web of waters streaming over rocks,

air misty but not raining,

    seeing this land from a boat on a lake

    or a broad slow river,

    coasting by.

The path comes down along a lowland stream

slips behind boulders and leafy hardwoods,

reappears in a pine grove,

no farms around, just tidy cottages and shelters,

gateways, rest stops, roofed but unwalled work space,

      — a warm damp climate;

---

234   from *Mountains and Rivers without End*, Berkeley: Counterpoint, 2013 (1996), pp. 5-8.
     poem reprinted and translated with generous permission from the author.

끝없는 산과 시내들

계산무진(溪山無盡)

마음을 정케 하고 저 창조된 공간 속으로
　　　슬며시 들어가니,
물줄기 얽혀 바위들 위로 흘러내리고,
대기엔 운무 서렸으나 비가 오는 것은 아니다.
　　　호수인가 넓고 느린 강 위인가
　　　배 한 척 띄우고 물가로 스쳐가며,
　　　이 땅을 바라보네.

길은 낮은 곳 시내를 따라 내려와
바위들과 잎 무성한 견목들 뒤로 스며들어,
소나무숲 사이로 다시 나타난다, 주변엔

농가들은 뵈지 않고, 그저 단출한 오두막들과 쉼터들,
대문들과 정자들, 벽 없이 지붕만 있는 일터들,
　　　— 온화하고 축축한 날씨로구나;

a trail of climbing stairsteps forks upstream.

Big ranges lurk behind these rugged little outcrops —

these spits of low ground rocky uplifts

        layered pinnacles aslant,

flurries of brushy cliffs receding,

far back and high above, vague peaks.

A man hunched over, sitting on a log

        another stands above him, lifts a staff,

a third, with a roll of mats or a lute, looks on;

a bit offshore two people in a boat.

The trail goes far inland,

      somewhere back around a bay,

lost in distant foothill slopes

       & back again

at a village on the beach, and someone's fishing.

Rider and walker cross a bridge

오르막 층계 길이 시내 상류를 가른다.

거친 작은 바위들 뒤로 거대한 산맥들이 웅크렸다 —

낮은 평지 끝자락들 바위 섞인 솟아오름

　　　비스듬히 층층 쌓인 산 정상들,

덤불 덮인 절벽들 무리가 멀리 뒤로,

높이 위로 물러나 희미한 정상을 이룬다.

한 사람 등 구부려, 통나무 위에 앉았고

　　　그 위쪽 다른 사람은 지팡이를 올려 들고,

봇짐인가 퉁소인가 지닌 셋째 사람은 바라보고 있다;

조금 떨어진 강가, 두 사람이 조각배에 타고 있구나.

part 1 of *Streams and Mountains without End*

길은 깊숙이 마을 안쪽으로 향하여,

　　　물가 뒤쪽 어딘가로 돌아서,

먼 언덕 기슭에서 사라졌다가

　　　물가 한 마을에서 다시 나타난다.

누군가 낚시를 하고 있구나.

말 탄 이와 걷는 이가 흰 포말 여러 줄기로

above a frothy braided torrent

that descends from a flurry of roofs like flowers

    temples tucked between cliffs,

       a side trail goes there;

a jumble of cliffs above,

ridge tops edged with bushes,

valley fog below a hazy canyon.

A man with a shoulder load leans into the grade

the trail goes up along cascading streambed

no bridge in sight —

comes back through chinquapin or

liquidambars;

another horse and a hiker.

Trail's end at the edge of an inlet

below a heavy set of dark rock hills.

흐르는 급류 위 다리를 건넌다. 물은 꽃들 같은

산마루들에서 흘러내리고

　　절벽들 사이 깃든 산사들,

　　　　샛길이 그리로 뻗어 있다;

part 2 of *Streams and Mountains without End*

위로는 뒤얽힌 절벽들,

산등성이 마루마다 수풀이 덮이고,

연무 서린 협곡 아래 안개 낀 골짜기.

어깨 짐을 멘 한 사람 비탈길에 구부정하고

길은 폭포 내리는 시내 계곡을 따라 올라

다리는 보이지 않고 —

밤나무 어쩌면 풍나무들 사이로

다시 나타난다;

또 한 마리 말과 뒤따르는 한 사람.

길은 강 초입 가장자리, 검은 바위 언덕들이

촘촘히 몰려 있는 아래에서 끝이 난다.

Two moored boats with basket roofing,

    a boatman in the bow looks

        lost in thought.

    Hills beyond rivers, willows in a swamp,

    a gentle valley reaching far inland.

    The watching boat has floated off the page.

    •

At the end of the painting the scroll continues on with seals and poems.
It tells a further tale:

" — Wang Wen-wei saw this at the mayor's house in Ho-tung town, year 1205.
Wrote at the end of it,

    'The Fashioner of Things

        has no original intentions

짚을 짜 지붕을 얹은 배 두 척이 매어 있고,
        뱃머리 어부는 골똘히
            생각에 잠겼다.

part 3 of *Streams and Mountains without End*

        강들 너머 언덕들, 습지의 버들들,
        나지막한 계곡은 육지로 멀리 뻗어 나간다.

        살펴보던 배는 페이지 밖으로 흘러 나갔다.
            •
그림의 끝에서 두루마리는 인장들과 발문들로 계속된다.
그것은 이후의 이야기를 전한다:

" — 왕웬웨이가 1205년 호퉁시 시장 집에서
이를 보고 끝에 적었다.

        '조물주는 애초에
            의도한 바가 없었다.

Mountains and rivers

    are spirit, condensed.'

'... Who has come up with

    these miraculous forests and springs?

Pale ink

    on fine white silk.'

Later that month someone named Li Hui added,

'... Most people can get along with the noise of dogs and chickens;

    Everybody cheerful in these peaceful times.

    But I — why are my tastes so odd?

    I love the company of streams and boulders.'

T'ien Hsieh of Wei-lo, no date, next wrote,

'... The water holds up the mountains,

    The mountains go down in the water...,'

In 1332 Chih-shun adds,

'... This is truly a painting worth careful keeping. And

it has poem-colophons from the Sung and the Chin

산들과 강들이

　　응축된 정령들이다.'

'누가 이 놀라운

　　숲들과 샘들에 필적할 것인가?

고운 흰 비단 위

　　담묵이구나.'

이후, 같은 달에 리휘라는 이가 덧붙였다.

'대개의 사람들은 개와 닭들 소리에 잘 어울려 지낸다;

　　이 화평시대에 모든 이들이 즐겁구나.

　　어찌 나는 취향이 이렇듯 괴이할꼬?

　　시내들과 바위들 벗하는 것이 이리도 좋으니.'

웨이로 사는 천셰가 그 다음에 썼다, 날짜 미상,

'물이 산을 품어

　　산은 물에 잠겨 내린다.'

1332년 치션이 덧붙여,

' … 이 그림이야말로 진정 귀하게 간직할 만한 것이다.

송, 진 시대 발문들인 시가 있다.

dynasties. That it survived dangers of fire and war

makes it even rarer.'

In the mid-seventeenth century one Wang To had a look at it:

'My brother's relative by marriage, Wên-sun, is learned and

has good taste. He writes good prose and poetry. My brother

brought over this painting of his to show me…'"

The great Ch'ing dynasty collector Liang Ch'ing-piao owned it, but didn't write on it or cover it with seals. From him it went into the Imperial collection down to the early twentieth century. Chang Ta-ch'ien sold it in 1949. Now it's at the Cleveland Art Museum, which sits on a rise that looks out toward the waters of Lake Erie.

•

Step back and gaze again at the land:

it rises and subsides —

ravines and cliffs like waves of blowing leaves —
stamp the foot, walk with it, clap! turn,
the creeks come in, ah!
strained through boulders,
mountains walking on the water,
water ripples every hill.

화마와 전쟁의 위험을 살아 넘겼으니

더욱 귀하다.'

17세기 중엽, 왕토라는 이가 이 그림을 보았다:

'내 아우 장가 친척, 웬선은 학식 있고

고상하여 시문에 능하다. 내 아우가

그가 소장한 그림을 가져다 보여 주었다…' "

청대의 대 수집가 양청표(梁淸標)가 이 그림을 소장했으나 발문을 쓰거나 인장을
찍지 않았다. 그로부터 이 그림은 왕립 유품에 들어가 20세기 초반까지 전해 왔
다. 1949년에 장대천(張大千)이 이를 팔았다. 이제 이 그림은 클리블랜드 미술관
에 소장되어, 멀리 이리(Erie) 호의 물을 내려다보는 언덕 위에 앉아 있다.

　●

뒤로 물러 땅을 다시 바라보라.

　　　　　땅은 솟았다가 내려앉는다 ―

바람에 날리는 나뭇잎 물결 같은 협곡들과 절벽들 ―

　　발을 구르고, 더불어 걸으라. 손뼉 치고! 돌아라,

　　만(漫)들이 들어온다, 아!

　　바위들 사이로 꼿꼿하게,

　　산들이 물위를 걷고,

　　구릉마다 물이 넘실댄다.

— I walk out of the museum — low gray clouds over the lake —
chill March breeze.

    •

Old ghost ranges, sunken rivers, come again
    stand by the wall and tell their tale,
walk the path, sit the rains,
grind the ink, wet the brush, unroll the
    broad white space:

lead out and tip
the moist black line.

Walking on walking,
    under foot   earth turns.

Streams and mountains never stay the same.

(1997)

Note: A hand scroll by this name showed up in Shansi province, central China, in the thirteenth century. Even then the painter was unknown, "a person of the Sung Dynasty." Now it's on Turtle Island. Unroll the scroll to the left, a section at a time, as you let the right side roll back in. Place by place unfurls.

— 나는 걸어 미술관을 나온다. — 호수 위 낮게 드리운 구름들 —
차가운 삼월의 바람.

　　　•

　늙은 신령 같은 능선들, 낮은 강물들이 다시 찾아와
　　　벽에 기대서서, 그들 얘기를 하나니,
　길을 걸으라, 빗속에 앉아라,
　먹을 갈고, 붓을 찍고,
　　　넓고 흰 공간(한지)을 펼쳐라:

　죽 끌고 나아가
　먹 묵힌 검은 획을 마무리지어라.

　걷고 또 걸으니.
　　　　　발 아래　　　땅이 돈다.

　강과 산들은 결코 같은 것에 머물지 않는다.

　　주: 이 제목의 손 두루마리는 13세기 중국 중앙 산서(山西) 지방에 등장하였
다. 그때도 화가는 알려지지 않아, "송대 사람"으로만 기억되었다. 이제 이 그림
은 거북섬[235] 에 있다. 두루마리를 왼쪽으로 풀어, 한 번에 한 부분씩 보면서, 오
른쪽으로는 본 것을 다시 감아 들이라. 한 장소 한 장소씩 풀어 열린다.

235　미국 본토를 지칭. 이로코이(Iroquois) 인디언들 신화에 의하면 미국 대륙은 바다에서 솟은
　　거북의 등으로 이루어졌다.

스나이더가 이 시의 끝에 붙인 주에서 적고 있듯이, 이 시의 "계산무진"(溪山無盡)은 중국 13세기 송대에 그려진 산수화이다. 미국 오하이오 주 클리블랜드 박물관에 소장되어 있는 3m 두루마리 형식의 이 그림을 스나이더는 오른편에서 시작하여 왼쪽 끝까지 찬찬히 살피고 있다. 특이한 것은 그의 시각인데, 그는 화면 밖에서 적절한 거리를 유지하며 그림을 바라보는 것이 아니라, 화면 속으로 들어가, 배를 타고 물가를 따라가며, 펼쳐진 산과 바위, 계곡과 시내, 길과 인적을 체험하고 다시 그림 밖으로 나오고 있다. 이 점에서 산수화의 시공간은 미국 오하이오의 "지금, 여기"에 연결되어 있고, 스나이더는 13세기 송나라, 더 나아가 그 너머 산수화 전통에 들어 있는 이상적 시공간의 일부가 되어 있다. 그에게 산과 강, 땅은 아득한 시원으로부터 지금까지, 또 앞으로도 영원히 움직여 변화하고 흘러가는 삶의 바탕이다. 먹을 묻혀 흰 화선지를 펼쳐 산수화를 그리고 또 잘 살펴보는 일은 삶에 주어진 무한한 공간과 시간, 그리고 그 안에서의 미물들의 생명과 움직임에 경이를 표하는 수행의 일부를 이룬다. 그가 그림 끝에 이어지는 여러 세대에 걸친 발문들까지 상세히 번역, 소개하는 것은, 산과 물과 더불어 땅 위 사람의 삶도 시간의 흐름을 따라 늘 변화하여 이어진다는 사실을 일깨우려함일 것이다.

이 시가 첫 시로 실린 『산하무한』은 1956년부터 1996년에 걸친 스나이더의 산하 체험기라 할 수 있다. 그는 알래스카로부터 북미 서부 시에라네바다 산지와 사막지대를 거쳐 멕시코, 뉴욕까지, 혹은 중동이나 인도, 베트남과 네팔, 일본 등지의 길들여지지 않은 땅들을 몸소 걸으며 체험한 산과 강, 바다, 땅, 그리고 그곳에서 주목한 새와 동물들, 신화들을 기록하고 있다. 그가 몸으로 체득한 거대한 빈 공간은 그가 시집의 서두에 인용한 밀라레파(Milarepa)[236]의 말을 빌어, 모든

---

236 Jetsun Milarepa(1028/40-1111/23), 티벳의 불교 성자, 시인.

살아 있는 것들에 대한 "연민을 품게 한다."(The notion of Emptiness engenders Compassion.)[237] 이 점에서 스나이더의 야생 체험은 불교에서의 수행의 의미를 지닌다. 그가 걷는 한, 발밑의 땅은 언제나 새로운 모습을 드러낸다. 마치 두루마리 산수화가 펼쳐지며 새로운 장소, 새로운 모습을 드러내듯이. 그러므로 산과 물이 수백만 년의 세월을 통하여 살아 걷고 있으며, 발밑의 땅은 영원한 생성과 회귀의 윤회 속에 있다는 도원선사[238]의 "산수경"은 이 시집을 "일종의 경서 — 여성 다라보살에 대한 시적이고 철학적이며 신화적인 하나의 서사"(a sort of sutra — an extended poetic, philosophic, and mythic narrative of the female Buddha Tārā)[239]가 되게 하는 모태가 된다. 그는 50, 60년대 일본 교토의 한 절에서 선불교 수행을 하면서, 산은 엄격한 자기훈련을, 물은 만물에 대한 연민이라는 양면으로, 혹은 불교에서의 문수보살(남성)과 다라보살(여성)[240]의 형상으로도 이해하게 되었고, 산의 융기와 침식, 혹은 물의 우주적 순환과정이라는 변모의 관점에서도 바라보게 되었다고 진술하였다.[241]

　　이미 열 살 무렵부터 캘리포니아 북서부의 설산들 정상에 올라 산맥의 끝없는 펼쳐짐을 경험했던 스나이더는 시애틀 미술관에서 보게 된 동양 산수화가 자신이 본 산들을 정확히 그리고 있다는 점에 매료되었다. 대학시절 그는 한 중국계 미국인 학생으로부터 중국식 서예에 접하며 붓놀림에 관심을 지니기 시작하였고,

---

237 One of the epigraphs in Gary Snyder, *Mountains and Rivers without End* (Berkeley: Counterpoint, 2013(1996)), p. v. 이하 *MR*로 약함.

238 Dogen(도원선사 道元禪師 1200-1253) 일본 선종(조동종)의 시조, "산수경"(Mountains and Rivers Sutra)은 그의 가르침을 적은 『정법안장』(Shobogenzo, *Treasury of the True Dharma*) 중 14장.

239 *MR*, p. 146.

240 문수보살(Munjushri 文殊菩薩): 대승불교에서 지혜를 상징하는 최고의 보살. 남성.
　　다라보살(Tara 多羅菩薩): 해방을 상징하는 여성 보살.

241 *MR*, p. 143.

이러한 관심은 버클리 대학원에 진학, 동양 언어학을 전공하면서 수묵화의 운무, 흰 폭포, 바위의 생성, 대기의 흐름 등을 보다 자세히 관찰하게 되었다. 특히 휴고 먼스터버그(Hugo Munsterberg)[242]의 중국화집에서 본 "끝없는 산하"의 두루마리 그림[243]은 그 제목과 함께 그의 인상에 강하게 남았고, 이후 1970년대 오하이오 주 클리블랜드 미술관이나, 워싱턴 주 프리어 미술관에서 다시 접한 이 그림들은 그에게 보스톤, 베이징, 대만 등에 있는 더 많은 산수화들을 찾아다니며 탐구하게 하였다. 산하에 대한 관심은 그가 가는 모든 곳의 자연 생태 환경에 대한 세심한 주의로 이어지고, 『끝없는 산하』의 여러 시들을 하나로 묶어 주는 날실을 이루게 되었다.

클리블랜드 미술관의 계산무진 그림 앞에 선 스나이더는 두루마리의 펼침을 따라 전개되는 지금 여기의 산하를 매우 자세히 들여다보고 있다. 나무들 종류의 이름도 하나씩 파악하며, 바위들의 다양한 색조, 모양들, 물의 흐름, 다리의 여부, 집과 절들의 모습, 운무의 펼쳐짐도 자세히 관찰하고 있다. 무엇보다 눈길을 끄는 것은 그가 화폭에 담긴 인적에 주목하여, 사람들의 작은 동작들까지도 유심히 살피고 있다는 점이다. 물위에 배를 타고 있는 그의 시선은 두루마리의 펼쳐짐을 따라, 또 화폭에 그려진 길을 따라, 계속 걸어간다. 그림의 길이 다하면, 이어지는 발문들의 시간 속을 걸어, 지금 여기 3월의 클리블랜드 미술관 앞 호수를 내려다보며 발 아래 지구의 회전과 물의 펼쳐짐을 생각하며 자신의 걸음을 계속하

242　Hugo Munsterberg(1916-1995) 독일 출신으로 미국 하버드대를 나와 중국, 일본 그림들을 수집, 연구하였다. 『중국과 일본의 풍경화』(*The Landscape Painting of China and Japan*, 1955)가 있다.

243　이 그림은 청대 육원(陸源 Lu Yuan 17세기 말까지 활동)의 그림으로 추정한다. 워싱턴 D. C. 프리어 미술관(Freer Gallery of Art) 소장. 아래 사이트에서 그림을 확대 감상할 수 있다. https://ids.si.edu/ids/deliveryService?id=FS-F1947.17_Stitched&max_h=100

고 있다. 이러한 세심한 관심과 꾸준한 걸음은 주변 환경 생명체들에 대한 무한한 연민과 관심, 그리고 실질적인 보호 행동으로 이어진다. "깊은 생태학의 계관시인"(the poet laureate of deep ecology)[244]으로 불리는 스나이더는 92세가 된 지금도 시에라네바다 산속, 킷키디즈 부지[245]에서, 많은 책들의 시간 속으로, 또 주변 변화무쌍하게 펼쳐지는 산속 자연들과 더불어 늘 새로운 길을 걸어가고 있을 것이다. 스나이더는 이 시집을 마무리하며 산과 물은 나름대로 끝없지만, 먹을 묻힌 자신의 붓이 어디에서 멈추어야 할지 또한 말해 준다고 적었다. 다라보살[246]에 관한 그의 수트라(sutra 경서)가 그의 바람대로, 뒤이어 오는 젊은이들에게 "야생에서 드문 만나를 먹는 법" 또한 알려 주는 지침이 되었으면 좋겠다.

---

244 미국 생태철학자 Max Oelschlaeger(1943-)가 그의 1991년 저서, *The Idea of Wilderness*에서 스나이더를 논한 장의 제목으로 사용한 말.
https://en.wikipedia.org/wiki/Gary_Snyder#cite_note-2dptj에서 재인용.

245 Kitkitdizze. 스나이더가 1970년부터 거하는 캘리포니아 네바다 시티 인근 시에라네바다 산중의 친환경적 주택. 인근에 흔한 풀에서 따온 이름이라 한다.

246 Female Buddha Tara. 대승불교에서 해방을 상징하는 여성 보살로 스나이더는 끝없이 흐르는 물, 혹은 만민에 대한 연민을 뜻한다고 보았다. 각주 240 참조.

37. 모나리자 (Mona Lisa/ La Gioconda)

에드워드 다우든 (Edward Dowden 1843-1913) [247] vs.
마이클 필드 [248] (Michael Field: Katharine Bradley, 1846-1914 and Edith Cooper, 1862-1913)

에드워드 다우든 civ

마이클 필드(가명):
(캐서린 브래들리와 이디스 쿠퍼) cv

---

247 19세기 말 아일랜드 비평가, 시인, 트리니티 대학 교수. 그의 첫 저서, *Shakspere: A Critical Study of His Mind and Art* (1875)는 뛰어난 셰익스피어 연구서로 알려져 있다.

248 본명은 캐서린 브래들리(Katharine Bradley)와 이디스 쿠퍼(Edith Cooper)로 두 사람은 아주머니와 조카이면서 연인 사이였다고 한다.

다빈치(1452-1519) cvi

〈모나리자 La Gioconda〉, c. 1503-5,
파리 루브르 박물관 cvii

Leonardo's 'Monna Lisa'[249]

MAKE thyself known, Sibyl, or let despair

Of knowing thee be absolute; I wait

Hour-long and waste a soul. What word of fate

Hides 'twixt the lips which smile and still forbear?

Secret perfection! Mystery too fair!

Tangle the sense no more lest I should hate

Thy delicate tyranny, the inviolate

Poise of thy folded hands, thy fallen hair.

Nay, nay , — I wrong thee with rough words; still be

Serene, victorious, inaccessible;

Still smile but speak not; lightest irony

Lurk ever 'neath thine eyelids' shadow; still

O'ertop our knowledge; Sphinx of Italy

Allure us and reject us at thy will!

(1872)

---

249   From Edward Dowden, *Poems by Edward Dowden*, Project Gutenberg, 2017.
       https://www.gutenberg.org/files/55086/55086-h/55086-h.htm#page_007, p.7.

레오나르도의 '모나리자'

정체를 밝히라, 시빌이여, 아니라면 알 수 없음으로
완전히 절망케 하라. 나 한 시간 내내 기다리며
영혼을 허비한다. 미소 지으며 거부하는
그 입술 사이에 어떤 운명의 말이
숨어 있는가? 완벽한 비밀! 너무도 아름다운 신비!
더 이상 감각을 괴롭히지 말라, 그대의
섬세한 폭정, 그대 포갠 손들의 무결한 자태,
그대의 늘어뜨린 머리가 싫어지려 하나니.
아니다, 아니야. 거친 말로 그대를
막 대했구나. 평온하고, 의연하며, 가까이 할 수 없는 그대,
여전히 웃지만 말없는 그대, 눈꺼풀 그늘 아래 엷은
상반됨이 도사렸구나. 우리 앎을 뛰어넘는
이탈리아의 스핑크스, 우릴 유혹하고는
마음대로 우릴 거절하는구나!

La Gioconda[250]

The Louvre

Historic, side-long, implicating eyes;

A smile of velvet's lustre on the cheek;

Calm lips the smile leads upward; hand that lies

Glowing and soft, the patience in its rest

Of cruelty that waits and does not seek

For prey; a dusky forehead and a breast

Where twilight touches ripeness amorously:

Behind her, crystal rocks, a sea and skies

Of evanescent blue on cloud and creek;

Landscape that shines suppressive of its zest

For those vicissitudes by which men die.

(1892)

---

250 from *Sight and Song*, London, 1892. p. 8.
https://michaelfield.dickinson.edu/book/la-gioconda에서 재인용.

라 지오콘다(즐거운 여인)

루브르 박물관

비낀 시선으로 넌지시 말하는, 역사에 남을 눈들;
뺨 위 비단 광택으로 빛나는 미소; 미소가
치켜올린 차분한 입술; 빛나며
부드럽게 놓인 손, 먹잇감을 찾아 나서지 않고
기다리는 냉혹한 멈춤의 인내;
그림자 서린 이마, 가슴의 풍만함엔
어둠이 사랑을 탐하여 닿았다:
배경에 수정 같은 바위들, 바다와 하늘
구름과 강 입구에 스러지는 푸른빛;
사람들(남성들)이 겪으며 죽어 가는
영고성쇠의 재미를 눌러 감추며 빛나는 풍경.

레오나르도 다빈치의 조그만 그림 모나리자는 너무도 유명한 그림이다. 모나리자의 시선과 의미를 알 수 없는 미소는 세월이 갈수록 다빈치의 획기적인 스푸마토(sfumato) 기법251과 함께 이 그림에 신비의 두께를 더해 왔다. 르네상스 화가들의 전기를 쓴 조르지오 바사리(Giorgio Vasari 1511-1574)에 의하면, 플로렌스의 비단상인 프란체스코 델 지오콘도(Francesco del Giocondo)의 아내, 리사 지오콘도(Lisa Giocondo)의 둘째 아들 출산을 기념하기 위해 그렸다는 이 그림에, 다빈치는 그녀의 성, 지오콘도를 변형시켜 "즐겁다"(jocund)는 뜻의 "지오콘다"(giocanda)를 사용해 "라 지오콘다"(La Goiconda: 즐거운 여인)라는 제목을 붙였다고 한다. 모나리자라는 제목은 이탈리아어 ma donna(my lady)를 줄인 모나(mona) 뒤에 그녀의 이름 리사(Lisa)를 붙인 것이다. 바사리의 설명 외에, 정확히 이 그림의 주인공이 누구인지, 그림에 그려진 여성의 표정이 진정 즐거운 것인지, 미소는 무엇을 뜻하는지, 색채 원근법(공기 원근법: aerial perspective)252을 통해 그린 환영과 같은 상상의 배경은 어떻게 보아야 하는지에 대해 수많은 해석과 추측, 모방과 풍자가 계속되고 있다.

위에 소개한 다우든의 시는 모나리자가 지닌 아름다움과 뜻모를 신비, 그 양면성에 갇힌 한 남성을 그리고 있다. 화자는 그림 속 모나리자를 옛 그리스의 신녀(prophetess), 시빌(Sybil)과 동일시하여, 그녀의 입을 통해 밝혀질 신탁(그녀의 정체)을 기다린다. 그러나 모나리자는 알 수 없는 미소만 지을 뿐, 그 어떤 고

---

251 연기, 안개의 뜻으로 회화에서 경계선을 그리지 않고 연속적인 색채의 농담으로 윤곽을 표현하는 기법. 시각과 광학을 연구하였던 다빈치에 의해 발명되었으며, 수십 번의 덧칠을 통해 연속적인 음영을 표현해 낸다. 모나리자의 얼굴, 특히 눈을 비롯한 세부들을 그리는 데 사용된 기법이다.

252 선 원근법(linear perspective)에 대비되는 기법으로, 자연세계나 풍경의 원근을 명암, 색채의 강약으로 나타내는 것을 의미.

백도 하지 않기에, 그는 그 "완벽한 비밀" 앞에서 좌절한다. 모나리자의 섬세함과 얌전히 포개어진 두 손과 긴 머리칼은 그 자체로 아름다운 신비면서, 정체를 파악하려는 화자의 시간과 마음을 한없이 빼앗는 "폭정"(tyranny)이기도 하다. 원망을 하기에는 너무나 "평온하고 의연하며, 가까이 할 수 없는" 그녀에게 압도된 화자는 모나리자가 미소 지으면서도 말해 주지 않는 이율배반 속에 있음을 깨닫는다. 그리하여 그는 모나리자를 수수께끼로 사람을 괴롭혔던 스핑크스에 빗대어 "이탈리아의 스핑크스"라 부른다.

다우든은 모나리자의 신비를 여사제나 신녀(sybil), 풀 수 없는 수수께끼를 제시하던 괴물 스핑크스 등을 언급하여 옛 그리스 고전 문화 속에서 이해하고 있다. 시 형식 또한, 아름답지만 결코 이루어질 수 없는 여성을 향한 궁정식 사랑(courtly love)을 읊는 소네트 형식으로, 각운도 정형에 따르고 있으며(abba abba cdc ece), 내용 또한 첫 8행과 뒤이은 6행이 반전(volta; turn)을 통하여 연결되고 있다. 이 점에서 다우든은 전통적 남성의 시각으로 모나리자라는 여성의 초상화를 대하고 있다고 할 수 있다. 유혹하면서도 말해 주지 않는 모나리자의 상반된 매력에 절망하면서도 여전히 그녀를 이상화하고 있는 것이다.

이에 비해 뒤이은 마이클 필드의 시는 11행 모두가 하나의 문장이 아닌, 구(phrases)들의 나열로 이루어져 있다. 시선을 따라 모나리자 그림의 부분 부분들을 떼어 붙여 하나의 모자이크화를 만들고 있는 것이다. 이 시선은 초상화의 주인공 뿐 아니라, 그 뒤의 배경에도 주목하고 있다. 첫 연의 첫 단어부터 강세가 들어가 매우 강렬한 어조로 모나리자의 눈을 사실적으로 묘사하고 있다. 그녀의 눈은 "역사에 길이 남을, 비껴 보며 의미심장한" 눈이다. 미소도 신비롭거나, 매혹적인 것이 아니라, 조용한 "입술 꼬리를 치켜 올리는" 미소일 뿐이다. 이 시에서 가장 특이한 것은 "빛나고 부드러운" 모나리자의 손이 "잔혹한 인내로" 멈춘 채, 먹이를 찾아나서지 않고, (걸려들길) 기다리고 있다고 묘사한 점이다. 그녀의 이마는 어둑하고, 어둠이 그녀의 풍만한 가슴을 탐하여 닿았다는 묘사는 그녀의 노림과 유혹이 어두움에 연결되어 있음을 암시한다. 필드의 모나리자는 신비의 성스러움을 간직한 것이 아니라, 마치 먹잇감이 걸려들기를 기다리는 거미와 같이 잔혹하고 어두운 유혹자이다. 약육강식의 살벌함을 연상케 하는 시선은 이어, 그림의 배경인 자연풍경으로 옮아가, "수정같이" 단단한 바위들, 바다와 강어귀, 그리고 스러지는 푸른빛을 띤 구름이 있는 하늘 등을 바라보며, 이러한 자연풍경 자체가 인간(남성들)의 영고성쇠를 은근히 즐기며 빛나는 존재임을 읽어 내고 있다. 모나리자라는 여성을 어두운 유혹의 덫으로 바라보면서 동시에 바로 그러한 먹고 먹힘의 변화무쌍함이 자연의 묘미서린 섭리임을 말한다는 점에서 마이클 필드는 자연주의적이며, 또 비관적이기까지 하다.

　　마이클 필드의 시는 앞선 다우든의 시보다 약 20년 가량 뒤에 발표되었지만, 여성과 자연을 바라보는 시각에 있어 19세기 말 경 드러났던 큰 변화를 말해주고 있다. 여성을 남성적 시각에서 이상화하거나, 소유의 대상으로 바라보는 데 대해, 그 자체가 때로는 치명적이고 잔인한 유혹으로, 인간(특히 남성)의 우여곡절을 빚어내며, 이 또한 자연의 법칙 중 하나라는 사실을 냉소적으로 일깨우고 있다. 마이클 필드라는 이름이 동성애 관계였다는 아주머니와 조카 두 여성의 가명이란 점을 상기할 때, 이들 두 여성은 판에 박힌 여성의 이상화, 혹은 남성적 욕망의 대상으로서의 여성이라는 기존의 남녀관계를 뒤엎는 견해를 피력한 것으로 보인다. 월터 페이터[253]는 1869년 "격주평론"(*Fortnightly Review*) 지에 실은 "다빈치론"에서 모나리자를 논하며, 그림 속 그녀는 남성들이 "수천 년 간 바라왔던

---

253 Walter Pater(1839-1894). 영국 빅토리아조의 사상가, 수필가. 그의 저서 『르네상스』(*Studies in the History of the Renaissance*, 1873; *The Renaissance: Studies in Art and Poetry* 1877 로 개정)는 르네상스 시대 화가들을 소개, 분석한 글들을 모은 것으로, 세기말 심미주의를 대변하는 책으로 알려져 있다. 위에 언급한 "다빈치론"도 이 책의 일부이다.

바"를 표현한 것으로, 고대 그리스로부터 중세를 거쳐 이교도적 세계, 부패와 부정의 세계의 모든 것을 한데 합한 현대적 인간상의 상징이자 영생에 대한 오랜 염원의 구현물이라 하면서, 다빈치의 "섬세함"(delicacy)으로 이 현대적 상징이 살아 움직이고 있다고 평가하였다. 미이클 필드의 시는 이러한 상징화, 심미적 이상화, 남성의 욕망의 합리화에 대한 날카로운 반격이었음에 틀림없을 것이다.

38. 밤을 지새우는 사람들

도널드 핑클 (Donald A. Finkel 1929-2008) [254]

도널드 핑클 [255]

에드워드 호퍼 [256] · cviii

---

254 뉴욕 출신 시인. 1960년부터 1991년까지 세인트루이스 워싱턴대 영문과 교수. 이후로는 같
     은 대학 명예시인으로 창작프로그램(Writer's Program)을 위해 힘썼다.

255 photographer unknown, *Donald Finkel Papers*, Special Collections, Courtesy of
     Washington University Libraries.

256 Edward Hopper(1882-1967). 뉴욕 출신 화가, 1930년대, 40년대 미국 전역의 풍경들을 진
     솔하게 담아 내어, 그의 그림들은 도시나 전원 모두에서 "외로움"이 들어 있는 미국의 삶의
     전형을 그렸다고 평가된다.

〈밤을 지새우는 사람들 Nighthawks〉, 1942, 시카고 미술관(The Art Institute of Chicago) cix

More Light²⁵⁷

"He himself admitted that it might be present, but denied that it was intended. Indeed, the emphasis on it annoyed him: 'The loneliness thing is overdone,' he said. But it undeniably exists."

— Lloyd Goodrich, *Edward Hopper*

Or is it the light that exists for him as he paints?

Not that old buttery-yellow light-bulb light,

but this miraculous light the makers call "fluorescent,"

this clear-as-day light that bathes the diner,

this harbor in a sea of darkness. How it pours

through the plate-glass window, rinsing the red brick

wall across the street, spilling through the window

of somebody fast asleep! It's seeping into her dream.

---

257 from *Heart to Heart: New Poems Inspired by Twentieth-Century American Art*, ed by Jan Greenberg, Abrams Books for Young Readers, 2001, p. 68. reprinted and translated with permission from Tom Finkel, son and executor of the poet, Donald Finkel.

더 많은 빛

> "그 자신 그럴지도 모른다고 시인하면서도, 그것(외로움)이 의도된 것이라는 점
> 은 부인했다. 실제 그에 대한 강조는 그에겐 거슬리는 것이었다: '외로움이란 것
> 이 지나치게 많이 언급되죠.' 그는 말하였다. 하지만 그것이 존재하는 것은 부정
> 할 수 없는 일이다."
>
> — 로이드 굿리치[258], 에드워드 호퍼

혹은 그가 그릴 때 그에게 존재했던 것은 그 빛일까?
옛적의 버터 바른 노란 전구 빛이 아니라,
제작자들이 "형광"이라 부르는 이 기적 같은 빛,
식당 손님과, 어둠의 바다에 잠긴 이 항구에 잠겨든
대낮같이 밝은 빛. 어찌 그 빛은
판유리 창문을 통해 쏟아져 내려
길 건너 붉은 벽돌 벽을 헹구고, 깊이
잠든 사람의 창문 너머로 흘러드는가! 빛은 그녀의 꿈속으로 스민다.

---

258 Lloyd Goodrich(1897-1997). 미국의 미술사학자. 뉴욕 휘트니 미술관에서 오래 일하면서
에드워드 호퍼를 비롯, 많은 미술가들에 대한 저서를 썼다.

You'd think the man in the white cap had more light

than a man would need to make it through this night.

The coffee urns are beaming over his shoulder

like stainless angels! What else would he talk about

to the dude whose cigarette's gone out? And what

would the lady be studying there but a book of matches?

And the man in the dark gray hat with his back to us —

is there anything left in his glass but light, more light?

(2001)

그대, 생각하리라. 그 사람은 흰 모자 안에

밤새우는 데 필요한 것보다 더 많은 빛을 지녔다고.

커피 단지들이 스테인레스 천사들인 양,

그의 어깨 너머로 빛을 쏘는구나! 담뱃불 꺼진

그 친구에게 그가 무슨 말을 더 하겠는가?

거기 성냥갑 말고 그녀는 다른 무엇을

들여다보겠는가? 짙은 회색 모자를 쓰고

등 돌려 앉은 그 사람 ─ 그의 잔 속에 빛, 더 많은 빛 외에 무엇이 더 남아 있는가?

많은 사람들이 에드워드 호퍼의 그림에는 "고독"이 있다고 생각한다. 그가 그린 그림에는 바닷가든, 호텔 안이든 빨래방이건 도시의 기차 안이건 늘 고즈넉이 앉아 있는 남녀들이 있고, 외딴 집들이 있고, 벽에 잠시 비껴든 햇빛조차 홀로 고요하다. 이 시의 에피그라프에 인용된 굿리치와의 인터뷰에서 호퍼는 의도적으로 "고독감"을 표현한 것은 아니라며, 자신의 그림과 관련하여 너무 자주 "고독"이 언급되는 것을 피하였다. 그러나 인터뷰를 진행한 굿리치조차도 호퍼의 그림에는 "외로움"이 들어 있다는 점을 인정하고 있다. 이 시에서 도널드 핑클은 호퍼의 1942년 그림, "밤을 지새우는 사람들"에서 흔히 언급되는 "고독감" 대신, 그림 속 "빛"에 주목하고 있다. 핑클이 보기에 이 그림을 그릴 때 호퍼가 염두에 두었던 것은 "외로움"이 아니라, 빛의 세기와 각도, 그리고 그 빛이 도드라지게 비추는 화면의 인물들과 소품들이라는 것이다. 시인은 호퍼가 화폭에 담은 빛이 따뜻한 전구의 노란빛이 아니라, 1930년대 말, 상용화되기 시작했던 "형광등"의 불빛임을 감지하고 있다. 상가와 위층 거주지의 창에 불빛이 모두 꺼지고, 인적도, 차도 다 끊긴 적막의 밤, 긴 유리창 밖으로 쏟아져 나오는 눈부신 형광빛은 어두움과 밝음의 극명한 차이로 인해, 어두운 곳은 더욱 텅 빈 모습으로, 밝은 곳은 있는 그대로를 강조하여 긴장감을 더한다. 핑클은 이 화면의 장소를 캄캄한 바닷속에 잠긴 항구에 비유하고, 눈부시게 밝은 형광불빛을 바닷물에 비유하여, 불빛이 화면 속 인물들을 "잠그고,"(bathe) 유리창 밖으로 "쏟아져 내려,"(pour) 인근 벽돌벽을 "씻고,"(rinse) 창문 너머로 "흘러들어,"(spill) 방 안 잠든 이의 꿈속으로 "스며든다"(seep)고 관찰한다.

　　핑클은 화면에서 가장 밝은 빛을 받고 있는 커피 판매원의 흰 모자와 흰 가운에 주목하여 그 빛이라면 밤을 충분히 새우고도 남을 환한 빛임을 감지한다. 그의 뒤편, 두 개의 스테인레스 커피 디스펜서 통들도 머리 위 빛을 강렬한 금속 빛으로 반사하고 있다. 이 강렬한 빛이 고정시킨 순간은 한껏 고조된 긴장감으로 적막하다. 커피 판매원과 두 명의 남녀의 시선은 서로 깊은 대화를 나누는 듯 보이지 않는다. 판매원의 입모양으로 보아 무슨 말인가 하는 것도 같으나, 불 꺼진 담배를 들고 앉아 있는 손님에게 가벼운 대꾸 이외엔 딱히 할 말이 없는 듯 보이고, 붉은 원피스의 여성도 성냥갑만을 골똘히 들여다보고 있는 것이다. 그리고 무엇보다 우릴 궁금하게 하는 것은 긴 유리창의 코너에, 관찰자들에게 등을 돌리고 앉은 사람은 무슨 생각에 잠겨 있는 것일까? 홀로 앉은 뒷모습만 보임으로써, 화면의 긴장감과 단절감은 더욱 고조되어 침울하기까지 하다. 핑클은 이 사람이 들고 있는 빈 유리잔에 조금의 빛이 더 비춰 들고 있음을 지적하고 있다. 유리창 속으로 보이는 한 편의 팬터마임(무언극) 같은 광경에서 시인은 "고독"에 주목하기보다 그 "고독감," "단절감"을 빚어내어 도드라져 보이게 하는 요인인 형광의 밝은 빛에 초점을 맞추고 있다. 화면의 명암의 대조와 형체들과 색채의 배열, 그리고 대각선으로 길게 뻗어 교차하는 그림의 구도는 1942년, 2차 대전이 임박한 뉴욕의 어느 밤거리, 잠 못 이루는 한 모퉁이에 서린 적막과 긴장감을 날카롭고 명료하게 포착하고 있는 것이다. 호퍼의 밝은 빛은 헤밍웨이의 단편, "깨끗하고 밝은 장소"(A Clean, Well-Lighted Place 1933)의 카페 빛과 매우 비슷하다. 2차 대전이 시작된 뉴욕 한밤의 귀퉁이는 늦은 밤, 불안과 불면을 달래려 불 밝힌 카페를 떠나지 못했던 "길 잃은 세대"(the Lost Generation)의 연장된 단면을 비추고 있다.

39. 마릴린 양면화

데이비드 해리슨 (David Lee Harrison 1937-) 259

데이비드 해리슨 260   앤디 워홀(1928-1987) 261 · cx

---

259 미국 아동문학가, 청소년들을 주 독자로 쓴 시와 소설이 200여 권이 넘는다. 현재 미주리 주
 드루리 대학(Drury University)명예교수. http://davidlharrison.com에 그의 전기와 책들이
 소개되어 있다. 2023년부터 2025년까지 미주리 주 대표(계관)시인.

260 photo © 2020 by Nathan Papes, with permission from the poet, David Harrison

261 미국 피츠버그 출신 화가로 대중예술의 선구자. 1960년대 광고문화와 인기인들을 미술의
 소재로 삼아, 캠벨 통조림통, 코카콜라병, 달러 지폐 등을 소재로 한 미술품들을 제작하였
 다. 뉴욕에 있던 그의 스튜디오 "공장"(The Factory)은 당대 비주류 실험적 미술가, 영화인
 들, 작가들 음악가들이 모이던 장소였다.

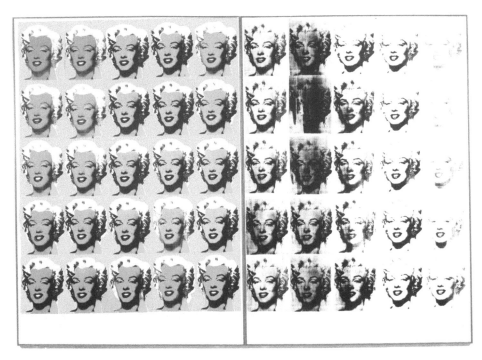

〈마릴린 양면화 Marilyn Diptych〉, 1962 262

262   Photo: Tate © 2023 The Andy Warhol Foundation for the Visual Arts, Inc./ Licensed by
        Artists Rights Society (ARS), New York-SACK, Seoul.

It's Me! [263]

Hey!

Over here!

It's me!

The real Marilyn!

Shhh!

Don' tell the others!

They don't know they're fakes!

Hey!

Over here!

It's me!

The real Marilyn!

Shhh!

Don't tell the others!

They don't know they'er fakes!

Hey!

Over here!

It's me!

(2001)

---

263   © 2001 by David L. Harrison, from *Heart to Heart: New Poems Inspired by Twentieth Century Art*, Abrams, printed and translated with permission from the poet, David Harrison.

나예요!

이봐요!

　　　　　여기예요!

　　나예요!

　　　　　　　진짜 마릴린요!

　　　　　쉿, 조용히!

다른 이들에게 말하지 말아요!

　　　　　그들은 저들이 가짜인줄 몰라요!

　　　　　이봐요!

여기라구요!

　　　　나죠!

　　진짜 마릴린은요!

　　　　　　　　쉿! 조용히!

　　　　　다른 사람들에게 말하지 말아요!

그들은 저들이 가짜인줄 몰라요!

　　　　　　　　이봐요!

　　여기라니까!

　　　　나라구요!

앤디 워홀의 마릴린 양면화는 1962년 마릴린 먼로의 죽음 바로 뒤이어 제작되었다. 워홀은 1953년 영화 "나이아가라"를 선전하는 공식 포스터에 사용된 먼로 사진을 이용하여, 당대 할리우드의 화려한 중심이었던 그녀를 기리고, 그녀를 성적 상징으로 상품화시킨 당대의 소비문화, 대중문화를 화폭에 담으려 하였다. "양면화"(diptych)는 기독교 전통에서 예수의 탄생과 죽음 장면같이 연속되거나 대비되는 장면들을 담아 제단을 장식하던 두 폭짜리 그림을 지칭한다. 워홀은 마릴린 사진을 실크스크린 프린팅을 이용하여, 한쪽에 25장씩 바둑판 모양으로 배열하고 한쪽은 오렌지 바탕에 금발의 마릴린을 찍어 내어 겉으로 드러난 화려한 외양을, 다른 한폭에는 흑백의 마릴린을 점점 흐릿한 윤곽으로 실어, 겉에서 알기 힘든 그녀의 실체와 더불어 세상에서 점차 사라지게 되는 먼로를 그려 내었다. 50여 장의 복사된 사진을 나란히 배열한 것은 50년대, 60년대 기계에 의한 대량생산을 반영한 것이기에 가로 2m 세로 3m의 이 거대한 양면화 속 반복된 여배우의 판화는 전후 획일화, 대량화되던 당대 문화의 아이콘이 되었다. 제작할 당시 워홀이 양면화로 의도했던 것은 아니나, 이후 우연히 두 폭을 나란히 붙이게 되었다고 한다.

아동문학가이기도 한 해리슨은 이 그림에 복사된 먼로들에게 서로 자신이 "진짜"의 먼로임을 주장하는 목소리를 부여하고 있다. 이들은 하나같이 자신이 진짜이며, 이 사실을 모르는 다른 사람들에겐 비밀로 해달라고 부탁한다. 모두가 복사된 가짜들은 장 보드리야르의 말처럼, "진짜는 없다는 사실을 은폐하는 진실"(The simulacrum is never that which conceals the truth – it is the truth which conceals that there is none.)[264]이 되어 버린 것이다. 해리슨은 각기 다른 먼로가 나설 때마다, 시 행의 시작을 들여 쓰고 내어 씀으로써, 그 위치를 표시하고 있어

---

264 각주 3 참조.

판박이 같은 워홀의 그림에 역동성을 더하고 있긴 하나, 진짜임을 주장하는 외침들 역시 하나같이 똑같은 말들의 반복에 그치고 있다. 대중예술이란, 대중에게 친숙한 사람과 사물들을 소재로 하지만, 보는 이들로 하여금 주변 흔한 일상 사물들과 인물들의 참 의미에 대해 잠깐 다시 생각해 보게 하는 효과도 지닌다. 워홀의 의도가 무엇이었던지는 밝혀지지 않았지만, 마릴린 양면화는 기독교 제단을 장식하던 성화이던 양면화를 당대 인기 여배우로 대신한 패러디이면서, 동시에 당대 소비문화 속 영상과 복제, 프린팅 기술의 발달이 탄생시킨 새로운 여주인공(sexual heroine)을 부각시키고 있다. 당대 성적 상징으로서 인기를 누렸던 마릴린 먼로의 죽음에 대한 일종의 애도의 표시였을 수도 있다. 그러나 복사물의 영상으로 반복되는 저 추도사(in memoriam) 앞에서, 우리는 화려한 영상 뒤에 숨은 저 인기인 개인의 실제의 삶을 헤아려 볼 도리는 없는 것 같다.

40. 화가와 시인의 차이

프랑크 오하라 (Frank O'Hara 1926-1966) [265]

래리 리버스 〈프랑크 오하라〉[266]·cxi

마이크 골드버그 [267] 와 오하라 cxii

---

265 1960년대 뉴욕을 중심으로 마이크 골드버그, 래리 리버스, 잭슨 폴록, 윌리엄 드 쿠닝 등 화
    가들과, 존 애쉬베리, 제임스 쉴러, 앨런 긴스버그, 케네스 코흐 등의 작가들, 재즈 음악가들
    이 이룬 뉴욕스쿨의 대표적 시인. 기존의 엄숙한 시론들에 대해, 눈앞 친구들에게 사소한 주
    변 일들에 대해 직접 애기하는 듯한 "사람주의/인간주의(personism)"를 주장하였다. 뉴욕
    현대미술관 큐레이터를 역임.

266 Larry Rivers(1923-2002), 〈Portrait of Frank O'Hara〉 © Estate of Larry Rivers/SACK, Seoul/
    VAGA at ARS, NY-SACK, Seoul, 2023. 래리 리버스는 미국 뉴욕 출신의 화가, 음악가, 팝아
    트를 추구.

267 Mike Goldberg(1924-2007). 미국 뉴욕 출신 추상파 화가, 뉴욕 시각예술학교에서 가르치며
    액션 페인팅을 소개.

골드버그, 〈정어리들 Sardines〉, 1955, 스미소니언 미술관 268· cxiii

---

268 Michael Goldberg, 〈Sardines〉, 1955, oil and adhesive tape on canvas, 80 3/4 x 66 in.
(205.1 x 167.7cm.), Smithsonian American Art Museum, Gift of Mr. and Mrs. David K.
Anderson, Martha Jackson Memorial Collection, 1981.109.9 (open source)

Why I Am Not a Painter[269]

I am not a painter, I am a poet.
Why? I think I would rather be
a painter, but I am not. Well,

for instance, Mike Goldberg
is starting a painting. I drop in.
"Sit down and have a drink" he
says. I drink; we drink. I look
up. "You have SARDINES in it."
"Yes, it needed something there."
"Oh." I go and the days go by
and I drop in again. The painting
is going on, and I go, and the days
go by. I drop in. The painting is

나는 왜 화가가 아닐까

나는 화가가 아니다. 나는 시인이다.
왜냐고? 난 화가였으면 하고 생각하지만,
아닌 것이다. 그러니까

한 예를 들자면, 마이크 골드버그가
그림을 그리기 시작하고, 나는 그에게 들른다.
"앉아서 뭐 좀 마셔," 그가 말해서
나는 마시고 그도 마신다. 난 그림을 보며
"저기 정어리들을 그렸네."
"응. 거기 무언가 있어야 할 것 같아서."
"오." 난 돌아가고, 며칠이 지나
나는 다시 들른다. 여전히 그림은 작업중이다
나는 돌아가고, 또 며칠이 흘러.
다시 들렀더니 그림이

finished. "Where's SARDINES?"

All that's left is just

letters, "It was too much," Mike says.

But me? One day I am thinking of

a color: orange. I write a line

about orange. Pretty soon it is a

whole page of words, not lines.

Then another page. There should be

so much more, not of orange, of

words, of how terrible orange is

and life. Days go by. It is even in

prose, I am a real poet. My poem

is finished and I haven't mentioned

orange yet. It's twelve poems, I call

it ORANGES. And one day in a gallery

I see Mike's painting, called SARDINES.

(1957)

　　이 시는 오하라가 화가 친구인 골드버그의 화실에 들르면서 친구의 그림 창작 과정과 자신의 시적 창작 과정을 관찰하고 있는 시로, 시와 미술 간의 친밀함과 더불어 차이점에 대해 생각하게 하는 시이다. 매우 가볍고 친밀한 어조로, 또 미술가 친구와의 친분, 또 그의 작업에 대한 부러움과 경이감과 더불어 시인으로서의 자부심을 농담삼아 드러내고 있다. 흥미로운 것은 시인과 미술가 두 사람 모완성되었다. "정어리들 어디 갔어?"

남은 것은 단지 글씨들 뿐.

"너무 많았어." 마이크가 말한다.

그에 비해 나는? 어느날 나는

색깔 하나를 생각한다: 오렌지색. 나는

오렌지에 대해 한 줄을 쓰고, 곧 그것은

몇 줄이 아니라 한 페이지 가득 채운 말이 된다.

그리고 또 한 페이지. 더욱 많은 말이 있어야 한다.

오렌지에 대해서가 아니라, 말들에 대해서,

오렌지가, 또 삶이 얼마나 끔찍한지에 대해서.

여러 날이 지난다. 이젠 아예 산문이 되고,

나는 진정 시인인 것이다. 내 시는 끝났지만,

아직 오렌지는 언급도 못했다. 열두 편의 시들,

나는 그것에 "오렌지들"이라 제목을 붙인다.

그리고 어느날, 화랑에서 〈정어리들〉이라는

제목이 붙은 마이크의 그림을 본다.

두 서로의 대화와 교류 속에서 각각의 창작활동을 저마다의 방식으로 지속해 가고 있다는 사실이다. 시인은 화가 친구의 화실에 들러 같이 음료를 마시며, 그가 작업하는 것을 지켜본다. 화가인 친구는 "정어리들"이 들어 있는 그림을 그리는 중이다. 처음엔 정어리들을 화폭 빈 공간에 그려 놓고 "정어리들"이라는 단어를 써 놓았을 것이다. 몇 번 방문을 되풀이하는 동안 그 정어리들 그림은 사라지고

정=어=리=들이라는 글자만 남아 있는 추상화가 된다. 친구 골드버그는 구체적인 사물에서 출발하여 직접적인 형상들을 해체시켜 점점 더 추상적인 개념을 표현해 가는 것이다. 단어들도 지칭의 의미를 잃고 기호의 역할만을 할 뿐이다.

반면 붉은색과 흰색, 노랑, 갈색이 뒤섞인 화폭으로부터 영감을 받은 시인 오하라는 "오렌지색"에 관한 시를 시작한다. 실제로 "오렌지 시들"은 골드버그의 그림(1957)이 발표되기 훨씬 전인 1949년에 쓰였다. 오렌지색은 시인 오하라에게 여러 다양한 사건과 사물들을 떠올리게 하고, 여러 연상, 복합 작용을 거쳐, 오렌지가, 급기야는 삶 자체가 얼마나 끔찍한 것인지를 토로하는 열두 편의 시로 피어난다. 그러고도 시인에게 정작 오렌지 자체를 규명하는 작업은 계속되는 부연 설명과 주변의 이야기들 속에 한없이 "지연"된다. 시인의 작업이란, 개념이나 이미지에서 출발하여 삶의 구체적 기억과 사건들의 연상 속으로 계속 확대되어 가는 언어의 과정을 거친다. 친구 화가의 작업은 한 폭의 그림으로, 시인 자신의 작업은 열두 편의 시집으로 세상에 나온다. 가벼운 회화체의 경쾌한 시간적 전개를 보이는 오하라의 시는, 그러나 시와 회화의 창작과정의 차이점을 선명하게 그려 내고 있다. 그러면서도 두 예술은 대화와 교류를 통해, 서로를 격려하고 지켜보는 가운데, 훌륭히 이루어지고 있다.

마이크 골드버그의 완성된 그림 "정어리들"을 자세히 보면, 좁은 공간 안에 겹겹이 쌓여 갇혀 버린 정어리들의 모습이 붉은색들과 더불어 보이는 듯하다. 그림의 한 귀퉁이에는 "출구"(Exit)라는 글자 또한 적혀 있는데, 어떤 해방의 가능성을 비추려 한 것일까? 골드버그는 한 인터뷰에서 오하라와 자신이 추구했던 것은 "직접성"(immediacy)이라 말한 바 있는데, 두 예술가의 창작과정과 결과가 즉시적으로, 어려운 형식의 매개없이 진솔하고 강렬하게 눈앞에 펼쳐지는 느낌을 준다는 점에서 그러한 것 같다.

미술품들 앞에 섰던 시인들의 시들을 살펴보는 일을 거의 마무리하면서 오하라의 시를 소개한 것은 미술품들과 시와의 관계에 대해 한 번 더 생각해 볼 수 있게 해 주어서이다. 그림과 시, 이미지와 텍스트(언어)의 관계에 대해서 로마시대 호레이스(Horatius)나 중국 소동파처럼 근원이 동일한 자매관계로 보는 견해[270]가 있었는가 하면, 다빈치처럼 어느 편이 의미전달 효과에 있어 우세한가를 겨루어 보는 견해[271]도 있었다. 오하라는 이 시에서 자신은 화가가 아니고 시인임을 천명하고, 화가와 시인은 서로 다른 방식으로 작품을 이룬다는 점을 예시하는 듯하나, 실제로 두 친구는 서로의 끊임없는 교류 속에서 사물들의 의미를 추구해 가는 과정을 공유하고 있다. 화가인 친구는 현실의 세부들과 언어를 해체하여 사물의 핵심을 형상화한 반면, 시인은 현실의 다양한 경험들과 관련 연상들의 끝없는 나열을 통하여 의미를 추구해 간다. 오하라는 이 시에서 자신은 "오렌지"에 대해 끝없이 말을 풀어내는 "진정한" 시인임을 농담처럼 과시하지만, 그는 "오렌지"를 채 언급도 못한 채, 열두 편의 "오렌지" 시를 썼고, 화가 골드버그는 "정어리들"이라는 통상적 단어에서 분리되어 정=어=리=들이란 해체된 글자만을 남긴 물고기들을 투사했다는 점에서, 이들 둘 모두는 접근 방식은 다르나, 언어로 닿을 수 없는 사물들의 신비한 핵심을 비추고 있다고 말할 수 있겠다.

---

270 호레이스는 "시도 그림에서와 같다"(Ut Pictura Poesis)고 관찰하였고, 소동파는 '시화동일률'이라 하여 시와 그림 모두 자연의 사물을 신선하게 표현하여야 하는 동일한 규율을 지닌다고 하였다.

271 다빈치는 파라곤(paragone, 모범)의 개념으로 시와 그림 중 어떤 것이 더 우월한 효과를 지니는지를 가늠하고자 하였다.

41. 사진과 현실

메리 조 뱅 (Mary Jo Bang 1946-) 272

메리 조 뱅

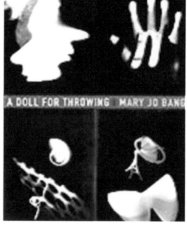

시집, 『던지기 인형』 표지 273

---

272 작가, 사진 소개는 각주 165, 166 참조.

273 cover image of *A Doll For Throwing*, published by Graywol Press, 2017. with permission
    from Mary Jo Bang.

로테 베제, 〈샨티 샤빈스키의 사진, 초상 위에 해칭 선들로 인쇄〉,
1928, 게티연구소274

---

274 Lotte Beese, 〈Photograph of Xanti Schawinski, printed with hatch-marks or lines acrosss
the portrait〉, ca. 1928. Getty Research Institute: photo by courtesy of Getty Research
Institute, Los Angeles (850514). © estate of Lotte Beese. Rights-holder(s) Unlocatable

Photograph Printed with Hatch-Marks or Lines Across the Portrait[275]

Some photographs invent a method of fiction, an illogical trying to think differently history. The true aim of archives is:

a complex, relating, narrating voice and rare versions of what happened, actuality of actuality. This requires a plastic mind. Archives of photographs create a direct category linked to the culture or written hisory, along with the premise of what may have happened, spread over the course of images that exist in two different temporal dimensions, i.e. when the photo was made and when we see it.

These opposed logics disfigure the true act — the incidental fact that this did exist—morphing the two times into one simultaneous reality where temporality remains to say this: what did exist may still exist. I think the living know this or else will come to know it when they look at this photograph.

(2017)

초상 위에 해칭 선들을 입혀 인쇄한 사진

어떤 사진들은 허구를 만드는 한 방법, 역사를 달리 보려는 비논리적인 시도를 고안한다. 아카이브의 진정한 목적은 (다음과 같다):

복합적으로 관계를 지어 서술하는 목소리, 그리고 일어났던 일에 대한 드문 해석, 실제 있었던 일의 또 다른 실제(를 있게 하는 것이다.) 여기엔 조형의 마음이 필요하다. 사진 아카이브들은 문화나 기록된 역사에 연결된 어떤 직접적인 범주를, 일어났을 법한 일에 대한 가설과 함께 지어낸다. 이 범주는 사진이 만들어졌을 때와 우리가 보는 때, 이 두 가지 시간 차원으로 존재하는 이미지들의 경로에 펼쳐져 있다.

이 두 가지(차원의) 상반된 논리들은 실제 행위, 과거 존재했던 사건적 사실을 변형시킨다. 그 두 가지 시간을 하나의 동시적 현실로 변형시켜 그 안에서 시간성은 다음과 같이 말하게 된다. 과거 있었던 일은 지금도 여전히 존재한다고. 지금 살아 있는 사람들은 이 점을 알고 있으며, 그들이 이 사진을 바라볼 때 이 점을 알게 될 것이라고 나는 생각한다.

까다로워 보이는 이 시는 어떤 사람의 사진 위에 가로 세로 촘촘한 해칭 선들(hatchmarks)을 넣은 작품을 보면서, 사진이나 그림이 지금 여기의 현실에서 의미를 얻게 되는 과정을 비유적으로 설명하고 있다. 어려운 대로 작가가 뜻하는 바는, 사진에 담긴 과거의 한순간에, 현재 그 사진을 보는 이의 해석이 마치 해칭 선의 그물망처럼 덧씌워져 과거 실제와는 다른 지금의 실제가 생겨난다는 것이다. 지금 사진을 보고 있는 사람은 그 사진을 사진 보존관에 있는 다른 사진들과의 관련 속에서, 기록된 역사 속에서 또 지금 자신을 둘러싼 새로운 환경, 생각, 느낌, 가정 등등의 연관 속에서 보아 지금의 의미를 읽어 낸다. 우리가 빛바랜 과거 졸업 앨범을 대할 때, 친구들은 과거 실제 동창생들로만 머물러 있는 것이 아니라, 이후의 여러 사정과 지금의 변모, 또 여러 가능성 등의 복잡한 관계 속에서 새로운 의미가 덧씌워진 존재들로 있게 되는 것이다. 조 뱅은 해칭 선들을 입힌 이 사진이 현실 그대로의 재현이 아니라 현실의 허구성을 일깨운다는 점에서 매우 독창적이라는 점에 주목하고 있다.

조 뱅이 이 시에서 다루고 있는 사진은 LA 게티연구소(Getty Research Institute)에 보관되어 있는 옛 바우하우스 학생들의 습작품들 중 하나로, 바우하우스(bauhaus)[276]에서 사진을 연구했던 여성, 로테 베제[277]가 1928년, 그림을 공부하던 샨티 샤빈스키[278]의 사진 위에 가로 세로 해칭 선들을 입혀 인화한 작품이다. 1919년 독일인 건축가 그로피우스(Walter Gropius 1883-1969)가 창립한 바우

---

276 독일어로 building house란 뜻의 이 예술학교는 1919년에서 1933년까지 존속하였다.

277 Lotte Beese(1903-1988). 독일-네덜란드계 여성 건축가, 사진가, 도시 계획가. 2차 대전 후 네덜란드 도시 로테르담의 재건에 이바지하였다. 1926년에서 1928년까지 독일 동부 데사우로 옮겨 있던 바우하우스에서 수학.

278 Xanti Schawinsky(1904-1979). 스위스의 화가, 사진가, 무대 디자이너. 1925년에서 1928년까지 바우하우스 재학.

하우스는 직조, 공예, 건축, 디자인, 사진, 그림 등 모든 예술분야들이 하나로 통합된 예술을 지향하여, 화가 칸딘스키(Wassily Kandinski), 폴 클레(Paul Klee), 라즐로 모홀리 나지(Laszlo Moholy-Nagy) 같은 예술가들이 교사로 활동하였고, 1000명이 넘었던 학생들은 이후 사진, 디자인이나 건축에 있어 "기능을 따른 형식"을 추구하는 모더니즘의 확립에 큰 영향을 미쳤다.

　　예술적 추구에 있어 분야나 남녀의 차별을 두지 않는다는 민주적 모토와는 달리, 바우하우스의 실제 교육은 "옷감보다는 금속"을 우위에 두어 여성들의 재봉이나 직조보다 조각이나 건축을 중요시하였고, 남성 교사들은 매스터들(Masters)로 불리며, 여성 연구생들에 대해 우월한 위치에 있었다. 특히 로테 베제나, 루시아 모홀리 나지(Lucia Moholy-Nagy) 같은 뛰어난 여성 연구자들의 사진 원판과 건축 아이디어들은 1932년 나치에 의해 바우하우스가 폐쇄된 후, 이름도 없이 묻히거나, 그로피우스를 비롯한 남성 교사들 수중에 들어가 그들의 작품으로 변조되었다. 조 뱅이 『던지기 인형』에서 시도하는 것 중 하나는 데사우(Dessau) 시절[279], 바우하우스 건물 곳곳을 사진으로 남겼던 루시아 모홀리를 비롯, 여성 예술가들의 시각과 목소리를 가정하여, 기능과 통합과 간결, 또 남성의 권위를 우선시하던 바우하우스의 세계에서 정체성과 자신의 예술적 성취를 추구하던 여성들의 내면을 새로이 조명하는 일이다. 시집의 제목 "던지기 인형"도 바우하우스에서 활동했던 여성 앨마 부셔[280]가 만든 뜨개 인형(Wurfpuppe)[281]에서 취한 것으로, 공중

279　바우하우스는 1919년에서 1925년까지는 바이마르에, 1925년부터 1932년까지는 데사우에, 1932년부터 폐쇄되던 1933년까지는 베를린에 있었다.

280　Alma Siedhoff-Buscher(1899-1944). 1922년부터 바우하우스에서 그림, 직조, 나무 조각을 연구, 후에는 어린이들을 위한 블록, 던지기 인형 등을 고안했고 가구들도 디자인하였다. 2차 대전 중 공습에 피격되어 사망하였다.

281　Wurfpuppe 가는 철사에 뜨개 옷을 입히고 머리는 헝겊 등으로 되어 던지며 노는 인형.

에 던져져도 무사히 떨어지는 특성을 고난을 이겨 내는 여성 예술가들에 투사한 것이다.

조 뱅은 2012년 세인트루이스 퓰리처 재단 미술관의 한 전시회에서 루시아 모홀리가 1926년 찍은 사진 원판 한 점을 접한 후, 당시 모홀리 부부의 전기적 사실들을 비롯, 바우하우스 참여인들과 작품들, 또 주변 사실들을 찾아 LA 게티연구소를 비롯, 베를린에 있는 바우하우스 작품 보존관 등을 거의 5년에 걸쳐 조사하였다. 시집, 『던지기 인형』에 실린 시들 대부분이 1920, 30년대 바우하우스 작품들에서 제목을 취한 것으로, 조 뱅은 자신 주변 여러 사실들과 바우하우스 시대 인물들, 작품들, 역사적 사실들과의 관계 속에서, 루시아 모홀리를 비롯한 당대 여성 예술가들의 작품들 위에 새로운 의미의 해칭 선을 촘촘히 그려 넣고 있는 것이다.

과거 묻혔던 여성 사진가, 건축가들의 작품을 새로이 조명하는 데 있어, 조 뱅은 이 시집에서 몇 가지 형식상의 시도를 하고 있다. 우선 시 제목들을 실제 작품들에서 취하여, 각 작품들을 시의 밑그림으로 삼고, 시의 행과 연을 마치 사진의 네모난 틀에 맞춘 듯한 산문 형식으로 배열하는 것이다. 이러한 형식은 시에 서정성보다는 사실적 견고함을 부여하면서, 마치 시의 행과 단어들이 바탕의 원 작품들 위에 덧씌워진 해칭 선들 같은 인상을 주어, 각 시들이 사실에 근거한 또 하나의 허구적 건조물이란 점을 상기하게 한다. 또한 많은 시들에 등장하는 "나," (I) 혹은 "우리"(we)라는 화자는 실제 작품으로부터 온 제목하에서, 대부분 조 뱅 자신의 목소리이기보다는 루시아 모홀리나 베제 같은 여성 작가들의 목소리를 띠게 된다. 이는 마치 과거 여성 작가들을 던지기 인형으로 무릎에 앉히고 뒤에서 조 뱅이 복화술로 그들에게 새로운 목소리로 과거 사실을 새로운 관점에서 말하게끔 하는 효과를 부여한다. 실제 조 뱅은 이 시집의 말미에서 시에 등장하는 모든 이름들과 작품들은 실제 사람들과 작품들에서 취한 것이지만, 시의 내용과 목소리는 자신이 지어낸 허구임을 밝히고 있다. 남성적 가치 위주의 단일하고도 절대적인 권위의 세계에서 암암리에 팽개쳐지고 매장되었던 여성 예술가들을 조 뱅은 차분하고 확실하게, 그러면서도 던지기 인형의 사뿐함을 잃지 않고 제자리에, 또 현재에 재배치하고 있는 것이다. 이러한 조 뱅의 시도는 과거를 바로잡는 일에만 그치는 것이 아니라, 다른 이들의 희생을 무릅쓰고, 당연시하면서 과거의 막강한 독점력을 "다시"(wieder) 되살리겠다는 당대 독재적인 정치권력에 대한 우려와 항거이기도 하다. 미술관의 그림과 사진, 여러 예술품들은 아름답고 신비한 세계로 우리를 인도할 뿐 아니라, 진실된 삶, 좋은 삶이란 어떤 것인가를 끊임없이 탐구하게 하는 원동력을 이룬다.

참고문헌

갈로(葛路). 『중국회화이론사』. 강관식 옮김. 파주시: 돌베개, 2010.

김우창. 「예술론」. 『김우창 전집』 8. 서울: 민음사, 2018.

드브레, 레지스. 『이미지의 삶과 죽음』. 정진욱 옮김. 파주시: 글항아리, 2011.

박명진. 『이미지 문화와 시대 쟁점: 영상문화의 세계는 어떻게 발전해 왔는가』. 문학과 지성사, 2013.

Abse, Dannie & Joan Abse, ed. *Voices in the Gallery*. Tate Gallery Publications, 1986.

Adams, Pat, ed. *With a Poet's Eye: A Tate Gallery Anthology*. Tate Gallery Publications, 1986.

Bal, Mieke. *Reading Rembrandt: Beyond the Word-Image Opposition*. Amsterdam: Amsterdam UP, 2006.

――――― . *Image-Thiking: Artmaking as a Cultural Analysis*. Edinburgh: Edinburgh UP, 2022.

Baudrillard, Jean. "The Precession of Simulacra." *Simulacra and Simulation*. Translated by Sheila Faria Glaser. U of Michigan P, 1994: 1-42.

web.stanford.edu/class/history34q/readings/Baudrillard/Baudrillard_Simulacra.html. Accessed 12 December, 2022.

Benjamin, Walter. *The Work of Art in the Age of Its Technological Reproducibility, and Other Writings on Media*. Edited by Michael W. Jennings, Brigid Doherty, and Thomas Y. Levin. Translated by Edmund Jephcott, Rodney Livingstone, Howard Eiland, and Others. Cambridge: The Belknap P of Harvard UP, 2008.

Berger. John. *Ways of Seeing*. London: British Broadcasting Corporation and Penguin Books, 1972.

Brosch, Renate. "Introduction: Ekphrasis in the Digital Age: Responses to Image." *Poetics Today*. Duke University Press. Vol. 39 (2), 2018: 225-244.

Bundschuh, Jessica. "Edward Hopper's *Nighthawks, 1942* : The Ekphrastic Poet's Collective Diner." *Poetics Today*. Duke University Press. Vol. 39 (2), 2018: 383-401.

Costello, Bonnie. *Planets on the Table: Poetry, Still Life, and the Turning World*. Cornell UP, 2008.

Denham, Robert D. *Poets on Paintings: A Bibliography*. Jefferson, NC. : McFarland. 2010.

Fragos, Emily, ed. *Art and Artists: Poems*. Alfred A. Knopf, 2012.

Friedman, Donald. *The Writer's Brush: Paintings, Drawings, and Sculpture by Writers*. Mid-List Press, 2007.

Gail, Levin, ed. & introduction. *The Poetry of Solitude: A Tribute to Edward Hopper*. New York: Universe Publishing. 1995.

Greenberg, Jan, ed. *Heart to Heart: New Poems Inspired by Twentieth-Century American Art*. New York: Abrams Books for Young Readers, 2001.

Hedley, Jane. et al., eds. *In the Frame: Women's Ekphrastic Poetry from Marianne Moore to Susan Wheeler*. U. of Delaware P, 2009.

Heffernan, James. *Museum of Words: The Poetics of Ekphrasis from Homer to Ashbery*. U of Chicago P, 1993.

Hirsch, Edward, ed. *Transforming Vision: Writers on Art*. Art Institute of Chicago, 1994.

Hollander, John. *The Gazer's Spirit: Poems Speaking to Silent Works of Art*. University of Chicago Press, 1995.

_____ , and Joanna Weber, eds. *Words for Images: A Gallery of Poems*. Yale University Art Gallery, 1999.

Jansson, Mats. "Ekphrasis and Digital Media." *Poetics Today*. Duke University Press. Vol. 39 (2), 2018: 300-318.

Kim, Uchang. *Landscape and Mind: Essays in East Asian Landscape Painting*. Seoul: Thinking Tree Publishing Co., Ltd, 2005.

Louvel, Liliane. "Types of Ekphrasis: An Attempt at Classification." *Poetics Today*. Duke University Press. Vol. 39 (2), 2018: 245-264.

_____ . *The Pictorial Third: An Essay into Intermedial Criticism*. Edited and Translated by Angeliki Tseti. New York: Routledge, 2018.

Lyons, Deborah, et al., ed. *Edward Hopper and the American Tradition*. W. W. Norton Company, 1997.

McClatchy, J. D. *Poets on Painters: Essays on the Art of Painting by Twentieth-Century Poets*. U of California P, 1988.

Mitchell, W. J. T. *Picture Theory: Essays on Verbal and Visual Representation*. University of Chicago Press, 1994.

_____ . *Iconology: Image, Text, Ideology*. U of Chicago P, 1986.

Tillinghast, Richard, ed. *A Visit to the Gallery*. University of Michigan Museum of Art, 1997.

Williams, R. John. *The Buddha in the Machine: Art, Technology and the Meeting of East and West*. Yale UP, 2014.

Williams, Robert. *Art Theory: An Historical Introduction*. Malden, MA: Blackwell Publishing LTD, 2004.

그림, 사진 출처

i
· https://upload.wikimedia.org/wikipedia/commons/thumb/1/15/Langston_Hughes_cph.3a43849. jpg/300px-Langston_Hughes_cph.3a43849.jpg (public domain)
· https://commons.wikimedia.org/wiki/File:Langston_Hughes_cph.3a43849.jpg accessed July 14, 2023.

ii
· https://onlineexhibits.library.yale.edu/s/gatheroutofstardust/media/11879

iii
· https://collectionapi.metmuseum.org/api/collection/v1/iiif/251935/539508/main-image
· https://www.metmuseum.org/art/collection/search/251935 (public domain)

iv
· https://collectionapi.metmuseum.org/api/collection/v1/iiif/254779/543626/main-image
· https://www.metmuseum.org/art/collection/search/254779 (public domain)

v
· https://upload.wikimedia.org/wikipedia/commons/thumb/a/a9/JohnKeats1819_hires.jpg/669px- JohnKeats1819_hires.jpg?20120119221246
· https://commons.wikimedia.org/wiki/File:JohnKeats1819_hires.jpg (public domain)

vi
· https://upload.wikimedia.org/wikipedia/commons/thumb/a/ad/Vase_de_Sosibios_01.JPG/602 px-Vase_de_Sosibios_01.JPG?20060226025044
· https://commons.wikimedia.org/wiki/File:Vase_de_Sosibios_01.JPG (CC BY-SA). (photo by clio 20) accessed July 14, 2023
· https://collections.louvre.fr/en/ark:/53355/cl010278007#

vii
· https://upload.wikimedia.org/wikipedia/commons/thumb/7/79/Keats_urn.jpg/330px-Keats_urn. jpg
· https://commons.wikimedia.org/wiki/Category:Sosibios_vase#/media/File:Keats_urn.jpg (public domain)

viii

· https://upload.wikimedia.org/wikipedia/commons/thumb/0/08/Sosibios_Vase_Louvre_Ma442.
jpg/1024px-Sosibios_Vase_Louvre_Ma442.jpg

· https://commons.wikimedia.org/wiki/File:Sosibios_Vase_Louvre_Ma442.jpg (CC BY) (photo by
Marie-Lan Nguyen 2009) accessed July 14, 2023

ix

· https://upload.wikimedia.org/wikipedia/commons/thumb/4/45/Harrington-pottery-vessel-
bussell-tn1.jpg/1169px-Har rington-pottery-vessel-bussell-tn1.jpg?20091207030415

· https://commons.wikimedia.org/wiki/File:Harrington-pottery-vessel-bussell-tn1.jpg (public
domain)

x

· https://upload.wikimedia.org/wikipedia/commons/thumb/d/d3/Harrington-pottery-vessel-
bussell-tn2.jpg/1178px-Ha rrington-pottery-vessel-bussell-tn2.jpg?20091207030945

· https://commons.wikimedia.org/wiki/File:Harrington-pottery-vessel-bussell-tn2.jpg (public
domain)

xi

· https://upload.wikimedia.org/wikipedia/commons/1/1c/Homer_British_Museum.jpg?20070528
210347

· https://commons.wikimedia.org/wiki/File:Homer_British_Museum.jpg (public domain)

xii

· https://cloud.firebrandtech.com/api/v2/img/111/9780785841814/XL

· https://www.quarto.com/books/9780785841814/the-iliad

xiii

· https://upload.wikimedia.org/wikipedia/commons/thumb/9/95/Angelo_monticelli_shield-of-
achilles.jpg/351px-Angelo_monticelli_shield-of-achilles.jpg

· https://commons.wikimedia.org/wiki/File:Angelo_monticelli_shield-of-achilles.jpg (public
domain)

xiv

· https://upload.wikimedia.org/wikipedia/commons/thumb/a/aa/AudenVanVechten1939.jpg/61
2px-AudenVanVechten1939.jpg?20210528233812

· https://commons.wikimedia.org/wiki/File:AudenVanVechten1939.jpg (public domain)

xv

· https://upload.wikimedia.org/wikipedia/en/f/fa/TheShieldOfAchilles.jpg?20190608233624

· https://en.wikipedia.org/wiki/File:TheShieldOfAchilles.jpg

xvi
· https://www.bl.uk/britishlibrary/~/media/bl/global/dl%2020th%20century/20th%20century%20
collection%20items/the-shield-of-achilles-w8_4838_p35.jpg

xvii
· https://www.bl.uk/britishlibrary/~/media/bl/global/dl%2020th%20century/20th%20century%20
collection%20items/the-shield-of-achilles-w8_4838_p36_37.jpg

xviii
· https://www.datocms-assets.com/6348/1543581949-91501.jpg
· https://news.bahai.org/story/915/ (accessed jyly 15 2023)

xix
· https://upload.wikimedia.org/wikipedia/commons/thumb/a/a4/Claude_Monet_1899_Nadar_cr
op.jpg/675px-Claude_Monet_1899_Nadar_crop.jpg?20091012164712

xx
· https://www.artic.edu/iiif/2/3c27b499-af56-f0d5-93b5-a7f2f1ad5813/full/843,/0/default.jpg

xxi
· https://en.wikipedia.org/wiki/File:Rainer_Maria_Rilke_1900.jpg
· https://commons.wikimedia.org/wiki/File:Rainer_Maria_Rilke_1900.jpg (public domain)

xxii
· https://upload.wikimedia.org/wikipedia/commons/thumb/0/00/Torso_Miletus_Louvre_Ma2792.
jpg/589px-Torso_Miletus_Louvre_Ma2792.jpg?20170118143532
· https://commons.wikimedia.org/wiki/File:Torso_Miletus_Louvre_Ma2792.jpg (public domain)

xxiii
· https://upload.wikimedia.org/wikipedia/commons/thumb/6/69/Belvedere_Torso-Vatican_Muse
ums.jpg/675px-Belvedere_Torso-Vatican_Museums.jpg?20091013184413
· https://commons.wikimedia.org/wiki/File:Belvedere_Torso-Vatican_Museums.jpg (CC BY-SA3.0
by Yair Ha klai)

xxiv
· https://upload.wikimedia.org/wikipedia/commons/6/64/Gabriela_Mistral_1945.jpg?2012072903
5144
· https://commons.wikimedia.org/wiki/File:Gabriela_Mistral_1945.jpg (public domain)

xxv

· https://upload.wikimedia.org/wikipedia/commons/9/94/Auguste_Rodin_by_George_Charles_Beresford_%28NPG_x6573%29.jpg?20161230163823

· https://commons.wikimedia.org/wiki/File:Auguste_Rodin_by_George_Charles_Beresford_(NPG_x6573).jpg (public domain)

xxvi

· https://upload.wikimedia.org/wikipedia/commons/thumb/5/56/The_Thinker%2C_Rodin.jpg/675px-The_Thinker%2C_Rodin.jpg?20110622111304

· https://commons.wikimedia.org/wiki/File:The_Thinker,_Rodin.jpg (public domain)

xxvii

· https://upload.wikimedia.org/wikipedia/commons/b/b1/La_Porte_de_l%27enfer_in_the_Jardin_du_Mus%C3%A9e_Rodin%2C_Paris_14_June_2015.jpg (CC BY-SA by Douglas J O'Brien)

xxviii

· http://www.lanternreview.com/blog/wp-content/uploads/2013/05/MG_9303_COLOR-200x300.jpg9 (copied with the notification to Matthew Olzmann)

xxix

· https://upload.wikimedia.org/wikipedia/commons/thumb/4/45/The_Thinker%2C_Auguste_Rodin.jpg/603px-The_Th inker%2C_Auguste_Rodin.jpg?20070925113711 (public domain)

· https://commons.wikimedia.org/wiki/File:The_Thinker,_Auguste_Rodin.jpg

xxx

· https://images.squarespace-cdn.com/content/v1/5b6b67d275f9ee38d594b8a5/1541017064370-VYV8D7HEYR4KH3C1EF2N/9781938584275_FC_RGB.jpg?format=2500w

· https://www.alicejamesbooks.org/bookstore/contradictions-in-the-design

xxxi

· https://images.squarespace-cdn.com/content/v1/5b6b67d275f9ee38d594b8a5/1633526106076-BETEWWVPE51WB2FG2I2I/ConstellationRoute_5.5x8.5-FINAL+%281%29.jpg?format=2500w

· https://www.alicejamesbooks.org/bookstore/constellation-route

xxxii

· https://upload.wikimedia.org/wikipedia/commons/0/02/Michelangelo_Daniele_da_Volterra_%28dettaglio%29.jpg (portrait by Daniele da Volterra, public domain)

· https://commons.wikimedia.org/wiki/File:Michelangelo_Daniele_da_Volterra_(dettaglio).jpg xxxiii

· photo provided by courtesy of the author, Raul Moreno.

xxxiv

· https://upload.wikimedia.org/wikipedia/commons/thumb/c/c6/Pieta_Bandini_Opera_Duomo_Florence_n01.jpg/597px-Pieta_Bandini_Opera_Duomo_Florence_n01.jpg?20121003181507(© Marie-Lan Nguyen/Wikimedia Commons/CC-BY 2.5)
· https://commons.wikimedia.org/wiki/File:Pieta_Bandini_Opera_Duomo_Florence_n01.jpg

xxxv

· https://upload.wikimedia.org/wikipedia/commons/thumb/4/44/Michelangelo_piet%C3%A0_rondanini.jpg/675px-Michelangelo_piet%C3%A0_rondanini.jpg?20051217173655 (CC BY-SA phot o by Paolo da Reg gio)
· https://commons.wikimedia.org/wiki/File:Michelangelo_piet%C3%A0_rondanini.jpg

xxxvi

· https://upload.wikimedia.org/wikipedia/commons/thumb/a/af/X.J._Kennedy.jpg/717px-X.J._Ke nnedy.jpg?20171121033532
· https://commons.wikimedia.org/wiki/File:X.J._Kennedy.jpg (photo by Man2mars28)

xxxvii

· https://upload.wikimedia.org/wikipedia/commons/6/6d/Mina_Loy_-_1917.gif?20070413022959
· https://commons.wikimedia.org/wiki/File:Mina_Loy_-_1917.gif (public domain)

xxxviii

· https://upload.wikimedia.org/wikipedia/commons/thumb/f/f2/Edward_Steichen_-_Brancusi.jpg /724px-Edward_Steichen_-_Brancusi.jpg?20081101235237
· https://commons.wikimedia.org/wiki/File:Edward_Steichen_-_Brancusi.jpg

xxxix

· https://www.artic.edu/iiif/2/c8024369-fa0a-6438-0072-f9b9929a800b/full/843,/0/default.jpg
· https://www.artic.edu/artworks/91194/golden-bird (SACK public domain)

xl

· https://www.metmuseum.org/art/collection/search/486757 (SACK public domain)

xli

· https://www.explorepenrith.org.uk/cg/images/cg-Wordsworth-400.jpg
· https://www.explorepenrith.org.uk/cg/panel12/

xlii

· https://upload.wikimedia.org/wikipedia/commons/thumb/0/06/Francesco_Melzi_-_Portrait_of_
LeonardoFXD2.jpg/627px-Francesco_Melzi_-_Portrait_of_LeonardoFXD2.jpg?20220305210429
· https://commons.wikimedia.org/wiki/File:Francesco_Melzi_-_Portrait_of_LeonardoFXD2.jpg
(public domain)

xliii

· https://upload.wikimedia.org/wikipedia/commons/thumb/c/cd/Santa_Maria_delle_Grazie_wit
h_Leonardo%27s_The_Last_Supper.jpg/1200px-Santa_Maria_delle_Grazie_with_Leonardo%27s_
The_Last_Supper.jpg?20220518222348
· https://commons.wikimedia.org/wiki/File:Santa_Maria_delle_Grazie_with_Leonardo%27s_The_
Last_Supper.jpg (CCB Y-SA 4.0 photo by AI coolTIM)

xliv

· https://upload.wikimedia.org/wikipedia/commons/c/ca/Leonardo_da_Vinci_-_Ultima_cena_-_c
a_1975.jpg? 200809150 63255
· https://commons.wikimedia.org/wiki/File:Leonardo_da_Vinci_-_Ultima_cena_-_ca_1975.jpg
(public domain)

xlv

· https://upload.wikimedia.org/wikipedia/commons/thumb/4/4b/%C3%9Alti
· https://commons.wikimedia.org/wiki/File:%C3%9Altima_Cena_-_Da_Vinci_5.jpgma_Cena_-
_Da_Vinci_5.jpg/1200px-%C3%9Altima_Cena_-_Da_Vinci_5.jpg?20160409181233 (public
domain)

xlvi

· https://upload.wikimedia.org/wikipedia/commons/8/8d/Osip_Mandelstam_Russian_writer.jpg?
20090404183005
· https://commons.wikimedia.org/wiki/File:Osip_Mandelstam_Russian_writer.jpg (public domain)

xlvii

· https://upload.wikimedia.org/wikipedia/commons/5/5b/%D0%9D%D0%B0%D0%B4%D0%B5%
CC%81%D0%B6%D0%B4%D0%B0_%D0%AF%CC%81%D0%BA%D0%BE%D0%B2%D0%BB%D0
%B5%D0%B2%D0%BD%D0%B0_%D0%9C%D0%B0%D0%BD%D0%B4%D0%B5%D0%BB%D1%8
C%D1%88%D1%82%D0%B0%D0%CC%81%D0%BC.jpg?20150806045917
· https://commons.wikimedia.org/wiki/File:%D0%9D%D0%B0%D0%B4%D0%B5%CC%81%D0%B
6%D0%B4%D0%B0_%D0%AF%CC%81%D0%BA%D0%BE%D0%B2%D0%BB%D0%B5%D0%B2%
D0%BD%D0%B0_%D0%9C%D0%B0%D0%BD%D0%B4%D0%B5%D0%BB%D1%8C%D1%88%D1
%82%D0%B0%D0%CC%81%D0%BC.jpg (public domain)

xlviii
· https://m.media-amazon.com/images/I/41+r-de2BZL._SX319_BO1,204,203,200_.jpg
· https://www.amazon.com/Voronezh-Notebooks-NYRB-Poets-Mandelstam/dp/1590179102/ref=p
  d_vtp_h_pd_vtp_h_sccl_3/145-7590271-0113905?pd_rd_w=Q9B8K&content-id=amzn1.sym.e16c
  7d1a-0497-4008-b7be-636e59b1dfaf&pf_rd_p=e16c7d1a-0497-4008-b7be-636e59b1dfaf&pf_rd_r=
  MNZPXZR7R1GT6GZCHBAQ&pd_rd_wg=FF86f&pd_rd_r=eb9b63f0-04bc-44ce-af4c-b28f41d61
  046&pd_rd_i=1590179102&psc=1

xlix
· https://www.gutenberg.org/files/42824/42824-h/images/img135.jpg (public domain)
· https://www.gutenberg.org/files/42824/42824-h/42824-h.htm

l
· https://pen.org/wp-content/uploads/2023/03/Youn-Monica-Beowulf-Sheehan-MAIN-200x300.
  jpg
· https://pen.org/the-pen-ten-an-interview-with-monica-youn/ (courtesy by the author)

li
· https://www.graywolfpress.org/sites/default/files/styles/book_cover_large/public/covers/9781
  555973810.png?itok=Wcn_p3Ez
· https://www.graywolfpress.org/books/barter (image provided by courtesy of the suthor)

lii
· https://upload.wikimedia.org/wikipedia/commons/thumb/4/4d/Munch_SelfBurningCigarette.
  jpg/687px-Munch_Self BurningCigarette.jpg
· https://en.wikipedia.org/wiki/File:Munch_SelfBurningCigarette.jpg (public domain)

liii
· https://upload.wikimedia.org/wikipedia/commons/thumb/9/9d/The_Scream_by_Edvard_Munc
  h%2C_1893_-_Nasjonalgalleriet.png/725px-The_Scream_by_Edvard_Munch%2C_1893_-_Nasjona
  lgalleriet.png?20150815214940
· https://commons.wikimedia.org/wiki/File:The_Scream_by_Edvard_Munch,_1893_-_Nasjonalgall
  eriet.png (public domain)

liv
· https://upload.wikimedia.org/wikipedia/commons/thumb/5/58/Robert_Browning_by_Herbert
  _Rose_Barraud_c1888.jpg/648px-Robert_Browning_by_Herbert_Rose_Barraud_c1888.jpg?20130
  919183815
· https://commons.wikimedia.org/wiki/File:Robert_Browning_by_Herbert_Rose_Barraud_c1888.
  jpg (public domain)

lv

· https://upload.wikimedia.org/wikipedia/commons/thumb/6/63/Ferrara_in_Italy.svg/715px-Ferr
  ara_in_Italy.svg.png?20110618152735
· https://commons.wikimedia.org/wiki/File:Ferrara_in_Italy.svg (CC BY-SA 3.0 map by TUBS)

lvi

· https://uploads5.wikiart.org/images/agnolo-bronzino/lucrezia-di-cosimo.jpg!Large.jpg
· https://www.wikiart.org/en/agnolo-bronzino/lucrezia-di-cosimo (public domain)

lvii

· https://collectionapi.metmuseum.org/api/collection/v1/iiif/436343/1357718/main-image
· https://www.metmuseum.org/art/collection/search/436343 (public domain)

lviii

· https://lsupress.org/assets/press-kits/2018/10/5bbe04c830e17.jpg
· https://lsupress.org/assets/press-kits/2018/10/5bbe04c830e17.jpg (Press kit of LSU Press)

lix

· https://upload.wikimedia.org/wikipedia/commons/thumb/e/e9/F%C3%A9lix_Nadar_1820-1910_
  portraits_Eug%C3%A8ne_Delacroix_restored.jpg/653px-F%C3%A9lix_Nadar_1820-1910_portraits
  _Eug%C3%A8ne_Delacroix_restored. jpg?20140214211648
· https://commons.wikimedia.org/wiki/File:F%C3%A9lix_Nadar_1820-1910_portraits_Eug%C3%A8
  ne_Delacr oix_restored.jpg (publlic domain)

lx

· https://www.eugenedelacroix.org/thumbnail/214000/214325/mini_large/The-Medeas-Fury.jpg?ts
  =1459229076
· https://www.eugenedelacroix.org/The-Medeas-Fury.html (CC licence)

lxi

· https://literary-arts.org/wp-content/uploads/2016/05/Boland-708x1024.jpg
  (bought and downloaded from San Fransisco Chronicle Archive, May 20, 2020)

lxii

· https://upload.wikimedia.org/wikipedia/commons/thumb/7/7c/Chardin_pastel_selfportrait.jpg
  /683px-Chardin_pastel_selfportrait.jpg?20060125114021
· https://commons.wikimedia.org/wiki/File:Chardin_pastel_selfportrait.jpg (public domain)

lxiii

· https://upload.wikimedia.org/wikipedia/commons/thumb/1/1a/Jean_Sim%C3%A9on_Chardin_-
  _The_Provider_%28La_Pourvoyeuse%29_-_WGA04759.jpg/738px-Jean_Sim%C3%A9on_Chardin
  _-_The_Provider_%28La_Pourvoyeuse%29_-_WGA04759.jpg?20110625062458

· https://commons.wikimedia.org/wiki/File:Jean_Sim%C3%A9on_Chardin_-_The_Provider_(La_Po urvoyeuse)_-_WGA04759.jpg (public domain)

lxiv

· https://uploads4.wikiart.org/00129/images/jean-baptiste-simeon-chardin/jean-baptiste-sime-on-chardin-017.jpg!Large.jpg
· https://www.wikiart.org/en/jean-baptiste-simeon-chardin/woman-cleaning-turnips (public dom ain)

lxv

· https://images.findagrave.com/photos250/photos/2021/345/25197756_1e8d2083-16b3-4794-abc 4-349f0ee1a3de.jpeg
· https://www.findagrave.com/memorial/25197756/robert-cassie-waterston:accessed 30 July 2023

lxvi

· https://upload.wikimedia.org/wikipedia/commons/thumb/d/d4/Sandro_Botticelli_083.jpg/824 px-Sandro_Botticelli_083.jpg?20161213211517
· https://commons.wikimedia.org/wiki/File:Sandro_Botticelli_083.jpg (public domain)

lxvii

· https://upload.wikimedia.org/wikipedia/commons/thumb/0/0b/Sandro_Botticelli_-_La_nascita_ di_Venere_-_Google_Art_Project_-_edited.jpg/1280px-Sandro_Botticelli_-_La_nascita_di_Venere _-_Google_Art_Project_-_edited.jpg

lxviii

· https://upload.wikimedia.org/wikipedia/commons/thumb/e/e8/Sala_degli_elementi%2C_crono %2C_tra_allegorie%2C_mutila_urano_per_originare_i_4_elementi%2C_di_vasari%2C_c._gherardi _e_m._da_faenza_01.JPG/1200px-Sala_degli_elementi%2C_crono%2C_tra_allegorie%2C_mutila_ urano_per_originare_i_4_elementi%2C_di_vasari%2C_c._gherardi_e_m._da_faenza_01.JPG?201 40510153512
· https://www.worldhistory.org/image/16552/the_mutilation_of_uranus_by_saturn_cronus/ (publ ic domain)

lxix

· https://upload.wikimedia.org/wikipedia/commons/thumb/b/b4/Giorgio_Vasari_-_The_birth_of_ Venus_-_Google_Art_Project.jpg/1119px-Giorgio_Vasari_-_The_birth_of_Venus_-_Google_Art_P roject.jpg?20130123095044
· https://www.meisterdrucke.ie/fine_art_print/Giorgio_Vasari/704926/The_Birth_of_Venus%2c_ 1556_1557.html (public domain)

lxx

· https://upload.wikimedia.org/wikipedia/commons/7/74/Sable_Venus_Grainger.jpg?201210280
95603

· https://commons.wikimedia.org/wiki/File:Sable_Venus_Grainger.jpg (public domain)

lxxi

· https://collectionapi.metmuseum.org/api/collection/v1/iiif/396463/766426/main-image

· https://www.metmuseum.org/art/collection/search/396463 (public domain)

lxxii

· https://upload.wikimedia.org/wikipedia/commons/1/1d/Herman_Melville_1860.jpg?201112200
73645

· https://commons.wikimedia.org/wiki/File:Herman_Melville_1860.jpg (public domain)

lxxiii

· https://upload.wikimedia.org/wikipedia/commons/thumb/1/14/Elihu_Vedder_1870.jpg/648px-
Elihu_Vedder_1870.jpg?20081110230033

· https://commons.wikimedia.org/wiki/File:Elihu_Vedder_1870.jpg (public domain)

lxxiv

· https://upload.wikimedia.org/wikipedia/commons/thumb/3/32/AndrewHudgins.jpg/599px-
AndrewHudgins.jpg?20170929171933

· https://commons.wikimedia.org/wiki/File:AndrewHudgins.jpg (CC BY-SA 4.0 by Jo McCulty)

lxxv

· https://upload.wikimedia.org/wikipedia/commons/d/d4/Sandro_Botticelli_083.jpg (end note
lxvi 참조)

lxxvi

· https://upload.wikimedia.org/wikipedia/commons/thumb/3/3d/Botticelli%2C_annunciazione_d
i_cestello_02.jpg/956px-Botticelli%2C_annunciazione_di_cestello_02.jpg?20100424101236

· https://commons.wikimedia.org/wiki/File:Botticelli,_annunciazione_di_cestello_02.jpg (public
domain)

lxxvii

· https://visit-florence-italy.global.ssl.fastly.net/pics/museums/uffizi/botticelli-cestello-annunciatio
n-uffizi-gallery-florence-italy-09.jpg?width=1519&dpr=1.25&quality=85from

· https://www.visit-florence-italy.com/museums/uffizi/botticelli-annunciation-of-cestello-uffizi-gal
lery-florence-italy.html

lxxviii

· https://www.lclark.edu/live/image/gid/273/width/272/height/453/43370_mary-szybist.rev.13906
10144.webp
· https://www.lclark.edu/live/news/24674-the-pinnacle-of-poetry

lxxix

· https://upload.wikimedia.org/wikipedia/commons/thumb/b/b6/Giuseppe_Bezzuoli_-_Eve_tem
pted_by_the_snake%2C_1855.jpg/1200px-Giuseppe_Bezzuoli_-_Eve_tempted_by_the_snake%2
C_1855.jpg?20211117121026
· https://commons.wikimedia.org/wiki/File:Giuseppe_Bezzuoli_-_Eve_tempted_by_the_snake,_1
855.jpg (public domain)

lxxx

· https://www.digitale-sammlungen.de/en/search?query=%28+BSB-Ink+S-509+-+GW+M4305%29
· https://daten.digitale-sammlungen.de/0003/bsb00031706/images/index.html?fip=193.174.98.30&
id=00031706&seite=25

lxxxi

· Photograph of Wallace Stevens, Marianne Moore, Murien Rukeyser, Allen Tate and Randall
Jarrell, Series 2, Subseries 1, Box 7, Folder 4, Randall Jarrell Papers, MSS 0009, Martha Blakeney
Hodges Special Collections and University Archives, University Libraries, The University of
North Carolina at Greensboro.
· https://gateway.uncg.edu/islandora/object/mss%3A82301?islandora_paged_content_page=037

lxxxii

· https://moorearchive.org/app/site/media/MM%20Newsletter%20-%20Spring%201978_Swan_Sold
_at_Christies.PNG
· https://moorearchive.org/workshop/newsletters/marianne-moore-newsletter-volume-2-number-
1-spring-1978

lxxxiii

· https://moorearchive.org/app/site/media/MM%20Newsletter%20-%20Spring%201978_inner_cov
er.jpg
· https://moorearchive.org/workshop/newsletters/marianne-moore-newsletter-volume-2-number-
1-spring-1978

lxxxiv

· https://moorearchive.org/app/site/media/MM%20Newsletter%20-%20%20Spring%201978_Readi
ng_Diary.JPG
· https://moorearchive.org/workshop/newsletters/marianne-moore-newsletter-volume-2-number-
1-spring-1978

lxxxv

· https://upload.wikimedia.org/wikipedia/commons/thumb/6/62/Yeats_Boughton.jpg/674px-Yeats_Boughton.jpg?20151120145838
· https://commons.wikimedia.org/wiki/File:Yeats_Boughton.jpg (public domain)

lxxxvi

· https://collectionapi.metmuseum.org/api/collection/v1/iiif/435809/794356/main-image
· https://www.metmuseum.org/art/collection/search/110000242 (public domain)

lxxxvii

· https://upload.wikimedia.org/wikipedia/commons/thumb/b/bc/Pieter_Bruegel_the_Elder-_The_Harvesters_-_Google_Art_Project-x1-y1.jpg/976px-Pieter_Bruegel_the_Elder-_The_Harvesters_-_Google_Art_Project-x1-y1.jpg?20121105092636
· https://commons.wikimedia.org/wiki/File:Pieter_Bruegel_the_Elder-_The_Harvesters_-_Google_Art_Project-x1-y1.jpg (public domain)

lxxxviii

· https://upload.wikimedia.org/wikipedia/commons/thumb/c/c2/Pieter_Bruegel_de_Oude_-_De_val_van_Icarus.jpg/1200px-Pieter_Bruegel_de_Oude_-_De_val_van_Icarus.jpg?20121230024947
· https://commons.wikimedia.org/wiki/File:Pieter_Bruegel_de_Oude_-_De_val_van_Icarus.jpg (public domain)

lxxxix

· https://oxfordhigh.gdst.net/wp-content/uploads/2019/04/Jennings-1.jpg
· https://oxfordhigh.gdst.net/pioneer/elizabeth-jennings/

xc

· https://upload.wikimedia.org/wikipedia/commons/thumb/b/bd/Rembrandt_van_Rijn_-_Self-Portrait_-_Google_Art_Project.jpg/800px-Rembrandt_van_Rijn_-_Self-Portrait_-_Google_Art_Project.jpg
· https://en.wikipedia.org/wiki/File:Rembrandt_van_Rijn_-_Self-Portrait_-_Google_Art_Project.jpg (public domain)

xci

· https://upload.wikimedia.org/wikipedia/commons/8/8d/Rembrandt_van_Rijn_142_version_02.jpg?20090615200628
· https://commons.wikimedia.org/wiki/File:Rembrandt_van_Rijn_142_version_02.jpg (public domain)

xcii

· https://upload.wikimedia.org/wikipedia/commons/thumb/7/7c/Rembrandt_Harmensz._van_Ri
jn_135.jpg/728px-Rembrandt_Harmensz._van_Rijn_135.jpg?20091222161956
· https://commons.wikimedia.org/wiki/File:Rembrandt_Harmensz._van_Rijn_135.jpg (public
domain)

xciii

· https://upload.wikimedia.org/wikipedia/commons/c/c8/CaoZhiPortrait.jpg?20080325003249
· https://commons.wikimedia.org/wiki/File:CaoZhiPortrait.jpg (public domain)

xciv

· https://upload.wikimedia.org/wikipedia/commons/thumb/8/86/Portrait_full-length_Cao_Zhi.jpg
/467px-Portrait_full-length_Cao_Zhi.jpg?20091116192802
· https://commons.wikimedia.org/wiki/File:Portrait_full-length_Cao_Zhi.jpg

xcv

· https://puam-loris.aws.princeton.edu/loris/INV05355.jp2/full/full/0/default.jpg
"Goddess of Luo River (Cheng Shouling 程壽齡), y1958-256," Princeton University Art Museums
collections online, August 3, 2023,
· https://artmuseum.princeton.edu/collections/objects/57660. (open source)

xcvi

· https://upload.wikimedia.org/wikipedia/commons/thumb/c/c1/Gu_Kaizhi.jpg/657px-Gu_Kaizh
i.jpg?20061007150032
· https://commons.wikimedia.org/wiki/File:Gu_Kaizhi.jpg (public domain)

xcvii

· https://upload.wikimedia.org/wikipedia/commons/thumb/b/bd/Gu_Kaizhi-Nymph_of_the_Luo
River%28full%29%2C_Palace_Museum%2C_Beijing.jpg/1193px-Gu_Kaizhi-Nymph_of_the_Lu
o_River_%28full%29%2C_Palace_Museum %2C_Beijing.jpg?20120630155013
· https://commons.wikimedia.org/wiki/File:Gu_Kaizhi-Nymph_of_the_Luo_River_(full),_Palace_
Museum,_Beijing.jpg

xcviii

· https://upload.wikimedia.org/wikipedia/commons/thumb/9/98/Su_shi.jpg/381px-Su_shi.jpg?20
180711083001
· https://commons.wikimedia.org/wiki/File:Su_shi.jpg (public domain)

xcix

· https://i3.read01.com/Rhl_Q6wRUULp2zOygWvkFyM/0.jpg

· https://read01.com/yyaJG7B.html

c
· https://upload.wikimedia.org/wikipedia/commons/0/0f/Zhao_Chang_-_Apricot_Blossoms_Pain
ting_from_Life.jpg?20140105123212
· https://commons.wikimedia.org/wiki/File:Zhao_Chang_-_Apricot_Blossoms_Painting_from_Life.
jpg

ci
· https://upload.wikimedia.org/wikipedia/commons/thumb/6/6f/Zhao_Chang_-_Yellow_Roses_
and_Bees%2C_Pink_Roses_and_Wasps.jpg/1920px-Zhao_Chang_-_Yellow_Roses_and_Bees%2C
_Pink_Roses_and_Wasps.jpg
· https://en.wikipedia.org/wiki/Zhao_Chang#/media/File:Zhao_Chang_-_Yellow_Roses_and_Bee
s,_Pink_Roses_and_Wasps.jpg (public domain)

cii
· https://i.dailymail.co.uk/i/pix/2017/04/06/21/3EF97ABC00000578-0-image-m-16_149150982612
4.jpg (a pho to by David Lee) cannot be traced further Life지에서 회답

ciii
· https://ezrapoundcantos.org/images/42-51/49/tegakami/Evening_in_small_fishing_village.jpg
· https://ezrapoundcantos.org/canto-xlix/xlix-companion (open Source)

civ
· https://upload.wikimedia.org/wikipedia/commons/thumb/4/45/Portrait_of_Edward_Dowden.j
pg/662px-Portrait_of_Edward_Dowden.jpg?20140220071136
· https://commons.wikimedia.org/wiki/File:Portrait_of_Edward_Dowden.jpg (public domain)

cv
· https://upload.wikimedia.org/wikipedia/commons/c/cf/Katherine_Harris_Bradley_%26_Edith_
Emma_Cooper_%282%29.jpg?20170423141922
· https://commons.wikimedia.org/wiki/File:Katherine_Harris_Bradley_%26_Edith_Emma_Coope
r_(2).jpg (public domain)

cvi
· https://upload.wikimedia.org/wikipedia/commons/thumb/c/cb/Francesco_Melzi_-_Portrait_of_
Leonardo.png/627px-Francesco_Melzi_-_Portrait_of_Leonardo.png?20190508010631
· https://commons.wikimedia.org/wiki/File:Francesco_Melzi_-_Portrait_of_Leonardo.png (public
domain)

cvii

· https://upload.wikimedia.org/wikipedia/commons/thumb/e/ec/Mona_Lisa%2C_by_Leonardo_
da_Vinci%2C_from_C2RMF_retouched.jpg/603px-Mona_Lisa%2C_by_Leonardo_da_Vinci%2C_
from_C2RMF_retouched.jpg
· https://en.wikipedia.org/wiki/File:Mona_Lisa,_by_Leonardo_da_Vinci,_from_C2RMF_retouche
d.jpg (public domain)

cviii

· https://upload.wikimedia.org/wikipedia/commons/thumb/b/b7/Edward_Hopper%2C_New_Yo
rk_artist_LCCN2016871478_%28cropped%29.jpg/600px-Edward_Hopper%2C_New_York_artist_L
CCN2016871478_%28cropped%29.jpg?20190901183628
· https://commons.wikimedia.org/wiki/File:Edward_Hopper,_New_York_artist_LCCN2016871478
_(cropped).jpg (public domain)

cix

· https://upload.wikimedia.org/wikipedia/commons/thumb/a/a8/Nighthawks_by_Edward_Hop
per_1942.jpg/1200px-Nighthawks_by_Edward_Hopper_1942.jpg
· https://en.wikipedia.org/wiki/File:Nighthawks_by_Edward_Hopper_1942.jpg (public domain)

cx

· https://upload.wikimedia.org/wikipedia/commons/thumb/4/42/Andy_Warhol_1975.jpg/663px-
Andy_Warhol_1975.jpg?20200811001647
· https://commons.wikimedia.org/wiki/File:Andy_Warhol_1975.jpg (public domain)

cxi

· https://whitneymedia.org/assets/artwork/13493/85_2_cropped.jpeg
· https://whitney.org/collection/works/13493

cxii

· https://www.youtube.com/watch?v=tpROGn_n058 영상 중 2:35 still cut

cxiii

· https://cdn.saam.media/weeLadPSiPbBNTTiekj85VFABLs/2600/0/center/cover/webp/https%3A
%2F%2Fd3ec1vt3scx7rr.cloudfront.net%2Ffiles%2Ffiles%2Fimages%2F1981%2FSAAM-1981.109.9
_1.jpg
· https://americanart.si.edu/artwork/sardines-40531

지은이 진경혜

고려대학교 영문과 졸업 후 서울대와 미국 오클라호마 주립대에서 영문학 석사를, 고려대학교에서 미국 시인 월러스 스티븐스 연구로 박사학위를 받았다. 고려대학교 영문과에서 영미시 강의를 하였고, 월러스 스티븐스 시와 현실에 관한 일련의 논문들을 썼다. 주요 저서로『신비한 신학: 지금 있음에서 존재로』(2022)와『현대 영미 종교시의 이해』(2016 공저)가 있다.

엑 프 라 시 스
미 술 품 앞 의 시 인 들

초　판 : 2024년 2월 28일

지은이 : 진경혜
펴낸이 : 이성모
펴낸곳 : 도서출판 동인
등　록 : 제 1-1599호
주　소 : 서울시 종로구 혜화로 3길 5 118호
TEL: (02) 765-7145 / FAX: (02) 765-7165
E-mail: donginpub@naver.com / Homepage: donginbook.co.kr

ISBN 978-89-5506-961-7　　93840

정가: 32,000원